U0902715

上册

乔先生的黑月光

（终结篇）

姒锦 著

青岛出版社
QINGDAO PUBLISHING HOUSE

图书在版编目（CIP）数据

乔先生的黑月光. 终结篇/姒锦著. 一青岛：青岛出版社，2021.10
ISBN 978-7-5552-8797-1

Ⅰ.①乔… Ⅱ.①姒… Ⅲ.①长篇小说－中国－当代 Ⅳ.①I247.5

中国版本图书馆CIP数据核字（2021）第013823号

QIAO XIANSHENG DE HEI YUEGUANG（ZHONGJIE PIAN）
书　　名　乔先生的黑月光（终结篇）
作　　者　姒　锦
出版发行　青岛出版社
社　　址　青岛市崂山区海尔路182号（266061）
本社网址　http://www.qdpub.com
邮购电话　18613853563　0532-68068091
责任编辑　郭红霞
特约编辑　崔　悦
校　　对　李玮然
装帧设计　蒋　晴
照　　排　梁　霞
印　　刷　三河市良远印务有限公司
出版日期　2021年10月第1版　2021年10月第1次印刷
开　　本　32开（880mm×1230mm）
印　　张　18
字　　数　463千
书　　号　ISBN 978-7-5552-8797-1
定　　价　65.00元（全2册）
编校印装质量、盗版监督服务电话　4006532017　0532-68068050

目 录

㊤㊥

目 录

下册

第一章

美丽的误会

乔东阳不在家，池月觉得自由自在。可是她一个人在家，却也闲来无事，很没有社会参与感，心里发慌。她把院子里的花浇了一遍，地擦了一遍，鱼喂了一遍，玩玩手机，就不知道能干什么了。

她不想翻微博，每次打开微博都能看到一些不和谐的话语，倒胃口，破坏心情。她不愿意与那个疯狂的娱乐世界交流，看到有人在推荐小说，就随便翻了翻，准备以此打发时间。

“乔大人，池月小姐姐好爱学习！”办公室里，天狗嗒嗒嗒地走近乔东阳，“她已经看了两个小时的书了呢。”

乔东阳从电脑前抬起头来：“看书？”

天狗点了点大脑袋：“可是看书的时间太长，会造成视觉疲劳、内分泌紊乱、神经衰弱、免疫力下降……乔大人，我们要不要提醒她呢？”

池月看得这么入迷？乔东阳问：“什么书？”

天狗答："是关于谈恋爱、生孩子和检查身体的书。"

谈恋爱、生孩子、检查身体的书？乔东阳疑惑地看着它："发给我看看！"

"他那张完美无缺的俊美脸庞上闪过一丝邪魅的冷笑，高大的身子瞬间霸道地将她压在身下，他强行撩起她的下巴：'该死的女人，你是在玩火吗？''皇甫总裁，不要……''嘴上说不要，身体却很诚实嘛。''不要，求你。''哦，真是个磨人的小妖精！'"

乔东阳睁大了眼，仿佛有人给他打开了新世界的大门。

整个上午都没有得到老板的召见，侯助理准备进去看看。天狗扫到侯助理的脸："嘘！"

侯助理朝里面看了一眼，只见老板神情严肃。侯助理赶紧把天狗抱出去，问："出什么事了？"

天狗回答："乔大人在看书，不想被人打扰。"

学习？侯助理被吓到了："他在看什么书？"

天狗说："谈恋爱、生孩子、检查身体的书。"

侯助理愣了愣："是吗？你把书发给我，我也学习学习。"

天狗扫描着侯助理的脸："你是老年人，生不出孩子了。"

侯助理觉得牙根有点痒痒："我是老年人？我是青年！青壮年！你马上去搜索一下国际青年的年龄标准！哼！"

天狗说："你是很壮，但不年轻了。"

算了算了，好人不和狗斗。侯助理不耐烦地看着它："快点把这本书发过来，我要紧跟领导的学习步伐！"

天狗点了点头，侯助理满意地出去了。张秘书刚好抱着文件走过来，准备找乔东阳签字。在门口，侯助理把她拦住了："乔先生在看书，不许别人打扰。"

张秘书一脸蒙："乔先生在看什么？"

"在看这个——"侯助理还没看到天狗传过来的文件内容。他在张秘书面前随手点开文件，瞟了一眼又马上关掉。

"没什么、没什么。你出去吧，等老板学习完，我会把文件交给他签字的。”

张秘书瞟到侯助理的手机上显示的内容，大气都不敢出。她离开办公室，搜索到那本书，仔细地看了看内容，差点被吓死。她瞠目结舌了半天，觉得自己掌握了老板的秘密，小心翼翼地给公司里要好的闺密发消息：“天哪！大乔哥居然在看……霸道总裁小说！有没有搞错？”

“快、快、快，发来看看。”

“不要发给别人啊！”

“不会的！”

转过头，张秘书的闺密就把消息转发给了其他闺密：“不要告诉别人啊！”

“不会不会。”

结果一个传一个，所有人都知道了乔东阳在看什么书。

乔东阳从小说里抬起头，揉了揉太阳穴：“扯淡！”

这本书太幼稚了，不过他读完后也不是没有收获，至少从中 get（获取）到了一个重要的“点”：这种男人池月喜欢。他照做的话，加分应该有戏了。

他的唇角诡异地翘起了一个弧度。池月喜欢什么，他就给她什么！

乔东阳认为扮演霸道总裁的操作难度并不大，只要他说话装一点、行为傻一点、令人摸不着头脑地矫情、不分场合地“发情”、有事无事地“壁咚”“床咚”，就能成为标配版“霸道总裁”了。

这些事他也可以做到！乔东阳去了卫生间，对着镜子拨了拨头发，一眯眼，自我感觉眼神深邃、性感。今天他穿了一套高级定制的深灰色西服套装，搭配暗格赭红的绸缎领带和设计精良的衬衣。整套衣服的色调很衬他的肤色，显得他的身姿挺拔颀长。

“谁还不是‘霸道总裁’了？”他笑着眯起一双狐狸眼，伸出修长的手指轻轻地从唇边抚过，指向镜子，“女人，你成功地引起了我的注意！”

池月在厨房里忙碌。

为了不亏待自己的胃，她想准备一顿营养晚餐。

听到脚步声，她露出职业笑容走出来，看到乔东阳，愣住了。他单手插兜，冷冷的面孔在淡淡的光线里，唇角不经意地扬起，带着迷人而高贵冷艳的笑，整个人散发出一种生人勿扰的禁欲感。

他不是不帅，而是帅得太过分了，虽然他的表情显得很古怪。最主要的是，他站在那里任由她打量了半天，居然一个字都没有说。

“你这是怎么了？”

乔东阳一抬下巴：“你在做什么？”

池月在围裙上擦了一下双手：“我在做晚饭，因为不知道你回不回来吃，所以分量有点少，我再去弄点……”

乔东阳淡淡地看着她：“不知道？不知道不会打电话问吗？女人，你这样做是为了引起我的注意吗？”

池月感觉有些错愕，这话有点耳熟。

“去吧。”乔东阳扯了扯领带，在沙发上坐下来，跷起二郎腿，瞄她一眼，“如果你不知道我的饮食习惯，可以问侯助理，我很挑食的。”

“啥？”池月瞪大了眼。

乔东阳很挑食？昨天的面条他不也吃得很香吗？她总觉得这厮是哪里出了毛病，侧头看了侯助理一眼。

侯助理撇了撇嘴，指了指厨房：“我可以帮你打下手。”

“谢谢啊！”

池月和侯助理进了厨房。

“他这是怎么了？”池月压低声音问。

侯助理做了个可怕的表情，用手指在脑袋上绕了绕：“他这里可能出问题了。”

“啊？”池月惊呆了。

老板看那种书的事实在让侯助理难以启齿，所以他只告诉池月：“这样的乔先生更需要我们的关怀。你顺着他点，多关心他。这孩子不容易，缺爱啊……”

池月发出一声惊叹。怎么上个班回来，乔先生就缺爱又缺关怀了？她看侯助理在厨房里如鱼得水，是把好手，觉得有些意外。站了片刻，她发现自己在这里反倒显得碍手碍脚，索性把主厨的位置让给了侯助理。

“老侯，有一套啊，你这刀工很不错。”

“一般一般，世界第三。”

“我得跟你学习了，你真是个多功能助理。”

“那是。”侯助理看着菜板上被他切得匀称的菜条，挑了挑眉头，“不瞒你说，我都替我的前女友感到可惜。她错过我这样的男人，损失大了！啧！可怜的女人。”

生怕侯助理把牛吹上天，晚上就没牛肉吃了，池月赶紧借口给乔先生倒水，跟侯助理告辞，从厨房里出来。可是她摆脱了里面这个“骄傲病人”，外面还有一个疑似中毒的“中二青年”在等着她。乔东阳拿着平板电脑，那坐姿怎么看怎么“撩人”。

他就是太刻意了！他是嫌自己的魅力不够吗？池月做出如此猜测。

她向他走近：“乔先生，你想喝点什么吗？”

“1982 年的拉菲，不加糖，谢谢！”

池月的手一抖。

这句话她好像在那本小说里看过，当时就忍不住笑作者是弱智。可是她没喝过 1982 年的拉菲，听乔东阳这么一说，突然有点迷惑……难道它可以加糖？

乔东阳的家里有藏酒，但是池月懒得去找：“乔先生，饭前喝酒对身体不好。”

乔东阳皱了皱眉头，用手指轻掸一下衣角，一双深邃的眼显得极为迷人：“女人，敢挑战我的命令，是不是以为我不敢办了你？”

池月哆嗦了一下。差点笑出声来："乔东阳，你不会是中邪了吧？"

乔东阳翘起唇角，懒洋洋地看着她，突然站起来向她走近，用手指挑起她一绺垂下的头发，低头去闻："很香。你特地为我喷了香水？"

池月已经无语了。

她去摸乔东阳的额头，想看看他是不是发烧了。乔东阳直接抓住她的手，握在掌心，邪魅一笑："急什么？晚上还有大把时间。我会满足你的，小妖精。"

池月再也忍不住了，扑哧一声笑出来："你想笑死我，继承我的'花呗'吗？"

乔东阳皱了皱眉头，居高临下地看着她，一言不发。

池月的汗毛都竖起来了，她退后一步："你不会真得了什么怪病吧？"

乔东阳的唇角微翘，他不说话，把手机递给她。

"这是什么啊？"池月看了看手机屏幕。

乔东阳盯住她的眼睛："这是我为你量身定制的'霸道总裁人设'，你喜欢吗？"

池月看向乔东阳的手机。她的脑门嗡的一声，像是炸了。

这本她连名字都想不起的霸道总裁怜爱小娇妻的小说，怎么会出现在他的手机里？不、不、不，更准确地说，为什么他也会看这种书？

"乔东阳，我可以问一下这是什么情况吗？"

乔东阳没有回答，看了她许久，突然一个公主抱，将她抱了起来，大步上楼，踢开卧室的门，再用脚后跟把门踢回去。这一波操作惊得池月瞠目结舌。

"乔东阳，你这是干吗？你疯了吗？"

乔东阳不回答，也没有开灯，把她压在身下，声音哑哑的："如果这就是你要的，我可以满足你。"

池月推开他的肩膀。她想挣扎，但整个人被他高大的身影笼罩着，挣脱不开。她慢慢地适应了黑暗，一缕暖黄色的光照进了她的眼睛。只见他一身“清凉”，她惊得心跳加快，不知所措。

“乔东阳，”她碰他的脸，“你是不是哪里不舒服？”

乔东阳轻提嘴角：“口是心非的女人，这不就是你喜欢的吗？”

“有病得治啊，老板。”池月瞪他一眼，把手隔在彼此中间，想了想又问，“是不是你心情不好？谁惹到你了？你大伯，你三叔，还是你堂哥？他们找你麻烦了吗？”

“你逃不掉的，女人。”乔东阳眼里有化不开的浓情，“我们开始吧。是你先来，还是我先来？”

池月睁大眼，蒙了。

乔东阳不说话，低头吻住她。在不太明亮的房间里，他双眼像星星在闪烁：“小傻子，喜欢这样吗？我很喜欢跟你这样。”

他呼出的气体喷在她的脸上，令她有种温情脉脉的感觉，那呼吸像是摧毁她的理智的法器。池月仿佛被他施了定身术，一动不动。她张了张嘴想说话，最终说话声却变成了呜咽：“嗯！乔……”

“宝贝，嘘！闭眼。”

他轻轻地说，再次吻上了她的唇。池月的唇很漂亮，像柔软的果冻。乔东阳动作很生涩，显然对接吻并不熟练。但雄性动物天生就懂得如何跟雌性撒欢，所以他渐渐地沉迷其中，爱上了这种感觉。

池月不挣扎了。她在他的狂野与温柔里迷失，气都喘不匀了。

“喜欢吗？”不知什么时候，乔东阳停了下来，紧盯着她，像一个讨糖吃的孩子。

池月蒙了，点头。

“喜欢？我懂了。”他低下头，再次吻了上来。

池月的脑子仿佛成了糨糊。她晕头转向，有点搞不清状况。如果不是侯助理来敲门，接下来还会发生什么？她无法控制，也不想控制——乔东阳实在是太能“撩”了。她得承认，自己很享受这个吻。可是侯助理没听到声音，敲响了房门。

“乔先生、池助理，可以开饭了。”

卧室内的两个人你看我，我看你，大眼瞪小眼。

他们被侯助理从迷幻的世界拉回了现实。

他们刚才做了什么？接吻。哦！池月的脸颊瞬间烧得通红。

乔东阳看了她片刻，皱起眉头把她拉起来，面无表情：“你先下去，我要换衣服。”

池月：“啊？”

这……刚刚亲完就变脸，他怎么和今天小说里那个渣男主人公一模一样？池月气得一口气上不来，猛地推了他一把：“乔东阳，你是被小说人物穿越上身了吗？”

乔东阳睨着她，冷着一张脸：“你很喜欢我这样，不是吗？”

池月不说话。沉默片刻，她点点头，慢慢地挽起袖子：“呵呵，霸道总裁是吧？姑奶奶我专打霸道总裁。”

这小妖精怎么不按剧本演啊？乔东阳微微侧头，觉得她挑衅的样子很好玩：“女人，你是要把我逼疯吗？”

乔东阳病得不轻啊！

“总裁，我今天非把你的病治好了不可！”池月深吸一口气冲上去，一个直拳朝着乔东阳的身上招呼。

乔东阳当然不会被她打中，他拉住她的手腕，朝她邪魅一笑：“好，爷就陪你折腾折腾。”

砰！砰砰！砰砰砰！

房间里的“打斗”非常激烈，床被撞得砰砰作响。

侯助理把耳朵贴在门上，听了半晌，脸上担心的表情渐渐地变成了邪恶的表情。他蹑手蹑脚地下了楼，默默地“脑补”了大概一万字的“妖精打架”的故事。楼上的两个人终于下来了。

侯助理抬头一看，愣住了：“这……你们这是……”

战况太激烈了吧，他们居然双双挂了彩？

池月瞥了侯助理一眼：“去拿医药箱。”

侯助理总算找回了意识：“好的。你们这也太……唉，到底是年轻啊！血气方刚。”

池月的嘴唇抽搐了一下。她痛得嗞了一声，瞪着乔东阳。

“你看我干什么？是你自己咬到的，又不是我咬的。”乔东阳冷冷地盯着她，用大拇指摸了摸受伤的嘴唇，痛得龇牙咧嘴，“不识好歹的女人。”

“谁让你技不如人？”

“那是我让着你。我还手了吗？”乔东阳气得牙根都痒了，“这么狠，嗞……谋杀亲夫！”

池月走过去拿起侯助理的医药箱，帮乔东阳擦药：“跟我打架，扣两分。”

不是她要打架的吗？为什么被扣分的是他？

“池月，你不讲道理是吧？”

“对啊！我不讲道理。”

他俩像刺猬似的，你一言我一语，互不相让。侯助理看得心疼，很想传授给他们一些“独门绝技”——不会搞成残废的那种。但侯助理想了想，还是保命要紧：“上了药就吃饭吧，今天晚上吃简单点，明天我弄点好的，给乔先生补补。”

乔东阳黑着脸：“补什么补？你个糟老头子坏得很。”

两个人亲得好好的，侯助理偏来捣乱。

侯助理露出一个诡异的笑容：“不补就不补吧，我知道乔先生生龙活虎。”

“吃饭！”

侯助理的厨艺相当好。吃饭的时候，池月“花式”夸奖了侯助理一番。晚饭后，乔东阳把侯助理留了下来，进了书房，一副神神秘秘的样子。池月上去送过一次夜宵，发现他们在玩游戏。两个大男人挤在一张沙发上，热情地邀请她一起玩。

池月拒绝了，默默地回房。

本来准备找本书打发时间，可是想到今天乔东阳的反常行为，她觉得头皮一麻，决定放弃。但她睡不着，便一个人出来溜达，见书房里的灯亮着，只有小天狗待在乔东阳的卧室里。

池月在门口站了十几秒，正犹豫要不要进去，就被天狗扫描到了。它没有说话，幽蓝的双眼发着光。池月蹲下身，像招呼小狗那样朝它招手。

天狗看懂了，嗒嗒嗒地走出来："池月小姐姐。"

机器人就是机器人，人工合成的声音很萌，却没有真实的感情。但池月不把它当机器人，就像对待孩子那般满怀喜爱地摸摸它的头："我可以问你一个问题吗？"

天狗闪了闪眼睛："我可以回答我可以回答的问题。"

池月勾起唇角："乔先生喜欢看霸道总裁的小说吗？"

天狗："什么是霸道总裁的小说？天狗不懂。"

池月怔了怔，翻到今天看的那本小说的名字，递到它的眼前："像这种……"

天狗："这个不是霸道总裁的小说，这个是谈恋爱、生孩子和检查身体的书。"

池月翻了个白眼："行吧！你们乔大人很喜欢看这种谈恋爱、生孩子和检查身体的书？"

天狗说："喜欢。我们乔大人很喜欢看书，今天看了一个小时呢。"

好可怕，乔东阳居然有这样的爱好，而且还现学现用！

池月把天狗送回去，回到自己的房间，裹好被子睡下了。她做了一晚上的噩梦，梦里的乔东阳拥有各种面孔、各种人设：他一会儿是霸道总裁，一会儿是"女装大佬（喜欢穿女装的男性）"……在他的面前陈列着各种各样的言情小说……

被噩梦惊醒，池月发现自己一脑门都是冷汗。她下意识地看向床的那头。房间里静悄悄的，没有人进来。她松了口气，觉得自己的噩梦荒唐可笑。

这栋别墅前后左右都没有别的房子，很安静。清晨起来，她听不到半点嘈杂声。

她怔了片刻，从床上爬起来，洗澡、换衣服、下楼。

厨房里有人在说话。她慢慢地走过去，眼睛一亮。乔东阳不耐烦声音从里面传出来：“你到底会不会啊？这个能切得均匀吗？开玩笑吧？它是滑的！”

“您再试试这样按住它，慢慢来……不能心急。”

侯助理声音太“丧”了，像受到了什么沉重的打击。

池月瞄了瞄厨房的门。哦，天！这间厨房是遭贼了还是被抢劫过？这简直就像一个犯罪现场！

她只听哐当一声，菜刀落地。

池月冲进厨房：“怎么啦？”

料理台前，乔东阳手都没有来得及擦，一个转身就帅帅地把手揣入了裤兜里。他看了池月一眼，倚在料理台上，潇洒地一叠双腿，慢条斯理地训斥侯助理：“你看看你，还说自己厨艺好，结果连菜刀都拿不稳！”

池月扬起眉毛，看向菜板上的胡萝卜丁。它们大小不一，每一颗都有自己的个性和风格，一副不肯随波逐流的样子。

乔东阳顺着她的视线，斜眼看着那些不堪入目的萝卜丁：“你看看你，切的什么菜？还吹嘘自己的厨艺高？”

侯助理想，自己这是造了什么孽啊。

“手滑，今天手滑。”侯助理笑着把菜刀捡起来，“乔先生，您去外面休息吧。没有您的监督和指导，我也一定会自我反省、自我提升，力争把早餐做好。”

乔东阳嗯了一声：“好好干，别再出错了。”

“明白、明白。”侯助理躬身把“灶神”送出厨房，松了口气。然后，他回头看着一片狼藉、惨遭浩劫的厨房，觉得有点头痛。

叮！手机的信息提示音响了起来。侯助理打开手机一看，乔先生给他发了一个大红包：“你工作很努力，吃得苦、受得累、能忍辱、能负重。猴子，我没有看错你，你果然是久经考验的好同志。”

客厅里。

池月看乔东阳低头玩手机，就问他："你去厨房干啥了？"

乔东阳懒洋洋地回答："我去监督猴子，让他好好做饭，天天向上。"

池月瞄了他一眼："哦，我还以为你是去学做饭的呢。"

"怎么可能？"乔东阳拔高声音，一脸不可思议的表情，"学做饭？不如砍死我好了！"

"我看到你拿菜刀了。"

"我只是想试试菜刀的重量，看能不能砍死猴子。"乔东阳死不认账。

池月抬了抬眉毛，给他面子，换了个话题："今天有没有安排我的工作？"

她不习惯天天在家休息，懒散的生活让她没有参与感，整个人觉得很空虚。

乔东阳抬了抬眼皮："那你跟我去公司吧。"

池月一喜："好。"

吃过早餐，三个人一起到了公司。

池月的再次出现在公司里引起了小小的骚动。

张秘书帮她买过衣服，知道她住在乔先生的家里；而张秘书有个要好的闺密，闺密又有闺密，闺密还有闺密……于是池月发现，大家看她的眼神和之前相比很不一样。

乔东阳也觉得这些人的目光很诡异。进了办公室，他让侯助理给池月安排工作，末了又问老侯："他们今天看池月的眼神怎么这么奇怪？去了解一下。"

侯助理没有走："不用问了吧？"

乔东阳眯着眼睛："那你说。"

侯助理清了清嗓子："还不是因为那本什么总裁和娇妻的小说。大家都觉得很奇怪，乔先生怎么会有这种爱好？当然，我们这些俗人肯定领会不到乔先生的精神和境界……”

乔东阳沉下了眉头：“你再说一遍，什么书？”

“就是那个……谈恋爱、生孩子和检查身体的书。”侯助理指向天狗，“喏，是它告诉大家的。”

池月不知道他们要在 Crown（皇冠）总部待几天，但做一天和尚就得撞一天钟。她很认真地阅读助理工作守则，并把它们一条条地牢记在心。

一个小时后，她再次被乔东阳喊进去。她不知道在这一个小时里发生了什么，但乔东阳看起来心情很好，眼角眉梢都是笑意。

“乔先生，有什么吩咐吗？”她问。

乔东阳微微勾起一侧嘴角：“你帮我做个测试。”

说罢，不等池月回答，他就吩咐天狗：“问好。”

天狗嗒嗒嗒地走到池月的面前，脑袋一低，做个鞠躬的动作：“你好，池月小姐姐。”

池月吓了一跳，惊恐地看着天狗。什么情况？天狗的声音居然被乔东阳从萌萌的男孩音变成了羞答答的萝莉音？她看着乔东阳：“你这是认真的吗？”

“好听吗？嘻嘻！”天狗转了一圈，“乔大人说，我这样会更加可爱。”

乔东阳骗人……骗机器人。

她哭笑不得：“我还是很怀念以前的小天狗。”

天狗：“池月小姐姐，你不喜欢我吗？我可以给你跳舞哟。”

说完，它就跳了起来。

池月看着机器人的舞蹈姿势，咽下一口老血：“喜……喜欢……”

回到办公室，池月拍了拍胸口。这太可怕了！可怜的天狗到底遭到了什么报复？她去了趟厕所，顺便看看这里的工作人员都在干什么，结果发现好多人在玩，有玩手机游戏的、有聊天的、有浑水摸鱼的，还有几个妹子拿了本子过来找她签名。

“池月，我是你的粉丝。”

“《天降奇兵》里，你表现得好棒。”

“我超喜欢你！我妹也是，我妈也是，我婆婆也是。”

“小姐姐，你真人比视频里还要漂亮……”

正事没有做，却收获了一批“迷妹”“迷弟”，池月对此感到不可思议。被人喜欢和崇拜的感觉是很爽的。更何况，她从侯助理开始往下数，这里每个人的嘴都像抹了蜜一样甜。池月很喜欢他们，但对于这种奇怪的现象仍然充满担忧。

“他们这样偷懒，不怕被乔先生知道？”池月特地发消息问侯助理。

然而侯助理并不在意：“他们工作做完了偶尔放松一下，乔先生知道的，没事。”

池月叹息：“这个公司没被乔东阳玩垮，真是不容易。”

“本来乔先生是想把它玩垮的。”侯助理的话匪夷所思。

池月看着手机，几乎不敢相信自己的眼睛。

侯助理又说：“可乔先生天生命好，公司就是玩不垮。他接管Crown的时候，我们主营的业务是珠宝、手表等。开发陪伴机器人，前期研发投入巨大，乔先生就和玩一样拼命地往里投钱，把钱不当钱地烧，那架势真要吓死人……乔家大房和三房看得眼睛都绿了。他们恨不得乔先生把乔氏集团拖下水、恨不得公司亏损……”

池月无言以对。

这个家族得有多奇葩啊？

家族里有一个想拼命地搞垮公司的傻子，还有一群眼巴巴地盼着这傻子搞垮公司的傻子。

侯助理叹了一口气：“最艰难的时候，公司资金周转都成问题。Crown的钱全部投在机器人上了，公司几乎连薪水都发不出来。结果机器人上市后行情大好，越贵的款式越好卖。到后来现货根本不够，客户要提前三个月定制，公司股票的价格也水涨船高……”

“结果呢？”

“乔先生狠赚一笔，气得一天没吃饭。”

乔东阳跟钱有仇吗？他真是个奇葩！

“他就是跟他爹对着干……”

“为什么？”池月满肚子疑惑。她对乔家的恩怨一无所知，十分好奇。

侯助理说：“我不能告诉你。你去问问乔先生午餐吃什么？”

池月还没来得及去问乔东阳，就收到了邵之衡的电话：“中午约个饭吧？有时间的话一起去看看店面。”

池月看着手机，沉吟半晌。在月亮坞的项目开始前，她一门心思地想赚钱。但现在乔东阳投资了月亮坞，对她来说，月亮坞的项目就是重中之重，相较之下，网店和实体店就不那么重要了。但这个开店计划是她提出来的，不能半路甩给邵之衡。

她想了想，同意了。

邵之衡说：“你发个地址给我，我来接你。我占用不了你多少时间，不耽误你工作。”

邵之衡都这么说了，池月还能说什么？

池月给邵之衡发了公司的地址，捏着手机去乔东阳的办公室请假：“乔先生，我有点私事要办。中午出去吃饭，下午回公司。”

“和谁去？”乔东阳淡淡地看着她。

池月觉得没什么可隐瞒的：“和邵之衡。我们有个实体店在申城，刚好我过来了，他就带我去看看。”见乔东阳不说话，池月加重了语气，“这个店我有股份，要是亏了我得赔钱。”

乔东阳把钢笔笔帽一扣：“我陪你去。”

嗯？池月想拒绝。

“就这样决定了。”乔东阳打断她急欲出口的话，“下午我正好有空。看完店，我带你去领机器人。”

“不是……乔东阳。”池月觉得这样不合适，“你和邵之衡不熟，大家一起吃饭不自在。”

“我不介意。”乔东阳挑挑眉。

可是万一人家介意呢？池月看着乔东阳一副“我是大爷”的狂样，低头给邵之衡发消息：“乔东阳要跟我们一起吃饭，你方便吗？”

她希望邵之衡拒绝。这样，她就可以名正言顺地回绝乔东阳了。然而，邵之衡说：“可以。你方便，我就方便。”

三个人在一家名叫“雅兴”的私房菜馆碰头。这里的环境恰如其名，幽静雅致。此时店内的客人不多，他们吃饭的单间相对封闭，适合谈事。乔东阳当仁不让地和池月坐在一起。

邵之衡看了乔东阳一眼，坐在他俩对面，贴心地给池月递上菜单：“看看你喜欢吃什么。”

池月对邵之衡有些歉意，本来邵之衡只约了她，她却带了个脾气极坏的“拖油瓶”，还不能不理这个“拖油瓶”。池月道过谢，在菜单上随便勾了两下，转递给乔东阳：“乔先生看看，想吃什么？”

池月这声“乔先生”叫得非常客气生疏，至少在乔东阳看来是如此。他抬起眼皮，冷冷地看着池月，勾起一侧唇角：“你帮我点。你点的我都喜欢。”

邵之衡在二人脸上来回切换视线。

池月瞪了乔东阳一眼，乔东阳却温柔地看着她说：“点啊！”

池月尴尬地笑了笑，低下头看菜单。她每勾一个菜名，每问一次乔东阳“喜不喜欢”，乔东阳都说“喜欢，可以”。于是他们一不小心就“喜欢”了很多菜。等所有菜都被端上桌，乔东阳看了一眼，笑着说：“你还真是不知道帮邵兄节约，今天咱们要吃大户吗？”

池月怔住了。乔东阳不是说他请客吗？一个传说中天天都在败家的败家子突然抠门起来，气不气人？池月不好当着乔东阳的面胳膊肘往外拐。虽然她知道这菜不便宜，但还是咬了咬牙，说：“今天我请，大家不要客气。”

她已经让邵之衡为难了，不能再让人家掏腰包。

“怎么回事？”乔东阳一本正经，宠溺地看着池月，“不要和男人抢着买单，你这是不给邵兄面子吗？”

池月气结，再次瞪乔东阳。

邵之衡微笑：“乔老弟说得对，今天是我请你们。”

一个邵兄，一个乔老弟，两个人搞得像亲兄弟似的。

两个男人的目光非常微妙，池月感受到了。但她始终认为乔东阳在针对邵之衡，邵之衡真的很无辜，这让她越发不好意思。偏偏乔东阳不肯消停，一会儿要她剥虾，一会儿要她盛汤，几乎霸占了她所有的时间，根本就不让她和邵之衡好好说话。明明汤就在乔东阳的面前，乔东阳也要把碗递给池月，让池月帮忙盛汤。

乔东阳是个弱智吗？池月盛好汤，把碗放到他的面前：“慢点吃，别噎到你！”

她黑着脸戗他，乔东阳却非常受用：“你也吃，别尽顾着我。”说完，他又笑着看着邵之衡，慢吞吞地说：“邵兄，别拘束！”

邵之衡：“谢谢！”

乔东阳：“要我帮你盛点汤吗？”

乔东阳说话轻声细语，对邵之衡从头到尾都很客气。哪怕邵之衡皱了下眉头，他也要询问对方是不是得了厌食症，似乎很照顾邵之衡的情绪，却又趁机把邵之衡隔离在池月的世界之外。

邵之衡轻轻一笑，并未在意：“不用，我好手好脚，不是残废，用不着别人帮忙。”

噗！池月差点笑出声。她用余光瞄了一眼乔东阳，生怕乔大爷发怒。

然而，今天乔大爷的脾气好。他朝邵之衡眨了眨眼，眼角眉梢都在笑：“这你就不懂了，有人照顾是幸福。”

一顿饭下来，池月连自己吃了些什么都不知道。

她趁邵之衡去结账，瞪着乔东阳：“你别再捣乱了好吗？”

乔东阳一脸无辜：“我哪有捣乱？我不是一直都在照顾他吗？”

池月泄气地看着邵之衡的背影："你夹在中间，我和邵之衡根本就没法说正经事。这样，吃完饭你先回公司。和邵哥看完店面，我就来找你，跟你去领机器人，好不好？"

"不好。"乔东阳抬起眉毛，长长的眼睫毛缓缓地扑闪着。

池月扶着额头，瞬间觉得自己像个训斥不懂事的孩子的老姨母："乔东阳！你能不能讲道理？"

乔东阳不说话。

池月缓缓地说："我们是两个独立的个体，我不会干涉你的事，你也不能干涉我的私生活。你这么'作'，是嫌56分太多吗？"

乔东阳俊俏的脸上阴沉一片。他望着池月清澈的眼睛，那双眼如初春的湖，有垂柳倒映，水光潋滟。他目光黯了下来："好，我走。"

池月松了口气，又听他补充道："我等你两个小时，过时不候。"

说完，他站起身往外走。

邵之衡刚结了账，看乔东阳要走，怔了怔，开口把他叫住："乔先生。"

乔东阳没精打采。他瞥了邵之衡一眼，抬了下眉头，不作声。

邵之衡微微一笑："我刚想起来下午还有事，没时间和池月去看店面了。"

乔东阳目光一闪："你什么意思？是让我吗？"

邵之衡脸上的表情不变，他说："我可以单独和池月说几句话吗？"

乔东阳扬起眉梢。

邵之衡见状，微笑道："不会很久，不超过十分钟。"

乔东阳眯了眯眼睛："行。你跟她说，我在楼下等她。"

乔东阳疾步如风，转眼消失在私房菜馆。

池月还坐在桌子旁。看到邵之衡过来，她站起身："邵哥，我们走吧。得抓紧时间，我只有两个小时……"

"池月。"邵之衡示意她坐下来，"我说点事。"

池月一怔，坐下。

邵之衡招呼服务生过来，为他们续了水。

邵之衡没有说话，神情复杂地看了池月很久，疲惫地抬起双手，揉了一下太阳穴："我很抱歉，池月。我错过了向你表白的时机，但还是想跟你说清楚我的想法。"

池月微微地眯着眼，不作声。

邵之衡轻轻一笑："你不要紧张。今天既是我向你表白的日子，也是我准备放弃你的日子。这好像有点'丧'。"

"邵哥……"池月有点踌躇。

两人认识几年了。邵之衡与她在网上交流较多，现实中只见过几次面。以前她从未想过自己会与邵之衡有感情牵扯。邵之衡是谦谦君子，坦坦荡荡，说话做事都有分寸，在她面前从来没有超越友谊限度的言行。今天他的告白对她来说太意外了。

"很显然，我是个失败者。"虽然邵之衡嘴里说自己失败，脸上却没有失败者常有的颓败神情，甚至还一直带着笑，"我以为温水煮青蛙更容易，我们可以慢慢来。"

他看着池月，眸子里有一丝探究的神色。

"你性子冷，不容易亲近他人。如果我让你产生了防备心，就更接近不了你了。我知道要打开你的心，急不得。所以我一直不敢轻易触碰你，怕惹你不快，被你纳入拒绝往来的黑名单。"他说着说着，忍不住笑了起来。

池月表情松弛下来："邵哥……"

"你什么都不用说，更不用道歉。"邵之衡对她微笑，"感情的事强求不来。我是成年人，在你之前，也曾有失败的感情经历。所以你不用安慰我，我懂得自己调整心态。"

池月的眉心拧了起来，她说："我是真的不知道。"

"你不知道，是因为你和我没有形成情感对流。"邵之衡温和地说。他喝了口水，眼角微微低垂："本来我可以不告诉你，但我是个商人，失败了也应该复盘过程，弄清楚失败在哪里。"

池月也笑了起来："你跟我说这个真的太突然了。我很意外，不知道说什么。"

"你什么都不用做、不用说。过了今天，我还是邵哥，你还是池月，我们依旧是合作伙伴，一切都不会改变。"邵之衡看着她，"我说完了。你去吧，他在楼下等你。"

池月问："那你呢？"

邵之衡端起茶杯，吹吹水面："我再坐一会儿。这里的环境不错，适合我想事情。"

池月看着这个温和的男人，心里突然沉甸甸的。从小到大，对她表白的男人多如过江之鲫，具体的人数她记不清了，更不会为那些因为喜欢她而痛苦的人感到难过。但今天，她的心里也不好受。也许她是怕友谊破碎吧，毕竟邵之衡捅破了窗户纸，两个人的关系就很难回到过去。

池月捋了捋头发："邵哥，这些年感谢你的照顾。"

邵之衡说："别客气，你并非池中物，我一直看好你。我知道，就算没有我，你也会得到自己想要的东西。相反，我应该感谢你，是你给我创造了利益。像你这样的生意伙伴不可多得。"

这话倒是实事求是，他没有吹捧池月。

池月笑了："谢谢！"

邵之衡抬抬下巴："去吧，店面等你有时间再看。今天你要是跟我去了，你的男朋友就该'炸'了。"

听邵之衡说乔东阳要"炸"了，再想到乔东阳那个"作"劲，池月不由自主地笑得更明显："其实他是个不错的人，就是可能受到家庭环境影响，有时候比较自我，心高气傲。对事，他只分两类——顺心的、不顺心的；对人，他也只分两种——顺他的，不顺他的。他虽然有大爷毛病，却没坏心眼儿。"

"我知道。"邵之衡跟着笑，"他要是有坏心眼儿的话，今天这顿饭我可能就吃不成了。"

池月尴尬地笑了笑，其实也不知道为什么自己会下意识地为乔东阳解释，严格说来，乔东阳有时候“作”起来真的挺讨人厌的。但乔东阳越“作”，就越让人心疼。

池月告别了邵之衡，下楼后，一眼就看到倚在车边抽烟的乔东阳。

乔东阳没有看她，在看天。天空白茫茫一片，什么也没有。可他微微地眯起一双眼，看得出神。她想起在观星台看星云图时，他告诉她，去那个距离地球 520 光年的地方就是他的理想……乔东阳的那副样子有些莫名的沉郁。

池月微微失神：“乔东阳！”

乔东阳转过身来，神情慵懒地看着她。他掐灭烟头，用手指准确地将烟头弹入垃圾桶里，一侧的唇角上扬：“你和你的老情人说好了？”

什么老情人？池月看着他认真的样子，忍不住笑了：“谈好了！走吧，我们去领机器人。”

她居然不否认？乔东阳恨恨地咬牙，打开车门：“上车！”

今天乔东阳亲自开车。池月看了他良久，认为该说的话还是得说开：“知道吗，你今天有点过分。”

乔东阳不看她，语气凉凉的：“你在帮谁说话呢，池小姐？”

池月就知道他会这样。她抿着嘴歪着头打量他，一动不动。

气氛凝滞了片刻。乔东阳终于转过头，对上她的视线，又冷笑着挪开眼神：“以后我不想再跟傻子吃饭。他再约你，我不去就是了。”

池月的脑门上全是问号。她愣了愣：“你什么意思？”

“字面的意思。”

汽车上了高架，乔东阳踩油门加速，一脸嫌弃地哼了一声：“我还以为他会与我一战呢，结果还没开打，他就宣布败退，他不是傻子是什么？”

"乔东阳。"池月想说点什么，可终究没有说出来，只是叹了口气。

乔东阳望着前方的道路："不用说了，我对他没意见。只要他不来招惹你就行，我懒得看他，更不会去报复他。你别为他打算了，他精着呢！他至少比你精。"

池月的那个机器人是定制款，设定按照她提供的资料和要求进行了修改。因为工作人员急着赶工，机器人还在设计院里，由程序员做最后的调试。

马上就要和小可爱见面了，池月有点迫不及待。

乔东阳却在她下车的时候拉住了她："问你个事。"

池月微微一怔："什么事？"

乔东阳的视线落在她的脸上。他有些飘飘然："一会儿要不要跟人介绍，你是我的女朋友？"

池月被他拽着手，整个人稍显僵硬："你还是说我是你的助理好点吧，以后还要在一起工作呢。'女朋友'这个称呼会让人觉得，我是个什么事都不做的花瓶。"

乔东阳一扬唇角，缩回手插入兜里，大步地走在前面："好。"

他这么好说话？池月看着他的背影，突然反应过来：该死的！我这是被他"套路"了啊！这家伙只得了56分，我本来就不是他的女朋友啊！我这么回答，不是相当于承认了吗？

池月跟上乔东阳的步伐，瞪着他。瞪着瞪着，她又只剩下叹气了。这厮迈着六亲不认的步伐走路，这么狂、这么拽，居然也这么好看。她恨自己被王雪芽传染，成了个没原则的"颜控"。

一个名叫小赵的女工作人员接待了他们。小赵看到池月，眼睛一亮："乔总，可以提货了。我是让人送过来，还是你们过去看看？有什么问题，我们还可以再改善……"

乔东阳说："我们去看看吧。"

他走在前面，池月跟了上去。

小赵突然跟了过来："小姐姐，你是《天降奇兵》里的那个池月吧？"

看《天降奇兵》是 Crown 公司的工作任务吗？为什么人人都看过，人人都认识她？池月假笑着点点头："是的。"

"你真漂亮，比节目上更漂亮。"小赵小声地吸气，又看了看乔东阳的背影，"怪不得我们乔总喜欢你。"

池月觉得一头雾水。刚才乔东阳不已经介绍过，她是他的助理了吗？

小赵惊觉失言，拍了拍自己的嘴："我说错了。该死，群里通知过，为了避免乔夫人尴尬，大家要守口如瓶，假装不知道你是乔总的女朋友，只能称你为池助理……"

池月无言以对。

小赵："完了、完了！我没有假装成功。你千万不要说出去啊！谢谢、谢谢！"

她双手合十，鞠个躬，飞似的跑开了。

池月望天长叹，恨不得一脚踢飞乔东阳。

不过她的这种心情没持续多久，在她看到定制机器人的那一瞬间，之前的种种情绪顿时烟消云散。

机器人太可爱了，圆圆的头，圆圆的脸，粉色的身体，是女宝宝的造型。虽然它和天狗的样子不一样，但跟天狗一样萌。看到池月和乔东阳，机器人招了招手。

"你们好，我是最可爱、最呆萌的天猫，有什么需要我为你们服务的？"

噗！池月差一点笑岔气。乔东阳能不能给机器人取个正经点的名字啊？

拿到了机器人的池月归心似箭。她很渴望看到池雁的笑脸，在回去的路上就开始探乔东阳的口风："我们什么时候回月亮坞？"

乔东阳说："恐怕还得等两天。"他明白她的想法，伸过手来牵住她，"你再忍忍，等我把手头的事做完。"

"好。"池月看了他一眼，没有把自己的手收回来。

乔东阳又捏了捏她的手，两个人的手握在了一起。

她有了陪伴机器人却不能马上带回去，先在朋友的面前得意一下不过分吧？当天晚上，池月从各种角度给小天猫拍了照片，选了一张最漂亮的，发到"亚洲五美"群，低调地加了个微笑的表情。

群里"炸"了！

"哇，你拿到奖品了！"

"羡慕！"

"实名羡慕！"

"举双手双脚羡慕！"

刘芸和孟佳仪你一言我一语，王雪芽却没有出声。池月猜王雪芽在训练，也没有私聊她。

不一会儿，王雪芽发消息来了："月光光，你什么时候回来啊？"

池月皱了皱眉："我过两天就回来。你怎么了？"

王雪芽："没什么，我就是想你了嘛。难道你不想我吗？"

池月撇了下嘴："想个鬼，你肯定是有求于我对不对？"

"嘤嘤嘤，你有小天猫就不爱我了。"

哼！池月趴在床上，看着手机："说吧，这几天怎么样？"

"不好，快累死了。"隔了片刻，王雪芽又补上一句，"我爸要来星空航天城，你说怎么办啊？"

池月微微地眯了眯眼。王雪芽的父亲是航天学术领域的教授，去星空航天城不奇怪。奇怪的是，父亲大人去看王雪芽，难道王雪芽不高兴吗？池月笑着说："什么怎么办？你好酒好菜地招待他呗。"

"不是这个意思啦。"王雪芽语气有点着急，"我和范渣男谈恋爱的事有告诉我爸妈。但我们已经分手的事我却一直没说……我爸这次过来说要见我的男朋友。月光光，我该怎么办啊？"

在池月看来，这简直就是小事。她说："你告诉他实话。谁能不遇到几个渣男呢？"

"不行。你不知道我爸这个人！我要是实话说了，他肯定会把我拎回去……"

"被拎回去不是更好，你就不用辛苦地训练了。"

"月光光，你皮痒了？人家认真地让你出主意呢。"

池月摇摇头："真是个单纯的女孩子，你只有两条路，一是告诉你爸实话，让他替你出头把范维打死；二是重新找个男朋友给他看。"

"馊主意！"

王家就这么一个宝贝女儿，小公主受了委屈，这还了得？池月能想象王雪芽爸妈的心情，但不认为这是什么大事。毕竟父母都疼爱女儿，王家爸妈顶多责怪雪芽几句，这事也就过去了。更何况王雪芽和范渣男不是没出事吗？所以池月安慰了王雪芽几句，听到乔东阳叫自己，就和王雪芽告别了。

乔东阳来敲门，还带着小天狗。

天狗机灵，一眼就扫描到了床脚边的天猫："就是这个傻猫，抢走我的池月小姐姐。是不是，乔大人？"

池月望了乔东阳一眼，真不知道他怎么教天狗的。她赶紧弯下腰，摸摸天狗的脑袋："怎么会呢？天狗才是最可爱的宝宝呢。"

天狗晃了晃脑袋："那你为什么要它，你有我还不够吗？"好幽怨的语气。

池月无奈："可你不是我的啊。"

天狗："我是你的。"

池月瞄了乔东阳一眼："乔大人不答应呢。"

天狗往后转了转大脑袋，看看乔东阳，见他面无表情，于是默认了自己和他的从属关系，然后又回头望着池月，不知道从哪里搜出一句无奈的话："它有我可爱吗？"

"你们一样可爱。"

天狗对这个答案明显不满意："它有我聪明吗？"

池月看了一眼床边的天猫，内心的答案是否定的。工作人员赶工做出来的天猫，和在实验室里经过多年测试并屡次升级程序的天狗相比，就算没有强弱之分，在性能方面的差别也很大。天猫比天狗差了好几个段位。

天猫当然也聪明，但是没有天狗的意识能力和综合判断能力。天猫看到天狗，只会说："欢迎光临，我是你的好朋友天猫。"

天狗果然嫌弃它："我才不是你的好朋友，我是池月小姐姐的好朋友。"

天狗终于纠正过来，用词变成"好朋友"，而不是"男朋友"了。池月突然有点想笑。

两个机器人正在进行着古怪的对话。

"你是猫吗？你长得像猫，但比猫丑。"

"我是天猫。"

"谁准你跟我一个姓的？"

"我是天猫。"

"你的程序员爸爸是谁？"

"我的爸爸是大 MIMIMI——这是他的网名。"

"你只有一个爸爸吗？"

天猫明显接不上话。

"我有好多个爸爸呢。"天狗骄傲的样子简直和乔某人一模一样，"乔大人也是我的爸爸。"

池月的嘴唇抽搐着。她差点被天狗的话笑死。看着抱臂戳在门口的乔东阳，她挑挑眉头："你过来就是为了看猫狗大战的？"

乔东阳斜着眼看她："我来看你睡了没有，顺便问问能不能约你一起睡。"

池月挑挑眉："你说得这么直率，让人怪不好意思的。"

乔东阳的表情放松。他倚在门框上，有意无意地瞄向她的那张床："那么你的答案呢？"

池月："滚！"

呵！乔东阳并没有因为她的拒绝而生气。他表情贱贱的，笑意更浓："你想回月亮坞？"

池月不假思索地反问："是我表现得不够明显吗？"

哼！乔东阳又看了一眼那张床："陪我喝一杯？我争取早点回去。"

池月不喜欢喝酒。酒精会麻痹人的神经，而她希望自己在任何时候都处于清醒的状态。

"怎么，不肯？"乔东阳叹了口气，"老侯做了夜宵孝敬我，你就不想试试味道吗？"

侯助理做的菜确实好吃，对池月来说有诱惑力。池月感觉到自己的胃在分泌胃酸。她看了乔东阳一眼，似笑非笑地说："吃夜宵一定要喝酒吗？"

乔东阳眯着眼看她，身体前倾，向她凑近。突然，他用手臂撑在她的身侧处，低头轻笑，像个妖孽："你这么怕陪我喝酒？你是爱上我了吧？"

池月的眼珠一转。她说："怎么说？"

"你怕控制不住自己，对我意图不轨。"

池月看了看他放在自己肩膀边的胳膊，一把把他推出去："神经病。"

乔东阳扭过头，补充说："来吧，老侯也在。三个人一起喝，你犯不了错的。"

一个小时后，酒量半杯倒的池月就投降了。

她破坏了气氛，脑袋快摔到桌子上了。

"你这破酒量……哎，我说，你别抓住我……"乔东阳把她抱上楼，放在床上。他想抽出手帮她脱鞋，可她劲大，她拽住他的胳膊就是不放。乔东阳试了两次，胳膊没抽开，还被她挠了几下。

“你这酒品……往后我再让你喝酒，就是你孙子。”

“孙子？我有孙子了？”

乔东阳哭笑不得。池月这是醉酒，还是装疯？

“乖点。”他拍拍池月的脸，弯下腰继续帮她脱鞋。

池月没给他机会。她折腾得厉害，双腿一弯，一蹬，一双鞋就被她踢得飞了起来。鞋长了眼睛一样，在空中回旋一圈，一只擦着乔东阳的耳朵飞出去，一只刚好砸在乔东阳的脑袋上。

“池月！”乔东阳气急败坏地说。他那俊美的面孔以看得见的速度扭曲起来。

他想骂人，但池月没给他机会。她眯着眼，脱掉外套，松开领口，用两条长腿把被子一夹，骑上去，那副乖乖睡觉的样子，让人根本恨不起来。

乔东阳觉得话堵在喉咙里没说出来。卧室里橙黄的灯光氤氲着，给房间染上了一层暧昧感。他居高临下地看着她，目光渐渐地变得温柔起来。池月的酒品没多好，也没多糟。除了对他又打又踢，她没有做其他过分的事。

“这女人……真是砸在我的手上了。”

乔东阳原谅了她，弯下腰想把她夹着的被子拉出来为她盖上。

可是池月仍然没给他机会。他的手刚碰到她的腰，她就一脚踹了过来：“滚！想占姑奶奶便宜？死一边去！”

乔东阳刚刚消下去的火又冲上来了。他黑着脸，拍拍她的脸：“乔月，不，池月，你仔细看看我是谁。”

池月懒得睁眼睛：“我管你是谁……反正你没有乔东阳好看。滚，不约！”

乔东阳看着她张牙舞爪的样子，恨得牙痒痒。强烈的危机意识提醒他，他这个时候应该离这个疯女人远一点才能保平安。可是谁让池月说酒话骂人也这么招人喜欢呢？他忘记了被踢、被挠、被鞋砸头的教训，重新靠近她，帮她拉被子，免得她着凉。可是他的脑袋一低，池月以一个标准的拳击动作冲他的面门捶了一拳。

“你别碰我，是不是想死？”

她喝酒了也这么能打？乔东阳不知该哭还是该笑：“池月，你到底是真醉还是假醉？”

池月的眉头皱成一团。她转身换了个舒服的姿势：“我警告你，不要动我。不然……乔东阳会弄死你的。”

刚准备把她暴揍一顿的乔东阳心又软了，想：你看，人家喝醉了脑子却还清楚，不会轻易让男人得逞。最主要的是，她喝了酒也坚信他会帮她。

他像在哄任性的孩子，语气很温柔：“放心……我不动你。我给你盖被子。我保证什么都不做。”

乔东阳再三保证，慢慢地去拉她的被子，防备她放大招。可这一次，她没有攻击他，而是紧紧地抱着被子，不肯放手：“你别抢我的被子……抢男人可以，抢被子不行。”

乔东阳高高地举起枕头，恨不得砸死她。

他愣了半晌，低头问她：“乔东阳对你好不好？”

两个人挨得很近，能听见彼此呼吸的声音。池月看着他的脸，觉得有些恍惚。

“好。”池月说完又摆了摆脑袋，“不好。”

“到底是好，还是不好？”

“有时候好，有时候不好。”

“比如——”

“比如好的时候就好，不好的时候就不好。”

她是被天狗上身了吗？乔东阳看着眼前这个醉醺醺的女人，觉得她又是可爱又是可气。于是他捏了一下她的鼻子。

“嗯！”池月觉得呼吸不畅，“你干吗啊？”

乔东阳失笑，突然在她的唇上一啄：“想吻你。”

池月没有抗拒，也没有力气抗拒，只是睁着一双水汪汪的大眼睛看着他：“就这样？”

乔东阳："嗯，可我还想干些别的……"

"不许想！"池月霸道地说完，突然伸出胳膊勒住他的脖子，狠狠地一拉，在他的额头上啃了一口，"你亲了我，我也要亲回来，不能吃亏。"

乔东阳的一双黑眸显得更深邃了。

这是她第一次主动亲他。虽然她处于无意识的状态中，但这一举动仍然刺激到了他的神经。他用力地将她捞过来："池月……"

"嗯？"

"刚刚我没感觉到……"

"什么？"

"你再亲我一下。"

"你是猪八戒吗，吃了人参果，却没尝到滋味。"

池月掉开头，睡了。

乔东阳看着她半醉半醒的模样，心里像有一只野兽在咆哮。他实在忍不住，凑过去又亲了她一下。这次他亲得更重了，亲得她气喘吁吁。然后他望着她笑："我又亲你了，你又吃亏了。"

"哦。"池月闭着眼，无视他期待的目光，"我妈说，吃亏是福。"

池月昨夜处于浅醉微醺的状态，睡得极沉。而且她还有一个特技——她醒来以后，对喝醉时发生的事一无所知。

乔东阳和侯助理频频地向她投去探询的目光，她却一脸困惑地反问："我的脸上有脏东西吗？你俩干吗一直盯着我看？"

乔东阳面无表情。侯助理咳了咳，只当什么都不知道。

早餐是侯助理准备的。乔东阳可能已经放弃挣扎了，今天没有进厨房。吃过饭，三个人去了公司，画风看起来非常诡异。

这一天过得风平浪静，然而下班的时候，乔东阳又抽风了，居然要去买菜。

这对侯助理来说，简直是他万年不遇的新鲜事。

于是三个人组队进了超市。池月觉得乔东阳最近就像吃错了药的傻子，总做些让人摸不着头脑的事。买菜这么枯燥无聊，他居然感兴趣，看到什么问什么：“这个喜不喜欢？那个爱不爱吃？”

池月快崩溃了。她有点后悔，当初不该忽悠他下厨。

“乔先生——”侯助理在后面推着车，突然喊了一声。

乔东阳和池月一起回头：“怎么了？”

侯助理快走两步，小声地说：“好像有狗仔在偷拍。”

狗仔？池月望了乔东阳一眼。他又不是明星，怎么会被狗仔偷拍？

乔东阳自豪地笑道：“哥的人气太旺了。”哼了一声，他朝猴子示意：“去，把人给我揪出来。”

乔东阳的身边原本安排有保镖，只是他嫌麻烦，从来不让人跟。但这些人拿他工资、吃他饭，所以只要他需要，就随叫随到。侯助理发了个消息给保镖。他们采购完，拎着菜去停车场时，保镖已经把狗仔堵住了。

一对十几岁的年轻男女被保镖揪住，规规矩矩地低头站着，瑟瑟发抖。

乔东阳把购物袋递给侯助理，慢条斯理地走过去，冷着脸问：“你们鬼鬼祟祟地偷拍我，想干什么？”

小年轻吓得眼睛已经红了，连连道歉：“不好意思，我们想跟拍池小姐，实在不好意思。”

“噗！”侯助理没憋住笑，看乔东阳黑着脸，立马正经起来，开始问话，“你们为什么要跟拍池小姐？”

“我们没……没坏心。”女孩有点紧张，话说得结结巴巴，“池小姐的人气旺，我和男朋友想跟拍她，发个抖音‘吸粉（吸引粉丝的关注）’。”

吸粉？乔东阳黑着脸：“手机！”

两个人没有挣扎，乖乖地把手机拿了出来。

乔东阳拿过手机一看，发现他俩确实在拍抖音，而且这还不是

第一条。在今天之前，他们已经偷拍了两条与池月有关的短视频，点赞量和评论数都很高。乔东阳觉得视频的背景有点眼熟，这不是他奶奶的生日宴吗？

短短两三天，这两条与生日宴有关的抖音视频就“爆”了，为这对男女带来了几十万的关注量。他们尝到了甜头，就又来偷拍了。

“好得很。”乔东阳把玩着手机，目光冰冷，“你们是乔家的亲戚吗？”

“不……不是……”女孩觉得头快低到胸口去了，“我是生日宴会上的服务员。”

“胆子挺肥的。”乔东阳删掉抖音的内容，把手机砸回去，“滚！”

那两人重获自由，一声不吭地走了。等离乔东阳稍远些，他俩不怕死地回过头，敞开嗓门喊：“人气这么旺，小姐姐为什么不考虑出道啊？我们一定会‘粉’你的！”

池月以为这只是个插曲。在信息爆炸的时代，今天火起来的短视频，可能明天就会被忘记。她没想到这事居然给她和乔东阳带来了麻烦，乔家人直接“杀”过来了。

这次来的人有点多，除了乔东阳的小妈董珊，还有乔家的大伯母、三婶子以及两三个池月完全没有印象的女性亲戚。当然，最重量级的人物是被三个媳妇儿搀扶着走进家门的乔家老太太。她满头银发，但精神矍铄。乔正崇没有来，来的全是难打发的七大姑八大姨。

池月系着围裙从厨房里走出来，看到这阵仗怔了一下。她打了一声招呼，准备把乔东阳“请”出来。这么大的阵势，她应付不了，也不想应付，可是乔家人明显见不得她有意疏远的态度。

“站住！”大伯母的声音带着尖细的尾音，池月一听就知道大伯母是个尖酸刻薄的主。这种人无理都要搞点事，更何况现在大伯母认为自己非常占理，盛气凌人地望着池月："你这姑娘有没有礼貌啊？"

池月也是个性子古怪的人。大伯母不给她好脸色，她索性加快脚步，只当没有听见。

大伯母见状，直接冲了过来一把拉住她："你这小姑娘怎么回事啊，没听见我在叫你——"

池月看着大伯母拉在自己胳膊上的手："松开！"

她只说了两个字，语气冰冷得让大伯母打了个寒战。大伯母迅速地松了手，但嘴上依然不肯饶人："我叫你呢，你听不见吗？"

池月："听不见。"

"这是怎么了？"乔东阳从厨房里钻出来，擦了擦手上的水，看见这场面，一扬唇角，阴阳怪气地笑了，说，"这是怎么回事？你跑到我家里来撒野了？"

在长辈的眼里，"撒野"这个词让人难堪，晚辈不可以把它用在长辈身上。闻言，一群人顿时变了脸色，只可惜乔东阳浑然不觉。他在国外长大，看重个人隐私，领地意识极强，最讨厌道德绑架和侵犯隐私的行为。

"李嫂。"他对保姆说，"以后再有这种情况发生，你就自己卷铺盖走人吧。"

李嫂吓了一跳，望着这一群硬挤进来的亲戚，觉得头皮发麻，不敢反驳。

一干亲戚面面相觑，气氛难堪到了极点。董珊看了看大家，尴尬地招呼老太太就座，给了大家一个台阶下："妈，有事坐着说吧，大家都别站着——"

"你闭嘴！"老太太冷眼瞪着董珊，"看看你教出来的好儿子！他已经这么大了还没有家教，真丢乔家的人。"

老太太往沙发上一坐，气场强大。董珊张了张嘴，没有说话。

大伯母一贯会看人脸色，害怕婆婆，通常捧着婆婆，只是对董珊这个妯娌踩习惯了。她走过去坐到老太太的身边，开始酸董珊：“董珊又不是乔东阳的正经亲妈，哪里教得了孩子？再说您哪能指望一个没家教的女人能教好孩子？妈，您对二婶的期望太大了。”

董珊的脸上火辣辣的。她攥紧了手指，低下头，默默地转身去给老太太倒水，背影显得有些孤单。

池月看着这场闹剧，突然有点心疼董珊。董珊看上去光鲜体面，乔家却没有一个人真正地尊重她。

乔东阳看了董珊一眼：“你干什么？”

董珊端着水壶走过来，闻言手一抖：“我给你奶奶倒水……”

乔东阳从她的手上夺过水壶：“人家又不是来喝水的，你倒什么倒？你去坐着。”

董珊的动作僵了一下。她没吱声，也没有再坚持。虽然乔东阳对她依旧冷漠，但她还是他的家人。“人家”和“家人”相比，还是有明显区别的。

乔东阳把水壶往桌子上一放，居高临下地站着，看着这一群闹哄哄的亲戚：“行了，你们有事说事。”

老太太一拄拐杖：“混账，你在跟谁说话呢？我可是你奶奶！是谁把你教得这么没礼貌的？”

乔东阳懒洋洋地看了老太太一眼，重复道：“有事说事。”

乔东阳气得老太太一口气差点没提起来。她长叹一口气，胸膛起伏了好一会儿：“好、好、好，乔东阳你好得很，我是管不了你了。只是你爷爷可怜啊，不知道被什么东西迷了心窍，居然想把乔氏托付给你这种不成器的东西……作孽哟！”

乔东阳抬抬眉毛：“那你把我爷爷从坟里扒出来，修改遗嘱呗。”

“你——”老太太睁大眼睛，几乎不敢相信自己的耳朵。这种大逆不道的话，一般人是不敢说出来的。老太太指着他的脸，看着他漫不经心的笑容，咬牙切齿地说：“你这个怪物，冷血怪物！我们乔家怎么生出了你这样的孽子？！”

“哦。”乔东阳面无表情，“奶奶教训完了吗？”

“你什么意思？”

“你没说完继续说，说完就请回，我没准备你们的晚饭。”

老太太看着乔东阳，嘴唇颤抖，显然被他气得不轻。大伯母、三婶娘、七大姑八大姨赶紧过来替她顺气，那副样子把池月都吓住了，池月生怕乔东阳把老太太气出个好歹。毕竟老太太年纪大了，不像乔正崇那么耐气。

池月瞄了乔东阳一眼，然而乔东阳只当没看见。他懒洋洋地指了指厨房：“我锅里煮的菜快煳了，老人家赶紧回吧。几十岁的人了，以后少给自己找不自在，不要听风就是雨，被人家当枪使。”

这话大伯母不爱听了：“我说东子，你什么意思？你奶奶被谁当枪使了？”

乔东阳懒得理她：“谁递的枪，谁心里有数。”

大伯母拉下了脸：“你还有脸指责别人？东子，你奶奶好好一个八十大寿被你搞成一出闹剧，还被人家拍了视频传出去，你知道人家是怎么戳咱们乔家的脊梁骨的吗？你就没点悔意？”她看了一眼老太太，加重了语气，“你奶奶一共还能过几个大寿啊？你这么作践她，怎么这么不孝呢？”

大伯母的原意是老太太过个大寿不容易。她想深入刻画乔东阳不孝的形象。可一听这话，乔东阳就乐了：“奶奶，听到了吗？大伯母在咒你早死。”

大伯母的脸色一变。她说：“你在胡说八道些什么？”

乔东阳：“不是你说她这辈子过不了几个大寿了吗？”

大伯母被戗，气得脸都绿了：“我哪有这个意思，我是说——”

“好了！”老太太喝止大伯母，盯住乔东阳，“那两个拍视频的人说，是你答应放过他们的？”

老太太是为这事来的？乔东阳冷冷地笑：“不放过他们能怎样？留着过年吗？”

大伯母抢话：“他们没经乔家同意就发布视频，当然不能轻易地被放过。这事肯定得跟他们要个说法……你倒好，专跟家里对着干，凭什么你说放过他们就放过？你能代表谁？”

实际上乔东阳没说放过他们，只是没有深入追究他们的责任罢了。公司后来找到了那对小年轻时，他们害怕承担法律责任，就把这事推到乔东阳的身上，说已经跟乔东阳道过歉并获得了谅解，删除视频后，这事就算结束了。他们说出这样的托词是出于自保。

乔东阳原本不觉得这两个人无辜、值得同情，可是看着眼前这一群维护乔家利益的人，忍不住笑了："人家一个月就赚三五千块钱的生活费，你准备让人家怎么赔，赔到倾家荡产吗？"

"他们倾家荡产也得赔，我们得给他们点教训……"

乔东阳轻蔑地笑道："大伯母，你不是吃斋念佛吗，怎么这么没同情心？"

大伯母总被乔东阳针对，脾气暴得像炮仗："我没同情心？我要是没同情心，当年就不会饶了你——东子，你把我家瑞安打成那样，我跟你大伯是怎么待你的？要是我们不饶你，当年就送你去坐牢了，哪里轮得到你在这里嚣张……"

乔东阳："哦，吓死我了。你现在可以再试试把我送进牢里去啊。"

大伯母急了："你以为我不敢是吧？"

老太太脸皱成一团："够了！"虽然她在感情上偏向自己带大的大孙子乔瑞安，但再怎么说乔东阳也是她的亲孙子，这件事她不想再提。她责怪大伯母道："都多少年前的事了，你还拿出来说？"

大伯母双眼一红，话里满是恨意："多少年前的事？你们能过得去，我这个当妈的可过不去……妈，您看看东子的态度。他打了他大哥有后悔过吗？他没有，就是觉得理所当然。"

乔东阳轻笑一声："这话就对了。你儿子挨揍，还真是理所当然。"

"你……"大伯母快被气死了，"乔东阳，你还是不是人？你是畜生吗？"

"奶奶，她在骂你。"乔东阳笑容更灿烂了，"我是小畜生，你可不就是老畜生？"

"妈，我没有，这小畜生……呸、呸、呸，我不是那个意思。"

"够了、够了。你们一个个的，是要气死我吗？"

大伯母急了，愣是被乔东阳逼成了一个泼妇。七大姑八大姨再一插嘴，偌大个客厅顿时鸡飞狗跳。乔东阳气人的本事一般人比不上，乔家从上到下没有一个人是他的对手。面对一屋子的女人，换作一般的男人恐怕连插嘴的机会都没有，可乔东阳就能把她们气得火冒三丈。她们恨不得扒了他一层皮，但又动不了他半根手指。池月刚开始还担心乔东阳，一看这架势反而坦然了。从来只有乔东阳欺负别人，他不会吃亏。一出好戏，池月看得津津有味。

老太太那个气啊！她再也待不下去了，一跺脚，拄着拐杖往外走。主心骨走了，其他人当然也待不下去了。她们搀住老太太往外走，董珊也慢慢地站起来，跟着出去。

乔东阳突然喊住董珊："饭快好了，你吃过再走。"

董珊猛地回头，一脸不敢相信的表情。

乔东阳不跟董珊对视，别开脸："我去看看厨房。"

他大步流星，走得极快。池月看看他的背影，再看看董珊，知道他们的关系别扭，不过她不讨厌董珊，于是留下来陪董珊："阿姨你坐，再等一会儿就开饭啦。"

门口的一群亲戚停下了脚步。她们看着董珊和池月，眼睛里写满了难以置信。这么多年来，她们大多数人欺负过董珊。乔正崇是个大孝子，从来不会忤逆老母亲。哪怕他知道董珊受了委屈，在明面上也是训斥老婆，维护老妈和亲戚的关系，私底下劝老婆再忍忍，一切以乔家的利益为重。在乔家人看来，董珊能嫁给乔正崇，享受荣华富贵，已经是天大的福气，哪里轮得到她提意见？尤其董珊没有孩子，乔东阳与她的关系又不好，在这种大家族里，捧高踩低的人处处皆是，她的身份极其尴尬。最开始，董珊受了委屈还会在乔正崇面前哭一哭、闹一闹。后来她发现哭闹根本没有用。乔正崇最多安慰她几句，大不了买些礼物哄哄她，但永远不会为她出头。

董珊其实有点羡慕池月。乔东阳可以为池月撑腰，这恰恰是董珊不曾拥有的体验。今天乔东阳留她吃饭，她也知道，这不表示乔东阳接纳了自己，只是"敌人的敌人就是朋友"，乔东阳不愿意那些人当着他的面怼他的小妈，丢他爸的脸，天生护短而已。但董珊仍然觉得欣慰，至少他变相地承认她了。

“他的脾气就是这样。”池月坐在董珊的边上轻轻一笑，“没坏心眼儿，就是爱闹别扭！”

“我知道。”董珊笑，“他是个好孩子。”

池月也是一笑：“一切都会好起来的。”

董珊的眼眶一红。她听懂了池月话里的话：“谢谢。池月，你也是个好孩子。”

“阿姨客气了，我并没有做什么。”

董珊摇摇头，笑得很温柔：“是因为你，他才好起来的。”

池月微微一怔。这是她得到的第一个除乔东阳外来自乔家人的认可。

晚餐是侯助理做的。乔东阳在一旁打下手，额头上沾了油渍。池月觉得好笑，替乔东阳抽了一张纸：“擦擦！”

乔东阳有点小得意，把脸伸过来：“喏，擦！”

池月抿着嘴，拿着纸用力地往他脸上擦。她劲用得大，乔东阳却很喜欢这种感觉。他一动不动地盯着她，任由她把自己搓圆捏扁。池月的脸皮薄。她被他看得不好意思，放慢了速度。

“这就温柔了嘛！”乔东阳为她夹菜。

“去你的。”池月瞪了他一眼。看董珊拿着筷子来来去去只拨面前那一盘菜，她朝乔东阳使了个眼色：“你把这个挪一挪，阿姨夹不到。”

董珊：“不用、不用，我可以夹到。”

乔东阳看了池月一眼，脸拉了下来：“吃你的饭。”

乔东阳的语气不太友善。侯助理连头都不敢抬，脑袋快缩到碗里去了。侯助理这个家伙最滑头，与乔家人打了多年交道，了解乔家的情况，绝不敢去当和事佬。恐怕只有小孩子这么做，乔东阳才不会马上翻脸。

池月也发现乔东阳的情绪起了变化。她在桌子底下碰了碰他的腿，笑道：“我想吃那个蒸菜，帮帮忙。”

蒸菜放在董珊的面前，他换掉这个菜势必要拿过去一个菜。池月希望他们有互动，乔东阳哪会不明白她的心思？他看了她一眼，默默地换了菜，把另外两个盘子往董珊的面前挪了挪，一言未发。

有池月调节气氛，这餐饭他们吃得虽然不太轻松，但总算很平静。饭后，侯助理去送董珊，池月和乔东阳上楼回房间。

池月正想表扬他今天的表现，没想到乔东阳抢先对她发了难："以后董珊的事你少掺和。"

池月："我只掺和了你的事。"

这在她看来就是这样。乔东阳却不以为然："总之你别管。"

池月沉默了片刻："我知道了。这事我本来也没有立场掺和，只是心疼你罢了。以后我不会再掺和了。"

她说完进入卧室，反手关上门。

乔东阳在门口站了一会儿，离开了。

池月听到他重重的脚步声，愣了愣，把自己扔在了沙发上。其实她要表达的就是字面的意思，但乔东阳显然不是这样理解的。他这个人的优点很明显，缺点也一样明显。有时候他像个孩子，在他的世界里，黑和白很分明。对在意的和不在意的事情，他都能做到极致——极致的爱，极致的恨。

乔家的事消停了两天，后续情况池月是从侯助理的嘴里听来的。公司把那个拍抖音的女孩解聘了，扣了她一个月的工资，没有追究其他的责任。乔家人事后也采取了措施，那几条内容，网上平台能删的都删掉了，可是别人保存下来的内容终究删不了了。乔家的内部斗争终于从幕后走到了台前，闹得人尽皆知。这件事到底成了一个笑话。

这对乔家人来说几乎是不可容忍的，尤其是乔老太太。这么多年来，乔家三兄弟私底下暗流涌动，但谁也没有真正地撕破脸，这样一闹，好了，大家的脸都不要了。于是继痛殴乔瑞安事件之后，老太太又记了乔东阳一笔账。

侯助理对池月说了很多事，但绝口不提乔东阳和董珊之间的矛盾。不管池月怎么追问，这只老狐狸都守口如瓶。这个人看似愚钝，实则精明到了极点。

池月叹气。城门失火，殃及池鱼，她跟乔东阳这件事在网上又火了一把。人红是非多，池月又被骂了一波。好多人说她有当网红的潜质，几个朋友也陆续发来“贺电”，可是乔东阳已经跟她闹了两天别扭了。

池月有点着急。她想早一点回月亮坞，可是乔东阳跟她闹别扭，申城的工作进度就一直拖着。自从那天之后，乔东阳没有再让侯助理过来，也没有再向侯助理拜师学艺了。于是池月决定亲自下厨做饭。可惜直到吃完晚饭，乔东阳似乎也没有发现饭菜是她做的，甚至没有多问她一句。

池月觉得心里堵。回到客房，她一个人坐了许久。遇到事情，她从来不会冲动解决，但今天却有点压不住火。

“天猫。”她摸了摸沙发边的小天猫，皱着眉头，“你能不能问问天狗，乔大人是怎么回事？”

天猫的程序启动了：“请问乔大人是谁？我不认识他。”

池月：“天狗呢？你认识它吗？”

“对不起，我也不认识天狗。”

池月泄气了：“那你认识谁？”

“我的女主人叫池雁，我的父亲是程序员 MIMIMI，我是一个可爱的机器人，我叫天猫。”

池月有种鸡同鸭讲的感觉。咚的一声，她倒在沙发上，望着天花板发呆。

叮！她的手机响了，发件人是乔东阳。

“你想知道什么，为什么不直接问我？”

池月看到微信，坐起来回复：“那我问你，你会回答吗？”

乔东阳：“开门。”

房间的门是关着的，但没上锁。往常这厮可不会客气，直接就进来了。池月慢吞吞地走过去，拉开门，倚在门框上，瞅着他，学天狗的语气讲话：“那我现在就问你了，乔大人，你这两天是怎么回事？你是在和池月小姐姐闹别扭吗？这可不是男子汉的作风哦——”

“池月小姐姐，我没事。回答完毕。”乔东阳瞄了她一眼，根本就没有认真回答的意思。

“不想说，那你来干什么？”

“我听说你的手受伤了。”乔东阳突然抓过她的手，用力一握。

池月的皮肤很白，但她的掌心并不细腻，乔东阳仔细摩挲还能摸到茧子。受伤的地方在她的指腹处，乔东阳看到那里有被热锅烫的两三个水疱。水疱非常明显，没有破皮，但鼓鼓的，红红白白的一团，看起来有点吓人。

池月抬眼看他：“你怎么知道的？”

“李嫂说的。”乔东阳说着就要拉她出门，“你这个需要处理一下。跟我来！”

池月往回缩手：“不用！”

乔东阳黑着脸瞪她：“你要跟我置气，也犯不着为难自己的手指吧？”

嘿！这就有意思了。池月咬牙切齿地说：“你搞清楚，咱俩到底是谁在跟谁置气呢？”

“不是你看不惯我对董珊的态度吗？”

“你搞错了吧？分明就是你不喜欢我掺和你们的家事，不喜欢我关心你的私事。”

“你没跟我生气？”

“一直都是你在生气啊，大乔哥。”

“既然你没有生气，为什么不和我说话？”

“你不说话，我一个人和谁说？”

“我不找你说话，你就不能主动说吗？”

这是误会？池月怔了一下，想了想说：“你是突然想通了，来找我和好的？”

乔东阳哼了一声：“谁不知道谁啊。分明是你想通了，故意找天猫说话，好引起我的注意。”

嗯？池月突然意识到了一个问题：“我找天猫说话，你是咋知道的？”

乔东阳似笑非笑地看着她：“它是我的机器人，我能不知道？”

“可是天猫说，它不认识你。”

“我认识它就行了！你说话用腿吗？走快点啊！”乔东阳看她磨蹭，索性将她拦腰抱起，大步往楼下走去。

“喂，你干什么？”

“帮你处理伤口。”

“你放开我，我自己能走。”

乔东阳温柔地低下头看着她：“不放。”

“李嫂在楼下呢。”池月一脸尴尬，很不习惯当着别人的面和乔东阳亲热。

“那你亲亲我。”乔东阳开始讲条件。

“不亲。”池月狠狠地说完，却突然搂住他的脖子，在他的脸上吧唧了一下，“现在可以了吧？”

“你再亲一个。”

“凭什么？”

“我跟你讨利息。”

池月翻了个白眼，不理他。

乔东阳看了她一眼，几步走下楼梯，把她放了下来，突然说：“我们明天就回月亮坞。”

嗯？惊喜来得太突然了，池月看着他：“你这边的事情忙完了？”

“没有。”

“那你为什么突然要回去？”

“月亮坞出了点事。”

乔东阳的语气淡淡的，池月听不出他是喜是怒。他说：“有人带头闹事，煽动村民阻止项目组勘测，在网上攻击月亮坞项目，说项目会破坏地质。”

“有这事？”池月有些吃惊：“怎么这么突然？”

乔东阳沉默了一会儿：“很多看似突发的事件，背后一定有因果。”

池月想了想：“是不是村民想多谈点赔偿，故意搞事？”

“我们得过去看了才知道。”乔东阳让她在沙发上坐好，找到医药箱，蹲下身子，认真地替她处理烫伤，过了好一会儿，又说，“我原本是真心实意地想为当地做点事，没想到会招来这么多麻烦。”

池月好久没吭声。其实这事的根源在她。乔东阳这个地主家的傻儿子当得好好的，要不是被她撺掇，怎么会跑去月亮坞搞个那么大的项目？他是最受不得气的人，会不会一不高兴就不干了？他如果不干了，项目前期投入的钱对他来说损失不大，可月亮坞只怕再也碰不上这样的机会了。

池月低眉顺眼地说：“这事交给我去解决吧。”

“你？”乔东阳笑了起来，“你一个女孩子，要去跟人打一架吗？”

池月看着他：“我能解决，你相信我。”

乔东阳知道她在想什么。他拉过她的手，将她的手搁在自己的大腿上：“你放心吧！我们有团队处理，比你单打独斗更妥当。你是当地人，不适合跟他们发生冲突。”

池月的手指被他弄得有点痛，她龇牙咧嘴：“你给我三天，让我把他们的底摸清楚。”

他们披星戴月地回到吉丘，再转道月亮坞，抵达时已是黄昏。项目组的营地里大家正准备开工，大堆的材料被拉过来，全部被摆在沙地上。俞荣看到乔东阳的汽车驶入村委会，像是见到了救星，飞似的过来帮乔东阳拉开车门：“乔总，你可算回来了……”

“进去再说。”乔东阳迈出汽车，走了两步又回过头，朝池月伸出一只手。

池月一愣，俞荣也愣住了。这两个人离开月亮坞的时候，关系还没这么好。他们在短短几天里，发生了什么？俞荣有怀疑，但没敢吭声。

池月大方地搭上乔东阳的手，往下一跳：“谢谢乔总。”

乔东阳看了她一眼，没跟她计较，带头走入了村委会的办公室。

乔东阳今天穿得很休闲，面色比平常更为凝重，可是池月觉得他认真工作的模样特别有男人味，给人一种踏实的感觉。她坐在办公室里喝水，一边听他们说话，一边看乔东阳当败家子。

“能用钱解决的问题就是小问题。”

“问题是他们狮子大开口……”俞荣递上了材料，“我大致了解了一下，村民的诉求有两点。一是安置问题。他们不愿意我们把安置房修在镇上，认为万里镇风沙大，居住环境太差。如果月亮坞的项目影响到环境，说不定几年过后整个镇子都被风沙淹埋了，他们就算有了安置房也没有用。二是赔偿问题。我们之前故意透了点风出去，想探一探村民的反应。可是他们对赔偿金额的要求与我们研究的方案存在较大的差距。”

乔东阳皱着眉听着：“现在具体是什么情况？我们做了哪些工作？”

池月回答：“县上和乡上的同志已经分批下去给村民做思想工作了。还是有些村民明白事理，表示支持我们的工作，也愿意拆迁，就是……他们不敢和大多数人对着干……”

这就有意思了。乔东阳问：“带头的人是谁？你们查清了吗？”

“查清了。”俞荣从文件袋里抽出两个人的资料摆到乔东阳的面前，“是隔壁横峰村的两兄弟，恶名在外，霸道、蛮横、不讲理……村民比较怕他们。”

“两个泼皮，我们还能拿他们没办法？”

“倒不是没有办法，只是……”俞荣看了池月一眼，压低声音，“政策摆在那里，咱们最好是协商解决问题，不能强来……现在大多数人受到了煽动，法不责众，事情处理起来有点麻烦。”

“擒贼先擒王！”池月看着乔东阳，突然插嘴，“我去找他们。”

俞荣吃了一惊：“池助理，你可千万别去，这两个人根本就不讲理。”

“知道。”池月说，“小时候他俩就是因为不讲理，被我揍过好多次。他们多年没挨揍，皮又痒了！”

俞荣瞪大眼，一脸震惊。乔东阳愣了愣，也是一脸“我媳妇儿好厉害”的表情。

第二章

善良与卑鄙

横峰村位于月亮坞的隔壁。从地图上看，两个村距离不远，但横峰村坐落在月亮湖的另一头，他们要去横峰村，必须穿过月亮湖这片荒漠。这里的村庄面积大，路也绕，他们从月亮坞出发，开了近两个小时的车才到横峰村。

沙漠里的村居大抵相似，横峰村也被掩于黄沙漫天处。偶有几株枯萎的树木与草，风一吹就抖落一身黄沙。房子灰扑扑的，从瓦到墙只有一种颜色，萧条得没有半分景色。

池月没有找人问路，就找到了龚家文和龚家武的院子。两兄弟的房子是连在一起的，一左一右各开一道门，中间隔了一堵围墙。两家都养了狗，人还没接近院子，狗就在里面狂叫起来。

池月上去拍门："有人吗？"

狗叫得更凶了。屋子的主人拉开了木门，吱嘎声显得特别刺耳。开门的是一个焦黄脸的汉子，长得五大三粗，黝黑的皮肤一看就是受到经年累月日晒的结果。不过正如俞荣所说，这个人双眼冒凶光，一看就不好惹。

“找谁啊？”

对方语气不善，眉峰像两把斧头，看起来凶相毕露。乔东阳见状，默默地往前站了一步，想把池月护在身后。谁料池月不仅不退步，反而往前一推，把那汉子推了个踉跄。

“还敢问我是谁？你不认识你姑奶奶了？”

池月说的是家乡话。那汉子脸上的表情变了变。他看着她细皮嫩肉的漂亮样子，过了好半天也没认出来：“你是？”

“我是你姑奶奶！”

黑大汉瞪着她，像是想发火。可生气的话还没说出口，他一转眼珠，想起来了，噌的一下蹦起来，指着她吼：“你是小黑妞……”

池月用余光瞄了一下乔东阳，判断他应该听不懂这句土话。于是她放下心来，继续当恶人：“认出来了？龚家文你现在可是不得了啊？嗯？”

那汉子拍了拍胳膊上的尘土，翻了个白眼：“我是龚家武。”

“这样啊。”池月哦了一声，突然把脸往下一拉，“早知道你是老二我就不推你了，我直接揍你！”

小学同学多年不见，再见已是沧海桑田。可池月“毫不见外”的作风倒是让龚家武很快就没了陌生感，与她愉快地聊了起来：“我们好多年没见过了吧。小黑妞，你是什么时候回来的？是不是也听说这里要拆迁了？你家有上百亩地，这次可要发财了。”

“我发你个鬼！”池月瞪着他，又向四周看了看，“你哥呢？把他喊出来。”

“我哥……”龚家武犹豫了一下。他防备地看着乔东阳，想了想，说：“他去县城干活儿了。”

池月黑着脸哼了一声：“他的电话号码是多少？发给我。”

“不是，我说小黑妞，你今天干啥来了？”

龚家武憨头憨脑，一脸呆相。虽然他人高马大看着凶，但和池月对话时总显得有点智商不在线。池月明白这一点，他们两兄弟，大哥龚家文才是做主的，弟弟就是被大哥利用的那把刀。

“我不干啥，就是想问问你们兄弟俩是黄土地没蹲够呢，还是沙子没吃饱？你们大着胆子坏我的好事，是不是已经打算要和黄沙相亲相爱一辈子了？”

龚家武感到吃惊：“你的好事？小黑妞，你到底啥意思啊，我怎么听不懂？”

“我不和愚蠢的人解释，你把你哥的电话号码发给我。”

“你别用老眼光看人，谁愚蠢啊？”

“你不蠢谁蠢？自己都承认了。快给我电话。”

龚家武似乎不情不愿，但池月给他的童年阴影毕竟还在。他看了池月一眼，在池月的要求下互换了微信：“我哥上班呢，不接电话。”

“不接电话，我就亲自去找他。”

“小黑妞，你为啥操心这事？”

“我怕你们这两只蠢驴被人卖了，还给人家数钱。”

“你的话，我咋听不懂？”

“听不懂就对了，你要是懂了我还说什么？”池月丝毫不给他面子。她了解这个家伙，她得在气势上压住他，然后才有的谈。他有典型的不挨打不舒服心态。

池月把手机揣进兜里，在院子里找了张破条凳让乔东阳坐下，自己坐到乔东阳的身边。

她观察到，龚家兄弟的日子过得并不好。房子还是老房子，有一面围墙都缺角了，他们只拿破家具往里塞了塞，没有修葺好。池月的心里大概有数了。

她看着龚家武：“你跟我说说看，你俩为什么不同意拆迁？”

“我们没有不同意拆迁，只是不同意这个拆迁方案。”

“说你蠢你还不认？你以为拆迁和你家盖猪圈似的，可以想怎么拆就怎么拆？人家是有政策、有规则的，能依你啊？你不肯就算了，还撺掇别人反对？我说龚家武，你那么能干，能管天、能管地的，你咋没在你家建个皇宫住着呢？这破土房还住个屁啊！”

龚家武被她骂得毫无招架之力：“我们没那意思。”

池月黑着脸：“反正我是过够黄沙地里淘米吃的日子了，我就是要让这月亮湖修起来，月亮坞绿起来。谁敢拦着我，我就灭了他。你听懂没有？”

“我又没怎么样，你干吗找我？”

“你说我干吗找你？”池月反问。

“你问我哥去啊，我都听他的。”

这人一贯会甩锅。

池月哼了一声，笑了：“行吧，那我找他去，就说是你说的……”

“别啊姑奶奶，你这不是害我吗？”

池月白了他一眼，当着他的面给龚家文打电话。她拨了两遍，电话是通的，却没有人接听。她寻思可能人家不方便，又跟龚家武聊了一会儿“小学同学情谊”，想套他的话，结果这二百五什么都不知道。池月又把他批评了一顿，就返程了。当然，走之前，她给他们兄弟俩留下了礼物。

池月是有备而来的。打一巴掌和塞颗甜枣，少了哪个都不好。她骂完人，再送些丰厚的礼物，正好堵住他们的嘴巴。她是以“小学同学”的名义送的东西，既不会损乔东阳的名声，又不会落人口实。

出门上车，乔东阳给了她两个字的评价：“厉害！”

池月一言不发地上了车，车开出去好远，她才回望了一眼龚家兄弟的院子：“这两兄弟只是别人的枪。龚家武你见到了，就是个憨货。他们俩平常在村里横行霸道欺负人，名声确实不太好，可干的都是些偷鸡摸狗的小事。你想想，能被我揍得尿裤子的人哪里来的胆量和项目组对抗？”

这个项目是吉丘县的重点项目，各级机关都大力支持。他们是吃了豹子胆吗？他们干吗损人不利己？乔东阳懒洋洋地倚在车里，冷冷一笑，没吭声。

池月转过头盯住他："我怀疑，这事有人在幕后指使。"

她的语气是笃定的，但乔东阳似乎并不意外，表情都没有变化。池月一拧眉心，看着乔东阳的眼睛："你想想，谁跟你有仇，看不惯你？"

"这就难想了。"乔东阳抚着额头，"讨厌我的人，数都数不过来，你让我怎么猜？"

下午，乔东阳和专家团队开会，研究项目组的分析报告。池月没什么要紧的事，就准备把天猫带回家给池雁。

陪伴机器人挺重的，侯助理看她拖着个纸箱很吃力，便主动提出帮她送回家去："有些功能你弄不明白，我可以给你们介绍一下。"

池月没有反对。这个机器人的基本用法她会，但它的功能其实很复杂。天猫的基础程序和天狗一样，可它不如天狗聪明。它还没有积累相关情境模式，要建立情绪管理、核心思维、意识分析系统，也需要一个过程。这些都需要使用者花心思，就像盘珠子一样，主人盘得越好，珠子就越好。

有人愿意指点，池月求之不得："那好吧，让专业的人做专业的事。"

村委会离家近，池月找了辆鸡公车把天猫拖了回去。远远地，杜俏看到她回来，吆喝了一嗓子："池月回来啦，又给你妈买了什么礼物呀？"

池月朝她一笑："是日用品。"

杜俏抱着孩子走了过来。她很喜欢凑热闹，一手抱孩子，一手帮池月搭把手："这么大个箱子，都装了些什么日用品？"

"一个机器人。"

"机器人？哇！我还没见过呢。今天可得长长见识了。"

池月笑笑，不说话。家里的大门是虚掩着的，一推就开了，池月朝里面喊了一声：“妈，我回来了。”

杜俏侧过脸：“你妈好像出去好一会儿了。”

池月看了她一眼，让侯助理把纸箱搬到堂屋。她正准备进卧室看池雁，池雁就走出来了。

“月月回来了、月月回来了！”池雁兴高采烈地叫着，像一个小孩子，蹲在纸箱边上，好奇地用手指戳戳，“这是什么呀，月月？”

“是给你带的礼物。”

“我要看礼物、我要看礼物。”

池月对她一贯温柔，赶紧帮她把纸箱打开。

“哇！”池雁尖叫一声，看到小天猫一脸惊喜，“是小猫猫吗？我太喜欢它了。”

池月打开了开关：“它还会说话哦。”

“我要跟它说话，要跟它玩！”

“好，我来教你。”

池月把天猫摆在屋子中间，一点一点地告诉池雁要怎么操作。可惜池雁实在太笨了。两姐妹围着天猫捣鼓了半天，池雁仍然没学会基础的操作方法。侯助理在边上看得没了耐心：“让我来教她。”

池月乐得有人帮忙。趁着侯助理教池雁的空隙，她把杜俏往外拉：“出来，我问你点事。”

杜俏看机器人正看得津津有味，恋恋不舍地把小孩子放在地上，嘱咐他别乱动，这才跟着池月出去：“问啥啊？”

池月问：“前些天大家不都挺开心的吗？要拆迁了，又能换新房子，又能拿到赔偿，怎么突然又不想拆了？”杜俏知道她在项目组上班，有点尴尬，借着捋头发别开脸：“不是不想拆，就是有些人说赔偿太少，安置点的环境也不太好……”

“你觉得少吗？”池月看着她的眼睛。

“少、少的吧。”杜俏一副不太确定的样子，“我打工的那个地方，好多人是靠拆迁富起来的，一家人分几套房，拿好多钱，全家都不用工作，不愁吃喝，活得特别滋润！”

呵！池月笑："你拿吉丘和寸土寸金的大城市比？"

杜俏听出她的语气不善，话就说得更保守了："也不是我一个人这么说，赔偿金额怎么算，我们要看大家的意见。上次项目组的人过来谈话，我就是这样表态的——大家怎么拆，我就怎么拆……"

池月看了她一眼，转身回屋。

"哎，池月，你怎么了？"杜俏追上来，有些不好意思，"你不高兴了？"

"没有。我去看看池雁学得怎么样了。"

她不想再和杜俏谈下去。这种没有主见的人才是最可怕的。风从哪边来，他们就往另一边倒，既希望享受别人的抗争成果，又不想承担风险。正是因为这种人太多，项目才办不下去。

为了感谢侯助理，池月请他在家吃饭。乔东阳开完会也过来了。池月家在村尾，门外有一条小路直通村公路。除此之外，天地间一片灰黄，旁边也没有几户人家。

乔东阳是从村委会那边走过来的，没引起别人的注意。大家都说丈母娘看女婿，越看越喜欢，这话用在于凤身上再恰当不过了，她看到乔东阳就像看到宝贝一样。因为乔东阳和侯助理要在家里吃晚饭，所以她准备了好大一桌饭菜，难得丰盛。

家里欢天喜地，像过年似的。尤其是池雁，得到了一个机器人，学会了基本操作，隔一会儿就换个模式，不停地和天猫说话，宝贝得不行，连吃饭时都恨不得把它抱在怀里。

"月月，天猫要吃饭吗？"

"它不吃的。"池月笑着看着她。

"那它吃什么？"

"它吃电……"池月想了想，怕池雁理解不到位，干出些危险的事，赶紧补充，"它吃看不见的能量，你可以不用管它……"

"哦。"池雁似懂非懂。

“那它饿了怎么办？”

“有太阳它就不会饿了。”

“那我天天推它出去晒太阳。”

“不可以，太阳很大的时候你不能出门，会被晒伤的。”

“那我等太阳小的时候……”

两姐妹的对话像大人和小朋友之间的对话。那一场事故之后，池雁的智力退化到了童年时期的水平，不过池月对她并没有不耐烦，不管她问什么，都耐心地给她讲解。乔东阳一直默默地看着池月。

吃饭的时候，两个人没找着机会说话。饭后，侯助理先回营地了，池月把乔东阳送出门外。他俩一个住村头，一个住村尾，从东走到西，竟有一丝难得的浪漫气氛。夕阳渐渐地落下，只剩最后一缕余晖挂在天边。光辉把村子染成了一片金黄，远处的沙丘仿佛披上了霞帔，颜值直线上升。

这样的景象乔东阳并不常见到。他扶了扶墨镜，放慢脚步，望着从沙丘处射来的阳光：“你那个小学同学联系你了吗？”

池月说：“还没有，电话打通了，他不接。我刚准备跟你说呢，准备明天去一趟吉丘找他。”

乔东阳看了她一眼：“他联系我了。”

池月感到有点意外：“他跟你说了些什么？”

乔东阳眯起双眼笑了一声，墨镜镜片上映着冷光：“他约我们去谈判。”

池月微微皱起眉头。她不觉得龚家文有和乔东阳谈判的资格，如果他们的要求太过分，就涉嫌敲诈勒索，稍微有点脑子的人都不会这么做。池月觉得这次谈判不同寻常：“我替你去吧。”

“不用。”乔东阳笑着望向她，突然伸手揽住她的肩膀，把她往自己怀里带了带，为她挡住那一缕刺目的阳光，“他要代表村民和项目组谈判。”

“那我代表你去，或者我陪你去？”

乔东阳想了想：“嗯。”

两个人默默地走着，影子被阳光拉得很长。走了好一会儿，也没人出声。眼看就要到村委会了，池月停下脚步："你后悔吗？"

"后悔什么？"

"后悔投资这个项目。"

到目前为止，这个项目带给乔东阳的都是麻烦。而他是最怕麻烦的一个人。

"本来是后悔的。"乔东阳摸了摸鼻子，唇角上扬，"不过为了你，值了。"

池月抿着嘴，笑着望向他，不说话。

"傻子，你在笑什么？"

"我在笑，我是撞了什么大运才捡到个总裁回村种树……"

乔东阳被她的话逗笑了。他慢慢地揽住她的腰，让两个人沐浴在阳光里："我这么败家，要是有一天真的穷了怎么办？"

"没关系，我养你。"池月勾起唇角，笑得眉眼生花，"你应该吃不了多少吧？填饱肚子没问题的。"

"我是很难被喂饱的。"乔东阳似笑非笑，捏捏她的脸，"你这身子骨怕不够被我折腾的。"

池月瞪了他一眼。他轻轻一笑，脸上添了点缠绵的神色，突然偏过头要吻她。阳光刺眼，池月觉得心里一跳，条件反射地紧张起来，飞快地拉开他的手："会被人看到的。"

乔东阳脸上的笑容越发荡漾，他说："现在我有几分了？"

"56分？"

他变了脸色。

池月清了清嗓子："那58分？"

"这还差不多！"

乔东阳确定了自己的分数，情绪突然变好了，深吸了一口气："走吧。"

池月一愣："干吗？"

"我送你回去。"

龚家文和乔东阳约的谈判地点在万里镇。当天晚上，俞荣和当地的村镇干部沟通了一下这件事，各方基本达成了共识。项目组派两个人，再加上月亮坞村、横峰村、下坪沟村的村干部和镇干部，大家一起去万里镇和村民代表们谈具体赔偿事宜。

沙漠里的天很蓝。他们早上八点出发，此时太阳刚刚出来，迎面拂来的风已有燥热之感。

乔东阳把车窗合上，打开空调，顺手把水递给池月："喝点水。"

池月："我不喝。"

乔东阳看了她一眼，自己喝了一口，望着车窗外："那些人在干什么？"

几个沙漠村民拖着几辆木头做成的架子车走在公路边上，架子车吱嘎吱嘎地响着，后面还跟了两头羊和两个小孩，一行人一路上说说笑笑。

池月看了一眼，回答道："拉水。"

"牵羊去干什么？"

"顺便给羊喂一口水。"

乔东阳想了想："那带孩子去干什么？"

"孩子在家没人看着，带去可以顺便擦个澡。"

"那不是饮用水吗？"

池月苦笑了一下："是不是饮用水没有那么重要。"

这里资源缺乏，生命才是最贵重的，哪里来那么多讲究？

乔东阳看她没有继续说下去的欲望，就不再追问，而是像她一样极目远眺，望向更遥远的天边。

天气好的时候，人在沙漠里一眼可以望出去老远。不一会儿，一行人就进入了月亮湖的地域。这里是项目的重点改造区域，地势很平，荒无人烟，一棵活树都没有。众人目之所及，除了黄沙，还是黄沙，荒芜而贫瘠。

汽车开了大概半个小时，突然停下了。

乔东阳身子往前一倾："怎么了，天狗？"

天狗："乔大人，前方路段有障碍物，无法通行。"

障碍物？乔东阳和池月同时探出头看了一眼，推开车门走下去，只见几块大石头堆在路中间，挡住了本就狭窄的乡村公路。

"不知道是谁这么缺德——"

乔东阳的话还没说完，池月就突然抓住了他的手腕："快看！"

从不远处的沙丘上冲下来几个人，皮肤黝黑，光着膀子，胳膊上有文身，气势汹汹。带头的那个正是他们昨天见过的龚家武。

乔东阳拽住池月往后拉，下意识地把她拖向自己的身后。可是池月按了按他的手，站了出来，冲着沙丘上的人喊："龚家武，你这是什么意思？是准备拦路抢劫发大财吗？"

龚家武跑得最快，喘着气，摆着手，上气不接下气地说："没有、没有，不是抢劫。小黑妞，这事跟你没有关系……"说着，他望向乔东阳："我们毕哥想请你身边这个小白脸过去谈一桩买卖！"

毕哥？池月没有听说过这个人。

乔东阳懒洋洋地挑起眉头："你说，你们毕哥要请谁？"

龚家武是个大老粗，看乔东阳皮肤白，就觉得这是个小白脸、好拿捏的软蛋，觉得乔东阳根本不能打。他没怕乔东阳，一副皮笑肉不笑的样子："我们毕哥是给你面子，别不识好歹。"

"你说什么？我没听清。"乔东阳笑得眼睛都眯了起来。他藏在墨镜下的双眼露出了几分狠意，只可惜龚家武看不懂。

"我说我们毕哥……"

"你们谁？说清楚。"

"毕哥。"

"他要怎样？"

"请你。"

"哦，懂了。"乔东阳突然变了脸，一脚朝龚家武的身上踹过去，"我去你的，这是请人的态度吗？你会不会请？嗯？会不会请？"

他突然发难，几个人没有反应过来。龚家武被他结结实实地踹了一脚，握着拳想动手。旁边的人适时拉住龚家武，连连摇头："毕哥说了要用请的。你别犯牛脾气。"

龚家武哼了一声，拍了拍衣服上被乔东阳踢出来的脚印，看了池月一眼，声音软了下来："看在小黑妞的面子上，我不跟你计较。请吧，毕哥在那边——"

"不去！"池月挡在乔东阳的面前冷笑，"龚家武你在搞什么鬼？今天你哥约我们去万里镇，你却在这里半道劫人？你吃的是谁的饭呢，不怕你哥削你？"

龚家武挠了挠头，表情一言难尽："等他去了就知道了，毕哥要跟他谈正事。"

"正事？"乔东阳挑了挑眉，"我跟你那毕哥能谈什么正事？"

他斜眉冷眼，一副纨绔样，表情不屑而狠戾。

龚家武刚才挨了他一脚，老实了很多。怪不得池月说这犊子就是越揍越老实呢。现在龚家武对乔东阳说话的态度恭顺多了："就是拆迁那事。"

乔东阳笑了起来："你们不是找了村民代表来谈吗？这毕哥又是什么玩意儿？"

"这……"龚家武撇了撇嘴巴，横了起来，"我就这么跟你说吧，咱们毕哥不点头，你这项目就做不起来。就算村民签字同意，项目也搞不长久。有句话你们难道没听过吗？强龙压不过地头蛇。地头上的事都摆不平，你们能做成啥项目呢？你说是不是，兄弟？"

"谁是你兄弟？"乔东阳哼了一声，"你家有镜子吗？回去照照看！你这德行也配跟我做兄弟！"在几个凶神恶煞的男人面前，他也丝毫不嘴软。骂完人，看龚家武的那张黑脸都气红了，乔东阳又懒洋洋地笑了起来："我算是看明白了，你们这群小子就是地头蛇，这个毕哥就是你们的蛇头。我来帮你们脱贫致富，你们这些蛇就从窝里钻出来了，想从我的身上捞一笔，是不是？"

龚家武觉得脑壳痛："大概是这意思吧。你赶紧去，不要让毕哥等急了，他的脾气不好。"

“我的脾气也不好。”乔东阳冷笑一声，拉住池月，转身就拉开了车门。

池月以为他想通了，不跟这些人纠缠，坐上车，松了一口气。可是乔东阳突然俯身，在她的脑袋上揉了揉：“你把车门锁死，叫猴子带人过来。车里很安全，你不要出来。我去会会他们。”

什么？池月吃了一惊：“你要去？”

乔东阳阴森森地笑：“人家都请了，怎么能不去？”

池月面色一变：“龚家武不是个能干事的。他的背后是谁，我不知道，说不定都是些亡命之徒。你不要去冒险。”

乔东阳垂下眸子，似笑非笑地看了她一眼：“怕什么，我也是亡命之徒。”

“啥？”池月把眉毛拧成一团。

乔东阳用力地替她抹平眉心：“我以前从来不怕死，但容不得别人让我不高兴。”

“那现在呢？”

“怕死！”乔东阳说，目光就像沙漠里初升的阳光，暖融融的。他在笑，语气又带着点不正经：“有了你，我现在惜命了。”

说完，他转过身，留下个冷峻萧瑟的背影。

“乔东阳。”池月推开车门，跳下去，“我跟你去！”

乔东阳没有说话，也没转身，直到池月走到他的身边：“也好，多个人，多双手。”

他们在某些方面很相似，一样固执、不怕死、敢拼，谁也没法说服对方。

就目前的形势来看，那个叫毕哥的家伙无非想得些好处，比如从项目组拿到一些工程的分包权，应该不会随便跟他们翻脸，但“强龙压不过地头蛇”这句话却有些道理。乔东阳不能不理这种人，因为他们就像苍蝇，虽然叮不死人，但能恶心死人。这个工程的工期长达七年，如果总有地头蛇来找事，项目组会非常麻烦。太阳底下总有一些阳光照不到的阴暗角落。大多数人遇到地头蛇，会选择花钱消灾，不跟他们对着干。

去的路上，池月给侯助理和俞荣分别发了坐标。为免犯这些人的忌讳，他们没有说太多。一行人翻过沙丘，只见有一辆车停在那里。

龚家武指了指那辆车："上车吧，毕哥等着你们。"

池月看了乔东阳一眼，询问他的意见。他握住她的手紧了紧，大步地走过去。

池月是当地人，一眼就看出来这里是横峰村。她与乔东阳对视了一眼，没有说话。汽车驶入村子，停在了龚家武的院子外面。

龚家武跳下车，催促道："进去吧、进去吧，别磨蹭，可热死我了。"说着，他推开院门，冲里头喊了一声："毕哥，人带来了。"

"吼什么吼，你不会小声点吗？"一个男人粗着嗓子训他。

龚家武似乎很怕这个男人，没敢吭声，把乔东阳和池月迎入堂屋里。这间房子没窗，采光不好，大白天的都开着灯。灯不太亮，在昏黄的灯光下，只见说话那人的脸与这边的汉子一个样，黑乎乎的，胡子拉碴，但目光锐利，一看就是个精明的主。看到乔东阳进来，他啐了一口痰，从喉咙里发出烟嗓特有的沙哑声："来的可是乔总？"

乔东阳冷冷地问："你就是毕哥？"

"什么？"那汉子黑着脸看向龚家武。

龚家武的表情和木门上贴的门神差不了多少："毕哥，他就是乔东阳。"

毕哥点点头，倒不像特别生气，冷笑了一声："这女的就是你的小学同学？"

龚家武不敢看池月："是，她是我小学时的好同学。"

听到龚家武特地在"小学同学"前加了个"好"字，池月默默地看了他一眼。

"你去外面守着。"毕哥望了池月一眼，又拿了个挖耳勺剔牙，"不要让人进来。"

龚家武看看池月和乔东阳，嘿嘿笑了两声："没事，毕哥，我留下来给你们倒茶……"

"喝什么茶？"毕哥一瞪眼睛，"滚出去！"

"毕哥……"

"你怕我把你的好同学吃了吗？"

龚家武被看穿心思，不敢再多说。他默默地朝池月做了一个"自求多福"的表情，退了出去，顺便关上了门。

没这厮碍眼，池月觉得说话、行事方便多了。堂屋里摆了一桌子酒菜，确实有个请的样子。她也不客气，拉了乔东阳坐在毕哥的对面，笑着说："有什么事，敞开了说吧。"

此时屋里有六个人。毕哥带了三个小弟，在人数的压倒性优势下，显得很神气。不过这厮有脑子，虽然脸上得意，但人还没有飘，说话很谨慎："村里拆迁跟我没关系。我分不着房子，也分不着钱。"

乔东阳冷笑："所以呢？"

毕哥看着他："我这心里头不爽啊！"

"哈！"乔东阳笑了起来。他不仅不恼，居然还朝毕哥竖了个大拇指："这是我今天听到的最舒服的一句话，你能把无耻的话说得这么清新自然，真是让人佩服。没问题，你想要多少钱？开个价。"

怎么会有人这样谈判？爽快得过分了吧。毕哥瞪了乔东阳好半天："你同意给我钱？"

"对。"乔东阳的样子不像在开玩笑。

"为什么？"毕哥怔住了，"你为什么要给我钱？"

乔东阳笑："因为别人有，你没有，心里不爽。而且你认为自己该有，就无耻地找到我要了……我喜欢你这个性格，直率！"

毕哥表情很复杂："你不考虑一下？"

"那得看你要多少了。"

"哈哈哈！有意思。"毕哥也没遇到过乔东阳这么有意思（神经病）的人，开怀大笑，愉快地呷了一口啤酒，"乔总这么爽快，这事就好办了。你看要不这样吧，随便给我一两个亿就行了。"

乔东阳笑得眼睛都弯了起来：“一两个亿你就满足了？”

毕哥被吓住了。他又喝了口啤酒压了压惊：“我要少了？”

“少了。”

“你为什么觉得我要少了？”

“傻！我乔东阳才值一两个亿吗？”

这乔东阳不是个神经病，就是个傻子吧？毕哥觉得自己的美好生活即将开始了，看来走上人生巅峰也不是什么难事。他突然就开朗起来，甚至拉过菜盘子，张罗着让乔东阳和池月吃菜：“来、来、来，边吃边说。我得想想要多少钱，才配得上乔总的身份……”

池月当然不会碰他的吃食：“乔东阳。”

乔东阳拍拍她的手，满不在乎地一笑：“我好不容易败一次家，你别扫兴啊。”

说罢，乔东阳端起了酒杯。“不瞒你说，毕哥。”他又把酒杯放下，勾了勾唇角，“我这么叫你，你不介意吧，毕哥？”

“有事你说。”毕哥已经不介意乔东阳的称呼了。

乔东阳很满意：“我这辈子最气的就是钱多得花不完，想败个家难如登天。你说有一个像你这么直率的人，帮我花点钱，怎么就不可以呢？对不对？”

毕哥拼命地点头：“对、对、对，乔总是个实在人。”

“所以大家都耿直点，你赶紧想，要多少钱合适。”

毕哥吃了一口菜，掏出烟来递给乔东阳，已经有点点头哈腰的意思。

乔东阳拒绝了：“我不抽。你赶紧想，万一一会儿我反悔了。”

“是、是、是。”毕哥擦了擦脑门上的汗。天热啊！他快膨胀了。他站起身来，脱下身上的衣服，光着膀子露出文身——一只吊睛虎。他咧开嘴，露出大黄牙问：“乔总，你看十个亿合不合适，符不符合你的身份？”

“少了！”

“少了？”毕哥把一双眼瞪得跟铜铃似的。

“嗯。”乔东阳扫了他一眼，又看了看那几个听得眼睛冒光的小弟，一本正经地说，“我就想彻底败一回家，十个亿不够的。你赶紧重新提个价。”

乔东阳这是疯了吗？

毕哥这回终于下了狠心：“那二十个亿？”

乔东阳还是摇头。

“五十个亿？”

“勉强有点意思了。”

“一百个亿！”

毕哥的眼前仿佛出现了大把大把的钞票。他把一双小眼睛眯成了一条缝，吃过肉的嘴油光光的，写满了贪婪。

“一百个亿，大概可以判多少年呢？”

乔东阳突然的问话把毕哥听得愣了一下。毕哥说：“你什么意思——”

乔东阳冷笑一声，一只手拉住池月，另一只手抄起桌上的菜盘直接朝毕哥的脸盖了上去。啪！菜盘落地。乔东阳冷笑：“你是不是傻？你得有多‘脑残’才会相信我能给你一百个亿？”

毕哥狼狈地抹了一把脸，恼羞成怒：“给我打！”

他一吼，三个汉子就动起手来，不客气地要抄家伙揍乔东阳。乔东阳不待对方下手，抢先一脚踢过去，只听那家伙哎哟一声，那家伙以狗吃屎的姿势摔了出去。另一个人从左边过来，想拉池月。池月二话不说，抄起地上的酒瓶子，朝他的脑袋砸了下去。

“啊！”那人惨叫。他的头被砸破了，鲜血滚珠似的往下落。

乔东阳看了她一眼：“像我乔东阳的女人。”

池月瞪了乔东阳一眼，不说话，猛地踢向面前的凳子。

凳子飞了出去，那家伙捂着头刚准备直起身，就被凳子砸中，惨叫一声退了几步。听到打斗声，龚家武冲了进来。见状，他愣在门边。

毕哥抹了一把脸，啐了一声：“敢在老子的地盘上撒野。打，给我打！龚家武，你站着看猴戏呢？！”

龚家武拿了根钢筋，看了看屋子里的形势：“毕哥，有话好好说吧……这个女的是我的发小……”

“我说个啥啊！你上啊！”毕哥暴怒。

这话把龚家武惹火了。他本是个横人，最讨厌别人骂他。

“毕老怪，你别太过分啊！”

“你叫我什么？”

“毕老怪！不，毕哥！”

“老子打死你！”毕哥想冲过去揍龚家武。

乔东阳觉得“狗咬狗一嘴毛”，正好可以看热闹，池月却大喊：“拦住毕哥，他想跑！”

乔东阳反应很快，抢在她前头拖住毕哥的手，狠狠地压在门上。只听咔嚓一声，毕哥的胳膊肘脱臼了。他发出一声惨叫。乔东阳冷冷地哼了一声，反剪住毕哥的胳膊。听着毕哥呼天喊地，乔东阳一脸笑意：“你叫什么？说说看，一百亿还要不要了？”

“啊——”毕哥破口大骂，“你们别以为……这、这事就完了。”

毕哥痛得脑门冒汗，却咬着牙不认㞞，这一点比龚家武好多了。乔东阳冷笑，正想说话，只见池月脸色一变：“不好，快走——”

一群拿着家伙的男人从大门口蜂拥而入，一个个光着膀子，全是池月不熟悉的生面孔，应该不是本村的人。他们不像龚家武，不会对池月手下留情。

乔东阳没多想，一脚踢飞面前的人，拖着池月往外跑。有几个人追上来，乔东阳把池月护在身后，抢过龚家武手里的钢筋，冲着对方的脑袋砸下去。

“妈呀！啊——”

顿时一片尖叫，鸡飞狗跳。那些人都是亡命之徒，挨了打，嘴里骂骂咧咧，朝着两人扑过来。

池月看乔东阳打红了眼，紧张地拖住他：“别恋战，走！”

乔东阳没吭声，手上的钢筋冲毕哥挥了过去，刚好击中毕哥的胸口。毕哥连退两步，吐了口血，一屁股坐在地上。这下，好多人都回过头去看毕哥。

乔东阳乘机扯着池月往院外跑，池月回头一看，龚家武还在那里。她喊了一声："龚家武，你不跑，他们能留着你过年啊？"

龚家武："这里是我家，我……是要在这里过年的。"

"跑啊，傻子！"

乔东阳和池月跑出村的时候，龚家武也刚从院子里跑了出来，一堆人跟在龚家武的屁股后面追，敌人的火力被龚家武分散了。

"咱们跑快一点！"池月看了看地形，反手拽住乔东阳，"跟我走！"

"好。"乔东阳笑了起来，看向她的眼神，完全没有被一堆人追，要赶紧逃跑的自觉，内心充满欣赏。

池月瞪了他一眼，拼命地往前跑。这些路她以前很熟悉，但多年未回来，路况变化很大。她带着乔东阳东躲西藏，那群人始终跟在后面，甩都甩不掉。

"不行，这样跑下去咱们的体力吃不消。"池月扶住膝盖，大口大口地喘着气，"乔东阳，咱们回去。"

"回哪去？"

"回龚家武家。"池月看着那群离他们越来越近的人，"他们肯定想不到我们会回去。咱们往回跑，然后我把人引开，你去开车。"

他们来的时候坐的那辆车，就停在院子外面。

"好，你注意安全。我一发动车子你就上来。"

"明白！"

两个人相视一笑，朝着龚家武院子的方向跑，遛狗似的把一群追兵带得满地跑。可是到了院子门口，池月才想起来："完了，我们没有钥匙。"

车不是自己的，两人当然没有钥匙。

乔东阳看了她一眼："我有办法。"

车钥匙在司机兜里，而司机此刻就在追他们的人群中。乔东阳和池月交换一个眼神，他停下脚步，冲那人飞奔过去，池月则继续往前奔跑。众人一怔，摸不着头脑。于是追兵分成两路，分别向他俩追去。

乔东阳的速度很快。趁这帮家伙没反应过来，他揪住司机的衣领往后拖，趁司机站立不稳，往司机的兜里一掏——钥匙果然在。

“哼！”乔东阳勒住司机的脖子，把他拖到汽车边上，打开车门，大喊一声，“池月！”

池月一直观察着乔东阳这边的动静。闻言，她冲过来，迅速地拉开车门坐上去，把门锁死。乔东阳把司机往外一推，司机砸在两个追上来的家伙身上。然后乔东阳坐进驾驶室，锁上门发动汽车。

汽车如离弦之箭冲了出去，围上来的人在汽车的冲击下鸟兽般纷纷避让。

轰！乔东阳再次加速。

一群人在他背后大喊：“快追！不要让他跑了！”

村里有汽车的人不多，但摩托车却是人手一辆。很快，十来辆摩托车跟在汽车的后面追了上来。乔东阳从后视镜里望了一眼，放慢速度，朝池月一笑：“我来逗这群孙子玩玩好了。”

池月皱着眉头说：“不要玩了，我们赶紧离开这里。”

“不要怕。”乔东阳眨了眨眼，“有我在呢。”

池月隐隐约约地感到不安：“他们不会善罢甘休的，缠上我们就没完没了。”

乔东阳冷笑：“地头蛇是吧？我就想看看，他们能怎么样！”

池月抿着嘴唇，没有说话。

乔东阳握了握她的手，把她的手牵过来放在唇边吻了吻：“这些人就是欺软怕硬。我不治治他们，他们只会越来越横，一个个真成恶霸了。”

池月看了他一眼：“那现在我们怎么办？”

“什么怎么办？”

“咱们去哪里？”

“去万里镇！”

他们开着别人的车去吗？池月狐疑地看着他，不明白他的想法。

乔东阳冷笑着望着窗外绵延起伏的黄沙：“我们既然约好了和村民代表谈判，就不能失约。”

他们失约就落人口实了。池月点点头，拍了拍这辆汽车：“车怎么办？”

乔东阳懒洋洋地笑：“我开到派出所去。”

两人身后的摩托车渐渐消失。乡村公路上，人们只见一辆苟延残喘的破车朝着万里镇越驶越远。

乔东阳真把车开到了万里镇派出所。他和民警说了一下情况，留下汽车和电话号码，带着池月出来。他没有去镇政府，而是把池月带到了万里镇的旅馆：“你在这里休息，等着我。”

“为什么？”池月一脸蒙地说，“我跟你一起去。”

乔东阳不肯同意：“万一是鸿门宴呢？这些人不讲理，一旦起了冲突，什么事都可能发生。你留在这里，我比较放心。”

有了刚才的冒险经历，乔东阳不放心她跟他一起去。

池月笑了：“不是还有乡镇干部在吗？在这种公开场合里，没人敢怎么样。”

乔东阳冷笑一声：“他们都敢在路上劫持我们了，还有什么不敢做的？小心为上。”

池月皱起眉头：“我不会拖累你的。”

“我知道。”乔东阳伸手搂住她，“鸡蛋不要被放到一个篮子里，如果真发生什么事情，你还可以接应我，不是吗？”

这个理由对池月而言更有说服力。池月抿着嘴看了他好半晌：“那我们保持联系。”

乔东阳的脚步声渐渐远去。池月坐在旅馆房间的床边，发了一会儿呆。上次他们在这里洗过澡，不承想再来时，竟面临着这样的局面。刚才在横峰村逃命似的一阵奔跑中，她浑身是沙子和汗水，洗个热水澡确实会舒服一些。可是她现在担心乔东阳"鸿门宴"的情况，没有洗澡的心情。

三分钟后，她接到侯助理的电话："你们在哪里呢？"

老侯气喘吁吁，声音格外紧张。池月对侯助理说了情况，侯助理骂骂咧咧，说："你听乔先生的，就在那里不要动，我带人过去支援他。"

"好，你们注意安全。"

池月挂了电话，又给龚家武打电话。那家伙刚才也被一群人追着打，池月有点担心他。可是电话响了很多声却没有人接。池月担心龚家武，更担心乔东阳。她默默地盘腿坐在床上，盯着手机发呆。

池月知道等待的感觉最煎熬。一个小时慢悠悠地过去了，乔东阳还没有回来。池月忍不住打了他的电话，铃响了一声电话就通了。乔东阳的声音有点沉重："我没事，还在谈。你没休息吗？"

池月说："我定不下心来。"

乔东阳笑了一声："别担心，你乖乖地去洗个澡，香喷喷地等着我回来，好吗？"

在月亮坞洗澡极不方便，好不容易来了旅馆，池月不想放弃这个洗澡的机会。听乔东阳的语气轻松，她略微放心，带着手机冲入卫生间，舒舒服服地洗了个澡。洗完澡，她裹着浴巾出来，把自己埋进被窝，一次次地拿起手机。

今天的时间过得格外慢，明明才两个小时，她却如同过了一个世纪。

小旅馆的房子不隔音，外面嘈杂的脚步声引起了池月的注意。上楼的人数不少，他们踩得楼板咚咚作响，脚步声闷雷似的敲在池月的心上。这里怎么突然来了这么多人？池月竖着耳朵倾听。最后，脚步声在她的房门外停住了。

咚咚！有人敲门。

池月的心悬了起来。她抿住嘴唇，一声不发。敲门声由轻到重，来人拍得门板嘭嘭作响，整张门仿佛都在颤抖。

“池月！开门。”

乔东阳回来了？池月趿着拖鞋，三步并作两步跑过去拉开房门。门外站了七八个人，有些是项目组的同事，有些是陌生人，站在最前面的人正是乔东阳。池月和乔东阳四目相对，眼圈一下子就热了：“你总算回来了。”

乔东阳似笑非笑地看着她：“这就想我了？”

池月瞪了他一眼，让开门：“先进来吧。”

乔东阳回过头，让同行的人先去隔壁休息，然后拉着池月进房关上门。他突然用力地将池月扯过来，像是在拥抱一件失而复得的宝贝，胳膊上的肌肉绷得紧紧的，情绪有些失态，但就是不讲话。

“乔……东阳？”池月想问他到底怎么了，可刚喊出他的名字，剩下的话就被封在了嘴里。乔东阳急切地捧住她的脸，瞬间爆发出惊人的力量。池月睁大眼，看着眼前放大的脸：“乔东阳……”

“池月。”乔东阳用一种极狂热的目光看着她，声音却透着一股冰冷，“我以为见不着你了。”

池月觉得心一沉：“到底出什么事了？”

乔东阳甩了甩头。他的额头上挂着亮晶晶的汗，眼里有一丝灼人的红。他把她压在怀里，微微地叹气：“今天来的村民比我想象的多。然后……我可以抽根烟吗？”

池月觉得莫名其妙：“你这是受什么刺激了？抽吧！你有烟吗？要不要我下去帮你买？”

乔东阳摇摇头，从裤兜里掏出一支烟在她的面前晃了晃：“刚才村长发给我的。”

池月把窗户的位置让给他，自己坐到床边去等他的下文。

乔东阳走到窗边，倚上窗框，深深地吸了一口烟往窗外吐：“来了很多村民，坐了满满一屋子。有些人没位置，就坐在地上。来人里有很多老人、妇女，还有些人抱着孩子……刚开始，他们很有秩序，有问题的问问题，有意见的提意见。可是有些人没安好心，当场挑拨，带头闹事，提出不合理的要求，并强迫我们立刻签合同……呵，连合同都是事先准备好的。”

他说得轻描淡写，池月却听得心惊胆战：“结果你们签了吗？”

“当然没有。”乔东阳深吸了一口烟，双眼里有复杂的冷意，“这些人得不到想要的，就开始骂人、打砸东西，把办公室都砸了，闹起来的时候，还有人动了刀子。”

他们动了刀子？池月觉得神经绷了起来：“然后呢？”

“这些人知道法不责众的道理，教唆一群村民围上来打人……有个王八蛋，想趁乱捅死我……”

池月的神经突突地跳了起来。她挺起脊背：“你受伤了吗？”

乔东阳笑了。

“幸亏我反应够快……”他一边说，一边抬起胳膊看了看，“胳膊被划伤了。小问题，已经被处理过了。”

池月一惊，再也顾不得什么烟味，冲过去抓住他的胳膊：“我看看。”

乔东阳进来的时候身上没有血痕，她没有发现他受伤了，更没有注意到他的胳膊被包扎了起来。这家伙什么都不说，回来后居然抱住她就亲。想到刚才激烈的拥吻，池月不敢直视乔东阳的眼睛：“你是不是傻啊？！”

乔东阳扬扬唇角，把烟掐灭，拉过她，让她靠在自己怀里，低头看着她郁闷的小脸，似笑非笑：“突然发现，你骂我的时候特别可爱。来，再骂两句我听听？太有真实感了。”

池月的鼻腔突然一酸。他面对的情形肯定比他说的更凶险，才会让他这么失态。池月伸手环住他的腰，将脸贴在他的胸前：“那人被抓住了吗？”

“被抓住了。”乔东阳顿了顿，低头看着她，“就是你那个小学同学。”

池月一惊：“龚家武？不，龚家文？”

“是。”

龚家文约乔东阳去，就是不怀好意的吧？可是一个与乔东阳无冤无仇的人，为什么要绑架民意，趁乱害乔东阳？这起事件绝不像表面上那么单纯。池月好半晌没有说话："难道我低估了这家伙的胆量？"

乔东阳说："要让尿人变大胆并不难，只要许以利益……"

池月想了想："肯定有人指使他。这个人会是谁呢？"

乔东阳哼了一声，不知想到了什么，把眼睛眯了起来："他们居然想让我死。"

"他们是谁？"池月追问。

乔东阳一声长叹，平静地把她搂在身前，任由窗外的阳光晒在身上："池月。"

"嗯……"池月心不在焉。

"你看我今天的表现这么好，我能不能申请加两分？"

他加两分就是60分了。池月事先承诺过，达到60分的标准，他就是她名正言顺的男朋友了。可……他现在问这个合适吗？

池月笑话他："你刚才就在想这事？"

"不然呢？"乔东阳一本正经，把她的脸扳过来对着自己，"你知道刀子捅过来的时候我在想什么吗？"

"嗯？你在想什么？"

乔东阳轻声一笑，低头偷吻她一下："我在想，我还没得到你，要是就这样死了也太亏了，而且最后只得了58分，成绩不及格，那我学渣的标签不就洗不掉了？"

"你好神经！"

"所以我有60分了吗？"

池月瞪着他："所以你要不要先洗个澡？"

"洗。"乔东阳笑着，黑漆漆的眼眸里闪着一抹异样的光芒，"洗完有福利吗？"

池月被他气笑了："你说呢？"

"啧！"乔东阳笑得眼都弯了起来，"我反正早晚都是你的人……要不就便宜你好了，让你早点得到我？"

池月发现他远不如表现出来的那么淡定，连耳朵尖都红了。

“讨厌。”

下午，池月和乔东阳去了一趟派出所。在派出所里，池月见到了龚家武。龚家武比他哥的运气好。在横峰村，龚家武因为被毕哥骂娘，加上顾及与池月的“同学情谊”临场倒戈，这样的举动救了他自己。而且龚家武为人比较憨厚，知道的内情不多，顶多算半个帮凶，犯的事不大。但他哥龚家文就不一样了，上午被警方带走，到现在龚家武都没有见到人。

池月在讯问室里做完笔录出来，见龚家武灰头土脸地蹲在墙角处。看到她，龚家武直起身来：“小黑妞，我想找你帮个忙……”

池月知道他想说什么：“你哥的事我帮不了。”

龚家武低下头：“我也不是想让你捞他出来，我知道你也没那个本事。”

“那你想干吗？”

“我就是想不通他为啥要动刀子捅人。我想见见他。”龚家武挠了挠脑袋，“他那天还叮嘱我不要冲动……说什么都可以干，就是别搞死人，搞死人就不是蹲局子那么简单了，要抵命的……你说他怎么转眼就去捅人了呢？”

池月比龚家武还好奇。叮嘱龚家武的那些话确实像龚家文说的，龚家文是个小心谨慎的人，比他的弟弟聪明。如果只是为了拆迁，龚家文不会干这种事。今天上午，龚家文没有在混乱中捅死乔东阳，但捅伤了好几个人。其中两个人受了重伤，已经被送到吉丘县医院去了。还有好几个人受了轻伤，包括乔东阳在内，全是在镇卫生院处理的伤口。这件事的性质已经变了。

“小黑妞，听说你的男人挺有本事，你能不能让他帮我想办法……我就想见见我哥。我保证我什么都不做，就问清楚到底是怎么回事。”

“你按法律程序来吧，能见他的时候警方会让你见的。”

“小黑妞，你就不能帮帮忙吗？我今天可是帮了你们呢……要不是我，说不定你们都被毕哥砍死了。”

当时的情况确实凶险，龚家武没有夸大其词。池月望了乔东阳一眼，还没有回答，乔东阳就笑着答应了："没问题，我帮你想办法。"

龚家武一怔，紧绷的脸松弛了："谢谢，谢谢，你真是个好人……"

"我不是好人。"乔东阳似笑非笑，"但我喜欢你刚才的那句话。"

"什么话？"龚家武觉得困惑。

"池月的男人，肯定是有本事的。"

他们见到龚家文，已经是晚上九点了。上午，龚家文被带到了吉丘县刑侦大队，不在万里镇。龚家文被逮捕后守口如瓶，只承认自己犯了糊涂，一时冲动拿了刀子，但他和乔东阳以及其他人没有私怨。龚家文表示，他这么做只是为了争取村民的利益。

"这么说，他还把自己搞得挺伟大的，是吧？"乔东阳笑了，望向龚家武，"听到了吧？这就是你哥，你确定要跟他谈？"

龚家武点点头："他不肯告诉你们，但准能告诉我。"

双方经过交涉，警方同意了。他们已经审了龚家文好几个小时，但那厮嘴严皮厚，撬不出什么话来。这个案子是上头督办的要案，各级领导都非常重视。吉丘的领导在几个小时内连续打了十几个电话来催问破案情况，怕乔东阳受此事影响撤资走人，这对吉丘县来说是不可挽回的损失。警方的压力很大，因此警方安排了龚氏兄弟单独见面。

两人的会见时间是半个小时。按规矩，乔东阳和池月不能进入会见室，只能在办公室里等。可是一开始信誓旦旦地说龚家文准能告诉自己事情原委的龚家武，垂头丧气地出来了："我哥变了。他什么都不肯告诉我。"

池月与乔东阳交换了下眼神，问龚家武："那你们俩都谈什么了？"

龚家武像是要哭出来了："安排后事。"

"什么？"

"我哥一定是中邪了。"龚家武颓废地坐在椅子上，"他把五千块存款和我嫂子一起交给我了，说自己横竖是死，交不交代都一样。他不交代指不定还有条活路。”

“怎么会一样呢？”池月抬抬眉，“如果他是受人指使的，顶多是个从犯。可是如果他不说出幕后的人，那就是主犯。”

“我就是这样跟他说的。”龚家武垂着脑袋，仿佛脖子支撑不住头的重量。他突然抬起双手，抱住脑袋：“他打死都不说，一心求死。我觉得他做这事前，就想好自己是要死的了。”

“怎么说？”

“我嫂子有病。”龚家武突然抬起头，“我嫂子得病了，没钱治。一开始，我哥告诉我想在拆迁上捞一笔，这样就有钱给我嫂子治病了……有经验的人说，大家闹了肯定会多拿赔偿金，政府也会来安抚我们。这是个大项目，他们不会舍不得钱……”

池月皱了皱眉头：“你哥什么时候结婚的？”

在池月的印象中，龚家兄弟只比她大两岁，他们刚到法定的结婚年龄。多年不联系他们，她根本不知道龚家文结婚了，没想到突然得知这消息，竟是在这种情况下。

“今年结的。”龚家武哽咽着，对池月说了龚家文的事。

龚家武的嫂子不是本地人，是龚家文在外面打工时认识的。龚家文能说会道，长得人高马大，很有男子气概。那女人比龚家文大好几岁，家里重男轻女，没受过什么教育，因为要供弟弟读书，所以她的年纪不大，却已经成了家里的顶梁柱。在认识龚家文之前，她是个“失足妇女”。她和龚家文一见钟情，龚家文真心爱她，她也诚心要跟龚家文过日子。可龚家文家里穷，拿不出彩礼，她的父母不同意他们结婚。最后龚家文砸锅卖铁，掏空了家底，女人也把多年来存的私房钱全部拿了出来，两人凑够了十五万交给她的父母当彩礼，才勉强得到了她父母的同意。两人高高兴兴地去领了结婚证，没有举行婚礼。原以为新生活可以从此开始，谁知他俩领证不到一个月，噩梦就降临了。女人先是流产，后又被查出患有宫颈癌。这对小两口来说如同当头一棒。他们去她娘家借钱治病，娘家却说嫁出去的女儿是泼出去的水，一分钱也不肯掏。

“我哥也是没办法。他想尽快拿到钱给我嫂子治病……”龚家武说着说着，快要哭出来了。他看着乔东阳，又说：“我也不知道我哥是怎么了，但我们真的只想捞点钱……我们穷，治不起病。我们觉得像你这样的有钱人多掏一点钱出来没什么关系……今天他肯定一时激动，没控制住自己，一定是这样。乔先生，你能不能原谅他，让警察放他出来？”

乔东阳沉默了很久后说：“如果事发之前你告诉我这些，我可以给钱。”说到这里，乔东阳抬起胳膊看了看自己的伤口，“但是现在谁都救不了他。”

乔东阳招呼池月：“我们走。”

从吉丘刑侦大队出来，乔东阳把电话转接到了侯助理的手机上。在这边出了事，找乔东阳的电话突然增多。公司的、家里的电话，来安慰他的、探听消息的、关心他的电话……他讨厌应付这些人。于是在回去的路上，侯助理就一直在哦哦嗯嗯地代他接电话：“乔总没事。他受了点轻伤。

“你放心吧！

“人被抓住了，警察在审呢。

“哎哟，这个你问我，我就不知道了，警察不让说这个的……

“哈哈好的好的，我会转告乔总。”

池月有些听腻了。这些打电话来的人里，有多少人是真正关心乔东阳，又有多少人是因为利益关系，不得不关心乔东阳？突然，她觉得乔东阳有点可怜。

“一个除了金钱一无所有的男人。”

池月这句没头没脑的话，乔东阳居然听懂了。他把手挪过来，与她十指相扣：“我这不是有你嘛！”

池月回过头对上他的目光，两个人相视一笑。她望向车窗外面，唇角飞扬起来。这个季节的吉丘毫无观赏性，白日里，整个城市都是灰扑扑的；到了夜间，霓虹灯倒是给县城添了几分城市的味道。只是这烟火气里似乎也夹杂了沙尘味，就连天空中飞过的鸟儿，翻过夜里的沙丘，也叫得格外凄凉。

“住在这里的人生活真是挺无聊的。”乔东阳突然发出一句感慨。

“一个地方的人有一个地方的人的活法。”池月回头看他，眼里带笑。汽车驶入夜色，城市的霓虹没了，沙丘成了一个个黑影。池月看着起伏的沙丘，说：“小时候，我以为这个世界上只有沙漠，以为世界上的孩子都和我一样，早起要抖沙子。我们的头发里藏着沙子，饭里也有沙子……我以为世界的常态就是到处是沙子。”

乔东阳扬起唇角，让她靠在自己的肩膀上：“然后呢？”

“然后我就上学了。”池月身体很放松。她懒洋洋地说：“书本就是一扇通往新世界的大门。打开那扇门，我发现原来世界这么大……”

乔东阳低下头，看着她长长的睫毛：“你就想去看看世界？”

“嗯。”池月笑着说，“因为想去看看世界，所以我拼命地读书。我很小就知道，只有读书才有机会走出沙漠，看到更大的世界，看到沙丘的另一边有什么样的风景……只有读书才可以让我早晨不用抖沙子，晚上不用吃沙子拌饭。”

“我跟你刚好相反。”乔东阳低沉的声音钻入池月的耳朵，“我从小就觉得这个世界太小。我不想去看这个世界，因为我想去哪里就可以去哪里……”

池月在他的怀里拱了拱，额头差点撞到他的下巴：“喂！你是在拉仇恨吗？乔先生。”

“傻瓜。我要是对这个世界没兴趣，又怎么会想去太空看看？”乔东阳一边说，一边帮池月顺头发，“你说得对，一个地方的人有一个地方的人的活法。每个人的活法都不同。可能很多人觉得我拥有很多，但我不喜欢这种感觉。”

“钱太多是病……”池月翻了个白眼，跟他开玩笑，“要不这样吧，你把你的金钱和烦恼一起交给我？我来帮你花钱，帮你分担痛苦……”

“你当真？”乔东阳斜视着她，直到看得池月收敛了笑容，才拍拍她的头，说，“傻子，你不会愿意的。因为当你拥有了这些东西，就代表你从此拥有了麻烦。”

“好吧，我承认有钱人的痛苦我想象不到。”池月半开玩笑半认真地说，“我的人生目标很明确。我觉得如果一个女孩子账户里的余额不足以支撑她过优渥的生活，那么她所有的梦想应该是赚钱……有很长一段时间，钱就是我的信仰。我不知道除了钱还有什么事值得我花时间去追求。”

乔东阳笑着睨她：“所以你没早恋？”

“早恋啥啊？！我根本不想浪费那个时间。”

“优秀！”乔东阳敲敲她的脑袋，目光里满是宠溺，“你要是早点认识我，梦想早就实现了。”

“那可不一样。”池月嫌弃地瞥了他一眼，“自己赚的钱和别人给的钱，给人带来的满足感是不同的。”

“不懂。”

“穷人的痛苦你是体会不到的。”

两个人笑着聊着，说了很多童年的趣事。池月突然问了他一句：“怎么没听你提起过你妈妈？”

乔东阳沉默。过了好一会儿，他才轻轻地哼了一声：“没什么好提的。”

池月瞄了他一眼：“你和你妈的感情很好吧？”

这是她的猜测，乔东阳那样痛恨董珊和乔正崇，想必爱极了他的母亲。然而乔东阳却冷冷地笑了：“一个不要我的妈，你觉得呢？”

汽车里很暗，微弱的光线无法照清乔东阳脸上的表情。池月看不见他，却可以感觉到从他身上传来的戾气与凉意。池月觉得有点不踏实，轻轻地唤他：“我是不是不该提这个事？”

“没什么，都过去了。”乔东阳又一次按住她的后脑勺，让她的脑袋靠在自己的肩膀上，“我其实是个没人要的人，你是不是觉得很意外？”

池月确实觉得意外。她习惯与人面对面说话，所以动了动，想抬起头。可乔东阳搂紧了她，语气沉重：“你别动，就这样让我抱一会儿。”

池月老实了。她安静下来，乖乖地伏在他的胸膛上听他的心跳。

“以后我会陪着你。”她突然说。

“好。”

“没人要你，我要你。”

乔东阳轻轻一笑：“这可是你说的，不可以反悔。”

“不反悔。”池月用双手紧紧地束着他的腰，“我说到做到。你是我的人了，我罩着你。”

乔东阳笑得眼底放光，把她搂得更紧了：“那你今天晚上就要我吧。”

池月有些恼：“你怎么这样？人家说真的。”

“乖。”乔东阳吻吻她的额头，“逗你的，我不会逼你，虽然我真的很想。”

乔东阳对池月多少有些了解。从她对母亲和姐姐的照顾、对月亮坞的执着，他可以看出她的责任心有多重。他完全有理由相信，池月是真诚而执着的。既然她开了口，从此他就被她纳入了领地。这个发现让乔东阳感到雀跃，他打开的话匣子突然就收不住了。他像突然获得了一笔财富的孩子，很想与人分享内心的快乐。

“池月，你知道吗？我一直觉得自己没有家。”

“嗯？”池月不解，“为什么啊？你不是有很多房子吗？”

“我有很多房子，但我没有家。”

乔东阳的声音低低的，池月听不出喜怒，但仔细听，能觉出一丝笑意。他说：“我很小的时候父母就离婚了。我哭着求我妈，要她带我一起走，求她不要抛弃我。她一句话不说，把我推到地上走了……那天之后，我就没有家了。”

池月搂住他不说话。乔东阳叙述时，采用的完全是白描的手法，没有添加任何形容和修饰，但足以让她感到震撼。

“在我妈离开的第三天，我爸就把我送到国外念书。大概是为了弥补亏欠我的情感，他找了一堆人来照顾我的生活，我要什么他就给什么。一开始，那些人会因为我是小孩子而欺负我……”

“乔东阳……”池月觉得眼睛酸酸的。

他却突然将她抱了个满怀，脸上的笑容更为明媚：“Sorry（对不起），我不该向你传递负能量。这些不开心的事情咱们不说了。池月，月亮坞项目是个伟大的计划，比我的星空计划还要伟大。有了这个工程，我觉得在未来的很多年里，我的人生都会变得有意义。”

池月的眼睛一亮。她说：“你真这么想的？”

乔东阳点头：“我的星空计划是逃离地球。你的月亮坞计划是治理地球，是改变环境……池月，你比我强，对生命更有诚意。当然，你的计划也更容易实现。我向你保证，不出七年，我给你一个理想中的月亮坞。”

“乔东阳！”池月觉得心里满是感动，“谢谢你，你简直就是我的‘男神’。”

乔东阳笑着揉了揉她的脑袋：“到时候，我在月亮湖边为你建一座房子，种一个园子的花。春、夏、秋、冬，每一天都有鲜花盛开。你只要睁开眼睛，就可以看到花开的样子……”

池月脸上的笑容逐渐扩大。她说：“我已经开始憧憬了，恨不得把七年缩短，明天醒来就发现梦想实现了。”

“贪心的家伙。”乔东阳捏她的脸，“不过作为回报，你得给我生两个孩子，一个女孩、一个男孩，让他们在月亮湖边奔跑。谁跑输了，就给妈妈摘花。”

他们刚刚还在严肃地讨论正事，他马上就不正经了。池月哭笑不得：“生孩子的事会不会太遥远了？”

“远什么远？”乔东阳挑挑眉，“这个项目不用等七年，咱们今天晚上就可以实施……”

“乔东阳！”池月嗔怪，用拳头打他。

“哈哈！”某人放声大笑。

这是一个无所事事的浪漫的夜晚。乔东阳和池月回到了万里镇里唯一的旅店，与他们一同入住的除了两个池月至今叫不出名字的保镖，还有侯助理。今天来的人多，旅店老板很开心。乔东阳的兴致也好。他特地让店家在旅店的院子里摆了个烧烤台，烤羊、烤鸡、烤兔子。旅店原本没有这项服务，但乔东阳有钱能使鬼推磨。院子中央很快就生起了火，乔东阳要的肉和菜也都被准备妥了。

难得乔先生心情好，大家很配合，闹得热火朝天，似乎白天的糟心事不曾发生。

池月有些担心乔东阳的伤口，吃东西的时候不停地看他："你少吃点辛辣的，不要喝酒。"

"没事。"乔东阳不以为意，撕下一块羊肉，"嗯，味道比想象中好。"

池月皱了皱眉头："为什么你对吃的就不讲究牌子了？"

乔东阳笑了起来："因为不吃会饿死呀。"

桌子上被摆了几瓶啤酒，烤肉在几个大盘子里。乔东阳招呼大家一起吃肉喝酒，人们之间没有边界。但池月总觉得今天的乔东阳与往常的他相比，状态不同。也许他不是不介意白天的事，而是已经知道了谁在害他，所以才这样消极。

"我去给你倒点温水。"想到他的胳膊有伤，池月将他的酒杯放在一边。

众人笑了起来。有人敢管乔东阳，这是个新鲜事。大家跟着侯助理起哄，池月瞪了他们一眼，走出了餐厅。

旅店的生意不好，人手少，他们吃饭的时候没有人进来伺候。池月拿着杯子走到大堂里，刚准备问前台的老板娘开水在哪里，就看到两个人顶着夜风推门进来。他们穿着冲锋衣，戴着帽子和眼镜，身材高大，看上去不像本地人。

池月和他们打了个照面。他们看了池月一眼，走到前台："还有房间吗？"

老板娘脸上堆满了笑："有的、有的。"

"来一间。"

"我们只有标间了……"

"多少钱？"

"120 元。"

"可以刷卡吗？"

“我们只收现金，或者你扫码支付……”

池月站在原地，等老板娘有了说话的空闲，问了水壶的位置，倒了水返回餐厅。

几个人正在吃肉喝酒。乔东阳倒也听话，池月不让他喝酒他就没碰酒杯。看到池月进来，他蹙了一下眉头：“怎么去了这么久？”

“哦。有人住店，我等了老板娘一会儿。”

这是旅店，有人住店再正常不过了。乔东阳嗯了一声，没有多说。

池月心事重重，没吃什么东西，等乔东阳吃好，就陪他一同上楼。她的房间在乔东阳的隔壁，走到门口，乔东阳赖在那里，笑吟吟地问她：“你说何必麻烦呢？咱俩住一间不是挺好的吗？”

池月翻了个白眼：“你见过主动和大灰狼住在一起的小白兔吗？”

乔东阳摸了摸鼻子，笑道：“说得也是，身为一只小白兔，我是应该保护好自己。”

“去你的！”池月笑着把他推到隔壁，等他拿钥匙开了门，又不放心地叮嘱，“你注意手别沾水，明天起来咱们再去卫生院换药。”

“没你在，我洗澡肯定会沾水的。”

“你就不能不洗吗？”

“不洗睡不着。”

“讲究！”

乔东阳似笑非笑，突然拉她过来，凑近她的脸：“池月，有没有人告诉过你，男人如果喜欢一个女人，是很难克制的？”

“克制什么？”

“你说呢？笨。”

他低下头，吻她的唇。池月侧开脸想躲，却被他的头发刺了一下：“咝！你的头发怎么和针一样，这么硬。”

她嫌弃地皱起鼻子，乔东阳却低声地笑：“我可不只头发硬。”

四周一片寂静，池月的身体僵硬得不能动弹，然后她听到他无奈地叹息道：“谁让我心软呢。大灰狼，快去睡吧。小白兔不让你吃了。”

池月松了口气，踮起脚，轻轻地在他的脸上亲了一下：“晚安，乔先生。”

她噔噔地跑开，打开门，回头瞪了他一眼，一进房间就合上了门，一颗心怦怦跳了好久，终于平静下来。其实她明白，现在的人的感情来得快去得快，衣服被脱得快也被穿得快。一男一女保持着亲密的关系，又住在旅店这种容易出事的地方，不发生点故事才不正常。乔东阳再理智也是个男人，是男人就会有男人的欲望。她今天能熬过去，明天、后天呢？她不知道自己能坚持多久不越雷池。

嘀！她有新信息。

池月拿过手机，坐在床上。信息是乔东阳发来的，就几个字：“你关好门窗，小心我半夜控制不住爬进去欺负你。”

池月又好气又好笑，快速回复：“剪刀已备好，欢迎你来接受咔嚓洗礼。”

“啧，你这女人想守活寡吗？”

“呸！”池月觉得耳根子又热了起来，“早点睡，你有伤不能熬夜。”

“我睡不着。”他打字很快。

“怎么了？”

“想你。”

池月安慰他道：“事情很快就会水落石出，你别想太多。”

“池月，我很需要你。”

“你这个人怎么这么嘴贱？”

“不是那个需要，你在想什么呢？我是说，我没有洗漱用品。”

这个人！池月这才想起，今天买回来的生活用品全被放在她的房间里。她咬咬下唇：“你等着。”

天气有点凉。明明走廊里没有窗户，但夜风就是有本事钻进来。池月出门的时候觉得有点冷。她拢紧外套，缩着脖子，却还是因为迎面吹来的一股冷风冻得打了个喷嚏。

“阿嚏——”

楼道里有人上来。她抬头看了一眼，那个人从头到脚一身黑，帽子、眼镜、风衣、围巾把脸遮了大半，正是她晚上去倒开水时见过的其中一个住客。两人远远地对了个眼神，男人拎着东西从池月的面前经过，走向了走廊最里面的一间房。

池月看着那个人进了房间，门合上了。她又拢了拢衣服，去敲乔东阳的门。

进了门，她发现乔东阳的神色不太好。虽然他在笑，但莫名让人觉得心情沉重。池月迟疑了一下，明明知道不该问，却还是忍不住问了："你是不是认为这件事和乔家人有关，所以心里难过？"

乔东阳的脸色微变。

他没有回答，沉默的时间有点久。

池月一笑："你爷爷把遗产留给你，不知道到底对你好还是不好。实话说，这份爱太沉重了，对你、对他们，都不怎么公平。大家都是乔氏子孙，你爷爷的做法，势必会让其他人不满，让他们对你心生恨意。正所谓怀璧其罪，有了那份遗嘱，你就成了乔家的公敌。"

乔东阳唇角上翘，语气略带讽刺："我爷爷那时候大概老糊涂了。"

"也许他看你根骨奇佳、命格不凡，是个扛打的天才，故意考验你。"

乔东阳被她的说法逗笑，低头沉思片刻："这些年来，他们一直希望我做个败家子。我曾经也很想满足他们的愿望……"

"所以你在学生时代拿到全科挂零的'光辉'成绩，是做给别人看的？"

乔东阳没有否认："猫逗老鼠的游戏不也挺好玩吗？就这样，我看清了很多人的嘴脸。他们等着看我大把烧钱，把公司搞砸，把我当成大傻蛋……而我把他们逗得团团转，让他们等着被我'打脸'。"

池月觉得唏嘘："被利益驱使的人真可怕，什么都可以毁灭，什么都可以拿来利用。”

乔东阳哼了两声，倚在门框上看着她，不说话。

池月问：“后来你为什么不继续装败家子了？”

“我玩儿腻了，没新鲜感。”

这理由好充分。池月冲他竖了个大拇指：“满分。”

乔东阳笑着说：“而且我要做东阳科技，也装不下去了。”

“怎么说？”

“东阳科技不是一个纯商业性质的公司。如果我是一个什么都不懂的纨绔子弟，单靠钱吸引不来人才和资源，更得不到那么多科技大佬的支持。我必须拿出真东西，证明自己有真本事，人家才会支持我。”

池月不完全懂，但仍然点了点头。她听王雪芽说过，像雪芽父亲这样的学术泰斗都非常欣赏乔东阳。乔东阳在这个领域里拿到的资源，有时候不是他单靠金钱就可以得到的。

“你换‘人设’的时候，乔家人是不是都吓坏了？”

乔东阳的大伯、三叔，还有他们的妻子和孩子们，眼看败家子就要入套，公司的钱即将被烧光，资金链也快断裂了，乔东阳却突然一个翻身，从败家子变成了科技新贵。不仅产出的陪伴机器人系列产品大卖，东阳科技还得到了学术界的认可，发展可谓一日千里。池月想到这个就忍不住笑，乔东阳也跟着笑了起来：“他们怕是被气得饭都吃不下了吧！”

“哈哈哈！”池月笑了两声，突然走近他，“乔东阳，你就不怕我接近你是图你的钱吗？”

“嗯？”乔东阳似乎没有想过这个问题，思考了一下，不解地反问，“你需要多少钱我都可以给你，为什么你要费脑子去图谋呢？我不允许你这么累！”

“你看得上我的钱，证明我不是除了帅一无是处的男人嘛，我很荣幸。”

“我的人和钱都是你的，来、来、来，一起拿去吧。”

池月一时无言，和一个跟钱有仇的人能说什么？

“别想了，你又不是瞎子。我乔东阳本人肯定比钱更有价值。”他懒洋洋地戳了一下她的脑门，“如果你是个图钱的女人，网店赚那么多早就享受去了，又何必搞得自己那么狼狈。”

“啧！”池月似笑非笑地睨着他，“看来你做了功课，调查过我？”

“这还用调查？”乔东阳指了指自己的头，“我的脑袋不能只是用来衬托我的帅气的吧，我会看、会想啊。”

“好吧，算你过关。”池月的目光潋滟。她把头发一甩：“那我走了，晚安。”

夜渐渐地深了。

池月进入梦乡后，乔东阳拉开门走了出来。

门口站着的人是跟他一同入住的两个保镖，一个叫雷竞，一个叫谢奇。他俩已经跟了乔东阳很多年，负责安保工作。不过乔东阳平常不喜欢有人跟着他，尤其在认识池月以后。他不愿意跟人分享感情生活，除了为便于处理工作不得不带着的侯助理，其他人处于“半休假”的状态。要不是这次乔东阳出事，他们不会出现。

“凌晨一点，他们接到电话出门，至今未归。”

乔东阳下意识地望了一眼走廊尽头的那扇门：“为什么没有跟？”

“怕被人调虎离山。”雷竞性格沉稳，嗓门也低，“旅店里只有我们两个。我们要是中计，你会有危险。”

如果真有人要乔东阳死，到时候雷竞和谢奇哪怕有天大的本事，也来不及救他。

“谢奇刚才摸进他们的房间，检查了行李。”

“有没有发现？”

雷竞摇头：“这两个人手脚干净，我们找不出半点蛛丝马迹。”

“嗯。”乔东阳点点头，“不早了，你们去睡吧。如果他们有备而来，肯定会有动作。不用心急，我们静观其变就行。”

雷竞说：“好。下半夜我和谢奇轮流值班。”

“不用，他们现在不会动手。”乔东阳冷笑，“做得越多，错得越多，他们不会轻易地暴露自己。现在龚家文没开口，咬不到他们的身上，他们再怎么着急也要缓一缓。要是我接二连三地出事，龚家文的借口就站不住脚了，难免会有人多想。他们应该也在等案件的处理结果。”

“等龚家文？”

“嗯。”乔东阳勾起唇角，“如果龚家文的案子就这样结了，他们会再做打算。如果龚家文的案子继续被往深了挖，他们怕自己被挖出来，可能就会采取行动了……”

雷竞点点头：“那您去休息。这里有我们看着，放心。”

乔东阳拍拍雷竞的肩膀，又望了谢奇一眼：“辛苦了。等这事了结，我一人发一个媳妇儿。”

“多谢老大。”

池月醒来的时候，天已经亮了。她还没来得及去吃早饭，张警官就来了。

张警官是负责龚家文案子的民警，也是吉丘县刑侦队的副大队长。昨天他们已经打过交道，彼此认识。张警官知道乔东阳是吉丘月亮坞项目的投资人，这件事关系到民生，因此对乔东阳非常客气：“乔总，大清早打扰了。我有点事要找你们核实。”

乔东阳嗯了一声：“进来谈吧。”

旅馆里没有专门的会客室，房间就成了他们暂时办公的地方。侯助理、雷竞、谢奇，全被叫到了乔东阳的房间里。

“乔总，有一个好消息、一个坏消息，你想先听哪个？”

张警官的话让乔东阳怔了一下，乔东阳轻声地笑了起来：“你真幽默。那就先听好的吧。”

“龚家文今天凌晨交代了。”

这个案子被上级点过名，刑侦大队的任务很重，昨晚他们加班连夜审讯，熬到了凌晨四点半。没有睡觉的龚家文精神疲惫，终于招架不住，全部交代了。

“他怎么说？”乔东阳目光略微一沉。

张警官目光一闪：“这个案子，还真有点私人恩怨在里面……”

池月一听，脸色黯了下来。她下意识地望向乔东阳，生怕听到那个他们猜测过的结果。然而乔东阳却很平静：“我的私人恩怨？”

“算是吧。”张警官道，“龚家文交代，他受人指使，煽动群众抗议拆迁，要求高额补偿。而那个指使他的人指明了要针对你……”

“包括杀了我吗？”乔东阳问，“那个人是谁？”

张警官看着面无表情的乔东阳：“你还记得那个偷树团伙吗？”

乔东阳感到有些意外：“是他们？”

张警官道：“龚家文交代，跟他接触的人叫冯大军，吉丘人，有犯罪前科，是盗树团伙里的主要犯罪分子。经我们初步核实，这个情况与龚家文的供述一致。”

“呵！”乔东阳抚了下额头，“那坏消息呢？”

“坏消息是——冯大军死了。”张警官沉下来面色，“今天早上，万里镇派出所接到报案，有人死在万里镇小学后面的沙地里。我们赶到现场后发现死者正是冯大军。而且……”他将目光扫向众人：“昨天晚上，冯大军就住在这个旅馆里。”

池月觉得心里一惊。她想到了昨晚见到的两个房客。

张警官清了清嗓子，从公文包里取出几张照片，将它们一一摆在桌子上：“你们都过来看看，认不认识照片上的人？”

第一张照片很血腥：一个身穿黑衣的人仰卧在沙地上，浑身是沙子，额头上的血迹已经干了，双眼瞪大，面目狰狞，一副死不瞑目的样子。张警官指着这张照片：“他就是冯大军。有人见过吗？”

“我好像见过。”池月如实说。

“在旅店？”

池月点点头，把两次见到冯大军的情况说了一遍：“昨晚有两个男人来住店，他们都穿着这样的黑色衣服。但我昨晚只见到其中一个，不太确定那个人是冯大军还是另外一个。”

张警官看了看她：“你记得另外一个人的长相吗？”

池月摇头："他们都戴着眼镜，帽子被压得很低，晚上光线又不好，我没看清他们长什么样子。但两个人都很高、很壮，看起来很凶……"

"这些照片里面有没有那个人？

你再仔细看看……"张警官道。

几张照片里的男人，辨识度都不高。

池月看了一遍又一遍，没有一张熟悉的脸："对不起，我真认不出来。"

她的答案与老板娘的说法一致。

张警官收起照片，又问："你回忆一下，他们出现后旅馆里有没有什么反常的地方？"

众人摇头。池月觉得那两个人的出现本身就很反常，但那只是一种感觉，没有实际的意义，于是也跟着摇头。

乔东阳道："不好意思，帮不了你们。"

张警官笑了笑："这些家伙就是狡猾。回头你们要是想到什么，随时跟我联系。"

"好的、好的。"

"麻烦了。"

"应该的。"

大家客套着，侯助理突然发问："张警官，是那个人杀死冯大军的吗？他是什么人呢？"

张警官失笑道："目前我不能给你们答案。是不是他杀的冯大军？冯大军到底是怎么死的？这都得等进一步的调查结果。"

大家没有再说什么。张警官向乔东阳告辞，带着人出去了。

万里镇的事是一个契机，打破了项目部与村民之间多日的僵持。大部分的村民其实盼着拆迁，只不过他们受到教唆，真把月亮坞当成了一个独一无二的圣地，认为乔东阳非得在这里搞项目不可，想坐地起价多捞一些好处。现在带头闹事的龚家文捅了人，已经进去了，大家又惊又怕，整个村子里非常安静。

乔东阳的汽车一到，村干部就迎了上来，小心翼翼地问乔东阳的伤情，就怕他一个不高兴拍拍屁股走人。可有时候，人怕什么就来什么。乔东阳回到村委会，看到老村长和俞荣，说的第一句话就让人丧气：“大家别再张罗了，我不想把小命丢在月亮坞里。就这样吧，我决定了，从今天起项目全部暂停。俞荣，一会儿叫组里的人到我的办公室来开会，咱们讨论一下善后问题。”

俞荣一愣：“好的，乔总。”

老村长的眼睛瞪得好大。他像是被雷劈了，一张老脸上写满了尴尬：“乔总，你消消火，有事好商量嘛。我们月亮坞的村民都很欢迎你们。你能看中咱们这里，帮咱们脱贫致富，是月亮坞的恩人。我、我这……我也不知道怎么说才好。反正，我先代表大家向你道歉。你宰相肚里能撑船，就别跟我们一般见识了。咱们再商量商量，商量商量。”

老村长深深地鞠了一躬，快急哭了。

乔东阳面无表情：“不用商量了。你要是有诚意，这事早就被解决了，也不会闹成这样！”

说完，他抚着刚换过药的胳膊，绕过村长走向自己的帐篷，头也不回。

老村长的眼圈红了。

池月看了老村长一眼，什么也没有说，跟了上去。

老村长的脸涨得通红。他说：“池月。”

池月回过头：“村长，有事吗？”

老村长指指乔东阳的背影，张了张嘴，像是想说什么，最后一跺脚，叹着气走到她面前：“好姑娘，月亮坞是什么样子你比谁都清楚。我们真的太需要这个项目了……”

“乔先生说得对。”池月冷漠地看着老村长，“要是你们早点采取措施制止村民闹事，也不会闹成今天这样。说实话，这个局面谁都不希望看到。但乔先生的脾气就是这样，他不高兴，谁也没辙。”

“我不是不想制止啊，是制止不了。而且闹事的人主要是横峰村的，我能把人家怎么样呢？”老村长痛心疾首地说，“横峰村的那群人不知道在哪里听人家鼓吹，说咱们月亮湖地下有大量的金矿，乔总来投资不是想帮我们搞建设，而是来挖矿……他们说这个项目不仅污染环境，还会影响风水……”

这些传闻池月已经听过了，再次听见也只觉得好笑：“你们家里都有矿了，还在乎什么项目？”

老村长急红了眼睛：“这不是他们瞎扯的嘛。池月，你在乔总面前能说上话，帮咱们村说点好听的劝劝乔总……”

“说不了。”池月面无表情，“我只是给他打工的，碰巧多念了几年书又熟悉月亮坞，这才被聘用来这里办事。我可没那么不识好歹，真以为自己是根葱。”

村长的老脸通红通红的。“不识好歹”说的不就是他们这些人吗？

“不论怎么说，也不能让乔总撤资。池月，我们一起想办法……你去说说，啊，为了月亮坞求求他。我知道你是个好孩子，啊……”乔东阳一行人离开的时候，老村长的眼泪都要急出来了。

池月不说话，冷着脸进了乔东阳的帐篷。

乔东阳在帐篷里抱着笔记本电脑把键盘敲得啪啪作响。看到池月进来，他合上笔记本电脑，拍拍身边的位置：“过来坐。”

池月走近他，蹲下身去抬起他的胳膊：“医生让你不要乱动。”

“我就用了下电脑……”

“电脑也不能用。”

乔东阳瞄了她一眼，眼里有笑：“好吧、好吧，听你的。”

池月抿着唇坐下来，双手搭在膝盖上，一副老老实实的样子，就是不说话。

沉寂片刻，乔东阳突然笑出了声，轻轻地拉过她的手：“你怎么不问我？”

“问什么？”

“是不是真的要撤资。”

“你不会。”池月轻轻地一眨眼，表情狡黠，“昨晚有个人告诉我，说他做了月亮坞的项目，未来几年都会过得很有意义，怎么可能睡一觉起来想法就变了？不过你做得对，先给这些人施施压，警告一下他们也是好事。”

乔东阳似笑非笑：“我以为你会帮着你的乡亲说话。”

“人心不足蛇吞象。我的态度不会因为他们是乡亲就改变。”池月顿了顿，补充说，“也许一开始咱们就做错了。”

乔东阳没有弄明白她的意思，漫不经心地笑：“是吗？池小姐赶紧指点一下我。”

池月拧起眉毛：“你到月亮坞投资，一开始就给了他们财大气粗人傻钱多的印象。如果你把这个馅饼直接喂到他们的嘴里，他们不仅不会珍惜，反而会觉得理所当然，甚至认为你对月亮坞有别的企图……”

乔东阳哼了一声，笑而不语。

池月道：“如果我们没有把项目地点确定在月亮坞，而是在周边走一走，做出一副方案没确定、地点没选好的样子，让各村镇出方案，竞标选址……那么这些人就会患得患失。好不容易才被选上，他们还敢轻易闹事吗？”

“好有道理。”

“这不是道理，是人性。”

乔东阳微微地勾起唇角，刮她的鼻子：“池小姐年纪不大却如此世故，真不容易。”

“知世故而不世故，更不容易。”

“啧，你这是在夸自己？”

池月哼了一声，继续说正事：“下午你召开项目组会议，就做出要撤资的姿态来。我回家以后，肯定会有人来打听情况，我再顺着去说。咱们一个唱黑脸，一个唱红脸。”

“然后呢？”

池月冷笑一声：“等着他们来求你，但你不要轻易答应。你记住，钱在你的手上，资源在你的手上，你才是大爷。”

乔东阳饶有兴味地看着她：“池小姐，你这胳膊肘怎么往外拐？”

池月正视他，不像在开玩笑：“为了今后少点麻烦，我们这次一定要给他们足够的教训。你要是狠不下心，他们就会骑到你的头上。项目还没有开始就闹成这样，如果你不能镇住当地人，今后的麻烦只会更多。人都是得寸进尺的。”

乔东阳笑得眉眼弯弯：“老婆真好，可以帮我出谋划策。”

池月沉默不语。于她而言，这不叫出谋划策，她只是更了解这些人罢了。

“我也是为了他们，为了月亮坞。”

第三章

谁说爱情没有毒

下午，池月到家还不到半小时，杜俏就抱着老二，带着一个女的来串门了。三个人还在院子里，杜俏脆生生的笑声就已经传进了堂屋："池月，你在家吗？我嫂子想过来看看池雁的机器人。"

池月正在堂屋里和池雁逗天猫说话，闻言赶紧招呼杜俏和那女的坐。杜俏把怀里的孩子放下，望向自己身侧的女人："池月，这是我的小五嫂万春兰。你还没见过她吧？"

"没见过，但听过。"池月不咸不淡地笑，"小五嫂，坐吧。"

杜俏的小五哥就是杜明宇，那个和池雁谈过恋爱的男生。这小五嫂一看就是个典型的家庭妇女，膀大腰圆、皮肤粗糙。

池月看得出，杜明宇和小五嫂的生活并不优渥，故而小五嫂的皮肤没有得到足够的保养和护理。池月猜不到万春兰知不知道池雁和杜明宇的事，更不知道万春兰来看机器人是真是假，但知道杜俏肯定想来探听拆迁的消息。

几个人在堂屋里聊天，有机器人天猫在，气氛倒也自在，少了很多尴尬。大家抢着和机器人说话，你一句，我一句。于凤不放心，从里屋到院子来来回回地走了好几次，每一次路过都盯着她们看。池月知道老妈的担心，只是笑笑不说话。不管这个小五嫂心里怎么想，反正池雁不认识她。情敌这种事如果只有一方在意，就没有意义。

“池月……”杜俏果然吭哧吭哧地说到了真实来意，“我听说村上的项目要停了？”

“嗯。”池月叹息一声，“好像是。”

“乔总真的要撤资吗？”

池月冷笑：“不然呢？人家好心好意来投资，帮我们脱贫致富，结果差一点被捅死……换了你，你走不走？有钱在哪里做不了项目，何必找罪受。”

“也是。”杜俏不自在地捋了下头发，满脸都写着难过，“这好不容易看到希望，真是……这笔糊涂账咱们该找谁去算？”

池月不说话，冷着张脸。

杜俏低了下头，又抬起脸望着她：“池月，你和乔总的关系挺好的吧？”

“一般般，他是和我一个学校的学长。”

杜俏目光有些闪烁：“我怎么听你妈说，他在追求你？”

池月差一点被唾沫呛死。这个妈啊！她妈生怕她的麻烦不够多吗？这种事也拿去炫耀显摆。

“别听我妈瞎说。乔师兄来这里人生地不熟，做什么事都不方便。我跟他以前见过面，又参加过他的一个节目，算是老熟人了。他跟我走得近一点很正常。”

“这也是。你妈跟我说的时候我就不太相信。乔总这样的男人，要什么女人没有啊……”

池月瞄了她一眼：“所以你也别指望我能说得上话。我看他这回是吃了秤砣铁了心，今天回来开会就是为了谈撤资的事……你看，我都被他赶回来了，没能参加会议。”

“他怕你说出去啊？”

"毕竟我是月亮坞的人，到处都有亲戚……"

"唉！"杜俏这一声叹息很重，比刚才她说的所有的话都要来得灰心丧气，"难道就没有挽回的余地了？"

池月沉默了一会儿，看着她说："那也不一定。"

"有什么办法？"杜俏一脸兴奋。

"人心都是肉长的。咱们只要有诚意，也不能说一定没有转机。"她看着杜俏眼睛里闪烁的光芒，又是一笑，"当然，我也是个局外人，只是随便说说。乔师兄这个人比较固执。他认准的事很难回头，要让他改变主意怕是要费些功夫。"

杜俏似懂非懂地点点头。这时，她旁边的万春兰说话了："我和杜明宇就是听说村里要拆迁，在招人，才专门辞了工赶回来的。没想到刚到家就赶上这么个事，真是气人。你说那横峰村的人怎么就这么不识好歹呢？要不是沾了咱们月亮坞的光，他们有的拆吗？结果他们带头闹事，吃我们的饭，还砸我们的锅。"

项目的名称是月亮坞改造工程。在这一点上，月亮坞的村民是有优越感的。现在出了事，大家的埋怨都冲着横峰村人去了，万春兰的话非常具有代表性。

池月笑了笑，没有说话。不承想正在和天猫玩耍的池雁突然抬头四处张望着，小声地问："明宇回来了吗？在哪儿呢？噫，明宇在哪儿呢？我怎么没看到？"

房间里突然安静下来。

事隔多年，池月以为池雁已经忘了。现在池月的心里被莫名其妙地塞了一口邪气。她环住池雁的肩膀："姐，我们把天猫带进房间去玩，好不好？"

"不好。"池雁往外头看了一眼，走到门边，伸脖子去看，"明宇回来了，我要是回房间去，他就看不到我了。"

池月动了动嘴皮，沉下脸，有些生气。她恨杜俏把小五嫂带过来，恨万春兰提及杜明宇。不管她们是有意还是无意，池月讨厌一切让池雁伤心和难堪的事。见劝不住池雁，她准备撵人："阿俏，我还有事，不能招呼你们了……"

杜俏是个明白人："好的、好的，你忙。小五嫂，咱们回去吧。"

万春兰至少迟疑了两秒，看了看傻乎乎地在门口张望的池雁，笑了起来："阿俏，池雁就是明宇以前的对象吧？"

池月的脸色更难看了。

杜俏一脸尴尬，拉万春兰走："什么对象啊，那个时候大家年纪小，什么都不懂。"

"是啊，小时候谈的恋爱都当不得真。"万春兰同情地看了池雁一眼，"她这是生什么病了？看样子像是脑子糊涂了？"

池月把后槽牙都咬紧了。在她的私人领地里，池雁绝对是最为重要的人。为了池雁，她所有的风度和道理都可以不讲："你们赶紧走吧，我不远送了。"

她冷着一张脸走出院子，拉开大门想送客，没想到门外站着一个风尘仆仆的男人。池月不知道这男人站了多久，他的那张黝黑的脸上有经年的风霜与疲态。他看到池月，微微错愕，窘迫得脸都红了，一个字都说不出来。

"明宇？"万春兰喊了起来，"你怎么也过来了？"

灰蒙蒙的天空里没有一丝阳光，冬日的风灌过来，干冷干冷的。天地间一片空茫，衬得杜明宇的脸阴沉而哀伤。他哽咽了一下，往门里望，像是想说点什么，可吭哧吭哧了好半天，只吐出四个字："我来看看。"

他来看什么？万春兰向左右望望，笑声听起来有点尖锐："你是来接我回家的吧？"

杜明宇嗯了一声，垂下眼皮："走吧。"

万春兰脆生生地应了，回头向池月告辞。她的姿态在池月眼里显得有些做作，好像是故意在池雁面前示威，或者宣告主权。池月黑着脸不言语，没想到池雁却突然冲了过来："明宇？！杜明宇！"

她喊得很大声，可是还没走近就停下了脚步，搓搓指尖，紧张地望着大门外的那个男人，神情又踌躇又挣扎："杜明宇？"

杜明宇看到池雁，目光一跳，立马移开视线。可是眼尖的万春兰发现，他的眼圈红了，像是快要哭出来了，这表情她从未见过。

万春兰的脸一秒就沉了下来，顿时醋味弥漫，空气都紧张了起来。

杜俏看这情况生怕出事，赶紧走过去拉住她："走吧、走吧，我们回去吧，别打扰人家了。小五哥、小五嫂，你们今天不用做晚饭，我妈让你们去我家吃。"

杜明宇闷头往前走，没怎么说话。

池雁看他走了，往前追了几步，不确定地喊了一声："明宇！杜明宇！"

她不是个正常人，思维简单，只知道顺着自己的情绪做事，根本不会顾及别人的看法。看她一副仓皇失措，似乎要冲出大门的样子，池月一把拽住她："姐！你干什么？"

池雁无辜地指了指门外："明宇……是明宇？"

她和杜明宇的感情，池月是从头看到尾的。池雁从小到大，心里就只有一个男人——杜明宇。她会想起杜明宇，池月一点也不感到奇怪。可这么多年过去了，杜明宇从来没有主动来看过池雁，当年两个人分手也是他单方面提出来的，当时的池雁已经无法正常地对人做出回应。他在那种时候提分手，池月认为非常可耻。因此池月不会原谅他，也绝不允许这样的男人再来祸害池雁。

她沉着脸说："那不是杜明宇，你看错了。"

"那不是明宇吗？"池雁一脸糊涂。她和杜明宇多年未见，两个人的容貌都有改变，再加上听池月斩钉截铁地这么说，池雁犹豫了，对自己的眼睛产生了怀疑。

池月点点头，扶着她往回走："我们回去和小天猫玩吧，你听到没有？天猫好像在叫姐姐。"

"在叫我吗？我是姐姐？"

"是啊，你是天猫的姐姐，也是我的姐姐。"

池雁哦了一声，神色落寞。她把两只脚拖在地上，一步一步慢吞吞地走，嘴里嘟囔个不停："明宇去哪里了呢？"

池月看了她一眼："你听到没？是天猫在叫你。"

"他不是让我等他吗？他说他会来找我的。"池雁像是没听到池月的话。

“注意脚下。”池月叹气，试图打乱她说话的节奏。

“哦。”池雁还沉浸在自己的世界里，“我都等了他好久了，他为什么不来呢？”

“池雁。”池月突然停下脚步。

池雁被池月的动作吓了一跳，瞪大眼睛看着她。

池月沉吟片刻，认真地说：“杜明宇不会回来了。”

“为什么？”

“他和别人好了。他结婚了，有孩子了。”

池月下定决心要拔掉池雁心里的这根毒刺。虽然真相会让她难过，但这总比让她惦念那个男人一辈子好。而且杜明宇回来后总在村子里晃悠，今天如果不说清楚，往后说不定更麻烦。池月以为以池雁现在的思维水平，即便池雁会难过，但被哄哄也就过去了。没想到听完池月的话，池雁怔了一秒，泪珠子就落了下来，咬着唇不发出半点声音。

“姐！”池月替她抹眼泪，“你别想他了，乖乖养病。等你好起来，咱们找个更好的男人。这世上比他优秀的男人多了去了。”

池雁摇摇头，泪水汹涌而出：“不可能的。明宇说过，我们要一辈子在一起。不管发生什么，他都不会抛弃我，怎么会跟别的女人结婚，还生孩子了呢？”池雁委屈巴巴地问，“月月，你在骗我，对不对？”

池月心里像堵了块石头：“刚才那个女人叫万春兰，你听到阿俏叫她什么了吗？阿俏叫她小五嫂，她就是杜明宇的老婆。”

池雁睁大眼睛，像听了个荒唐的故事，居然破涕为笑：“月月骗人。她还没有我好看……明宇怎么会跟她结婚生孩子？月月，你是在逗我，对不对？”

池月漆黑的双眼里浮上了一层雾气。她说：“没有，我没有骗你。池雁，你其实知道的，对不对？”知道剥开池雁的伤口，池雁会痛，池月还是这么做了。她觉得这一刻的自己像个刽子手：“不要逃避，池雁，你该清醒了。我们能活下来已是万幸。我们要爱惜生命，没人疼，就自己疼自己。这些情情爱爱的小事不重要。杜明宇背叛了你，是他配不上你。他要分手就让他滚好了。你要笑着看看他被生活折磨得死去活来的鬼样子……”

池雁的双眼越睁越大。她看着池月，表情茫然：“月月在骗人，骗人。”

池月扳过她的肩膀，眼对眼地和她说：“池雁，这些年你活在自己的世界里不肯走出来，是真的对一切都一无所知吗？我不相信。你只是不愿意接受事实，不愿意相信罢了。”

“不……”池雁长长地喘了口气，面色惶惑。

池月定定地看着她，眼神里带着力量：“姐，能帮你走出来的人只有你自己。你能帮帮自己，帮帮我吗？帮我把姐姐找回来，好不好？”

“月月……”池雁嗫嚅着摇摇头，“你在说什么？我听不懂。”

池月歪着头与她四目相对，只见池雁的眼睛茫然而空洞。池月终于放弃了，慢慢地揽紧池雁的肩膀，将她搂入臂弯：“听不懂也好。走吧，我们去和天猫玩。”

“不！”池雁难得地有了主见，伸手拨开池月，固执地说，“我要去找明宇……我要亲口问他。”

“不要再找他了。”池月皱紧眉头，“我再告诉你一次，杜明宇已经结婚了。他和万春兰生了个女儿，他们的女儿已经三岁了。你听清楚了吗？”

池雁一动不动，就那么看着池月，神色在不停地变，像一个从荒漠里走来的旅人般焦躁、惊恐、逃避、痛苦……慢慢地，如一潭死水。

“哦。”她突然落泪，扁着嘴抽泣了一声，转身进屋。

这个反应令池月感到很意外。池月觉得池雁的行为既怪异又令人惊慌，赶紧跟了上去：“姐！”

池雁的眼泪小溪似的往下淌。她就是不说话。堂屋里的天猫看到池雁真的叫了一声“姐姐”，但池雁没有看它，回到自己的房间关上门。

池月过去拍门，里头没有动静。她怎么叫池雁都不回应，只能听到压抑的哭声从房间里传出来。池月无奈地靠在门上，颓然蹲下。

整个下午，池雁都没有走出房间。于凤进来问了池月两次就出门了，说是村长让大家去开会。于凤习惯了池雁的情绪不定，习惯了池雁偶尔闹点小脾气。经年累月地伺候下来，于凤对这个女儿的情绪已经麻木。池雁的异常反应她并没有往心里去，这是最让池月伤心的地方。

在所有人的眼里，池雁是一个思想不健全的人。不健全的人好像不配拥有七情六欲，似乎让他们有吃有住、冷不着、饿不着就够了。就算他们有情绪，也会受到来自各处甚至是亲人的漠视。池月不愿意看到池雁这样，但她什么都做不了，一个人发着呆，直到乔东阳发来信息。

“小妞，在干什么？”

池月苦笑一下：“在家里。你开完会了？”

“开不下去了。”

“怎么啦？”

“一群人来村委会，道歉、恳求，吵吵嚷嚷……”

“不是让你不用理会吗？不论他们说什么都不用理。”

“如果来的人是我的岳母大人呢？我也不用理吗？”

什么？池月蒙了两秒，这才后知后觉地反应过来。刚刚老妈说村长叫村民去开会，池月只顾着池雁，忘了叮嘱老妈。池月眯着眼打字：“你也不用理她。”

“可全村人都知道我是月亮坞的女婿了，也不理她吗？”

池月觉得脑壳痛：“我妈又胡说什么了？”

“不算胡说，我开心。”乔东阳给她发了个大大的笑脸。

“你不会承认了吧？”

“你不开口，我哪里敢啊？我只是没有否认而已。”

没否认和承认有区别吗？池月深吸一口气：“乔东阳，你别被我妈带偏了。我妈听不得人家怂恿，还特爱面子，肯定是那些人撺掇她找你求情。你不用管，该怎么做就怎么做……”

“我怕得罪了丈母娘，往后日子难过。”

“我去你的。我说不用理就不用理。”

“你过来一趟吧，我拿你妈没有办法。”

池月望了一眼池雁紧闭的房门：“我家里没人，池雁今天状态不好，我有点不放心。”

乔东阳迟疑了一下：“我让猴子过去帮你看着。你赶紧来，这个丈母娘搞得我头痛。”

从村东头赶到村西头，用不了多久。侯助理来得很快，池月交代了一下池雁的情况。虽然池月没有多说，但侯助理是个懂事的人，脑子精明，不该问的根本不会多问一句。他不敢对乔东阳安排的工作掉以轻心，将池月的交代全部记在备忘录里。

“去吧、去吧，这里交给我。”

“谢谢！”

池月还没到村委会，就听到了她妈的声音。平时她是个说话细声细气、性格胆小怕事的妇女，今天却格外亢奋，像个上了战场的将军，站在人群中间高谈阔论：“你们就放心吧，小乔这孩子善良又懂事，他不会就这么抛下我们，留个烂摊子走人的。”

“于凤，他是这么说的吗？”

“他没这么说，不过你们放心，这事包在我身上。”于凤说到这里，顿了顿，笑容凝固在了脸上。她看到了池月，也注意到了女儿那阴沉沉的表情。她尴尬地笑了一下：“你咋来了？你姐呢？”

池月不好当着这么多人驳她的面子：“妈，你赶紧回去吧，姐在找你。”

于凤知道小女儿的性子，不敢惹她，窘迫地笑了笑，连声道好，离开前还不忘跟乡亲们摆手：“你们都消停点啊，别忘了我的话，不要找我未来女婿的麻烦……”

池月无语：我妈这是疯了吗？

于凤在众人羡慕的目光中，扬眉吐气地走过来。站到池月面前时，她又有点㞞：“我也没说什么，就是村里有好几家闺女没处对象，在打小乔的主意。所以妈要先下手为强，断了他们的念想……”

“妈！”池月骂不得，说不得，还能拿她怎么办？

“你快回去，好好安慰一下池雁。”

“她还没出来？”于凤怔了怔，“行、行、行，我这就走。”

于凤走远了。池月站了片刻，无视在场那些复杂的目光，去了乔东阳的帐篷。别人怎么说，她从不在乎。在某些方面，她和乔东阳是一样的人，做事只讲结果。所以这个时候她不想给任何人好脸色，也不想给他们希望。

“月月！”村里有几个长辈在喊她，“你跟乔老板说说好话，听到没有？”

池月不理会他们，撩开帐篷走进去。帐篷合拢。

乔东阳抬起头，说：“来了啊！你等我一下。”

他面前摆着电脑，手上拿着平板电脑，嘴唇紧抿，表情严肃而认真，看上去十分忙碌。

池月走过去一看，他果然在玩游戏。她轻轻地坐下来：“你没有松口吧？”

乔东阳轻笑：“没你批准，我哪里敢？”

“我怕你被民意绑架。”池月用眼看他，“我妈给你造成困扰了？”

“没有、没有，我高兴还来不及呢。”乔东阳唇角挂着懒洋洋的笑，“刚才村民推举她当代表，进来找我谈。我只是卖她个面子，请她进来吃了一口茶。”

“就这样？”

“就这样啊！”乔东阳想了想，又说，“哦，在她之前有四五拨人，都被我拒绝了。”

怪不得她就跟捡到了宝似的。乔东阳拒绝别人，只见她一个，这多有面子啊。而且她之前在亲戚面前吹的那些牛，现在都实现了。一辈子没出过这么大的风头，她整个人都要飘起来了。

池月哭笑不得：“你别惯着她。我妈这个人最擅长蹬鼻子上脸，这次你纵着她，下次不知道她还能做些什么呢。”

“没关系。”乔东阳勾了勾唇角，“你妈挺可爱，我就喜欢看她显摆。”

池月开始以为他说的是反话，可乔东阳的表情不见半点调侃。他居然是认真的？一个没有妈妈陪伴长大的孩子，当然也从来没有体会过妈妈以他为荣，拿他去显摆的感觉——这就像很多家长显摆自己孩子有唱歌、跳舞、弹钢琴的特长一样。当母亲以孩子为荣的时候，孩子也会感到骄傲。

只不过，别人熟悉的生活对乔东阳来说却很新鲜。

“那你就让她‘作’？”

“她作不出什么名堂。”乔东阳打完一局游戏，放下平板电脑，挪过来靠着她，似笑非笑，“咱们晚上吃点什么？”

池月想到村委会那黑压压的一群人，头皮发麻：“你还有心情吃啊！”

“当然。”

“外面那群人怎么办？”

乔东阳笑了：“诸葛亮都要刘备三顾茅庐，我怎么着也得要让他们‘两顾茅庐’吧？等他们明天再来一次……”

“一次不行。”池月沉着脸，“至少三天都来，最好保持一周。”

“会不会太过分了？”

“说好的冷血无情、铁面无私呢？”

乔东阳摸了摸鼻子，觉得这女人严肃起来的样子真是比男人还厉害：“行。话又说回来，咱们晚上吃什么？”

“没胃口。”池月想到池雁的事，心绪不宁。

乔东阳打量了她片刻，轻轻地捏了一把她的脸：“谁惹到我家池女王了？说，我去削他！”

啧！池月揉了揉脸颊：“你还是去削个土豆，晚上炒着吃吧。”

“调皮。”

二人相处起来总是很轻松自然，哪怕对话没有新意，也不够肉麻，就这样坐在一起说一些不着边际的废话，他们也觉得惬意。外面的人群一直没散，又陆续来了一些隔壁村的村民，挤得村委会像个菜市场。乔东阳和池月不露脸，项目组的人在外面安抚村民，陪着打官腔，但他们做不得主，说什么都没有用。

村民们越发急躁。池月听着外面的喧闹声，对乔东阳说："明天早上，你可以让人拆帐篷了。"

乔东阳冲着她竖起大拇指："你是个狠人。"

这种僵持让项目组心累。村民们大多老实本分，一个个朴实憨厚，看样子就能让人生出同情之心。这对项目组来说压力很大。俞荣三番五次地请示乔东阳。从他一次比一次急切的语气看，他快扛不住了。只是乔东阳不为所动，他也没办法。不论谁来求见，乔东阳都只有一个借口——"养伤"，不肯妥协。

天渐渐黑了下来，在村委会观望了一个下午的村民们陆续回家，但仍然有一部分固执地等在那里，向乔老板表示歉意和诚心。项目组友好地给村民们发了矿泉水，并劝他们回家。然后有些人就哭了。

在夜晚，人的情绪容易泛滥。一开始哭的是女人，紧跟着有些大男人也在哽咽，场面一度失控。在月亮坞生活的人们，没有谁的日子过得容易。他们从小苦到大，多年来的艰辛全部积压在心里，好不容易天上掉馅饼，眼看着又要被收回，谁受得了？枯等一天，好多人的情绪失控了。

村委会哭声一片，让人受不了。

池月看了乔东阳一眼："还能坚持吗？"

乔东阳低声笑了："像我这种十恶不赦的人，肯定能坚持。"

池月笑了一下，没应声。世间的事，大抵如此。明明错的是村民，不是乔东阳，但是村民们痛哭的样子，形成了一幅悲痛的画面，与乔东阳不肯妥协的样子比起来强弱立判，很多人内心的道德天平就自然而然地倾斜了。

"再怎么心软，也要熬三天。"池月叹了口气。

乔东阳拍拍她的手："来，咱们撸一把。"

"……"

"我说游戏。"

"我知道。不然呢？"

"……"

他们还没来得及开局，村里又来客了。那人还在门外，惊叹声先传了进来："哇！这是在干什么？"

池月和乔东阳交换了一个眼神，不禁笑出声来："得，多了一个人玩游戏。"

她以为来的人只有郑西元，没想到拉开帐篷门，只见王雪芽也跟来了。

池月的眼睛一亮："小乌鸦，你怎么来了？"

王雪芽松开围巾，摘下眼镜，给了池月一个大大的熊抱："我想死你了，亲爱的，mua（模仿亲吻的声音）。"

池月的眼睛都笑弯了。

两个女孩子肆无忌惮地笑。

郑西元看向乔东阳，伸出双手："我们是不是也应该拥抱一下？"

乔东阳："滚！"

"别价。"郑西元笑得嘴都合不拢，"听说你差一点被人宰了，我特地来慰问你。喏，这些东西都是节目组为你准备的安慰礼……收下吧。"

池月扭头一看，全是吃的。

郑西元在这个时候送来倒是刚刚好。四个人在帐篷里铺好桌子，把郑西元拎来的美食打开，对坐而谈。郑西元问了下外面的情况，就和乔东阳单独坐到一边聊起了《星空行者》的事情。池月拉着王雪芽坐在另一边，聊起了私房话。

好一阵子没见面，王雪芽显得特别兴奋，隔一会儿就抱一下池月，腻歪得让池月大呼受不了。

"你怎么突然变得这么矫情了？"

"太想你了嘛。而且我感觉我的女朋友要被人抢走了……"王雪芽用余光扫了一下乔东阳，两个手指头暧昧地对了对，凑到她的耳边说，"你俩正式在一起啦？"

池月没否认："他刚好 60 分，及格。"

“哈！矫情。你明明就喜欢人家。”王雪芽翻了个白眼，夹起一个泡鸡爪，慢慢地啃着，一脸满足的表情，“最近可把我累坏了，好久没这样轻松过了。”

池月看着她：“你还挺得住吧？”

“挺不住也要挺。”王雪芽抿着嘴轻笑。

“她们有没有再为难你？”

“只要比赛公平，别的不用在意。”王雪芽比上次见面的时候豁达了很多，脸黑了些，人也变坚强了，“她们有小圈子，我融不进去，也不想融进去。我平常就和汤萍在一起。她的话少，是非也少。”

“韩甜甜呢？”池月随口一问。

“被淘汰了。”王雪芽说，“比赛太残酷。现在全队只剩下 36 个人了。”

池月拍拍她的肩膀：“挺住！”

“唉，该淘汰的不淘汰，不该淘汰的被淘汰了。”

池月笑道：“那几个都在？”

“可不是吗？朱青、林盼、许文雨，全部都在。她们抱团搞小圈子，在队里可横了，没人敢惹。”

没办法，在哪里都有这样的人、这样的事。

池月安慰她：“你只管训练，她们不惹你，你就不用管她们。”

“嗯。”王雪芽有些难过，“要是你在就好了。”

池月笑了一下。两个人都想到了池月被淘汰那件事，王雪芽马上道歉：“对不起……”

“我已经不在乎了。现在想起来觉得好幼稚，我是真的有点输不起。”池月回想起当初发生的事，觉得有些遥远。想了想，她又问：“范维没再骚扰你吧？”

王雪芽的目光若有似无地飘远了。池月注意到，她注视的方向是郑西元。

“没有。”王雪芽的声音变小了，“郑哥那天和他谈了一次。”

“谈什么了？”

“如果他再骚扰我，就开除他。”

这真是个简单粗暴的办法。池月从来没有怀疑过郑西元的人品，但因为他是她的网店的大客户，在男女问题上，她一直对他有偏见。怕王雪芽再次走错路，她忍不住多了句嘴："郑哥是个会怜香惜玉的男人，对女孩子很温柔。有他在应该没什么事。"

池月是说他像中央空调，一暖就暖一窝。王雪芽听得懂，笑了笑，背着郑西元朝池月挤挤眼睛："你别乱想。"王雪芽把嗓子压得很低，除了她俩，别人听不见，"虽然组里很多人在传我跟他有关系，但我们真的啥事都没有，关系纯粹得不能再纯粹了。"

从聊天中池月才知道，这次是王雪芽央求郑西元带她过来的，主要是为了见池月。所以他说来看乔东阳根本就是托词。池月怕王雪芽来这一趟，回去以后被队里的人说闲话，特地教了她一些应对的办法。那边，郑西元突然笑着叫她："月掌柜的，我今天来还真有个事想和你谈。"

池月愣了一下："什么事？"

郑西元看了乔东阳一眼，犹豫着说："你考虑过和昊光娱乐签约吗？"

什么意思？让她出道？池月笑了起来："郑哥，你没喝酒吧，怎么就醉了？"

郑西元摆了摆手："我认真的。那天的抖音短视频我看了，你真的有热搜体质，只用了短短两天时间就火得一塌糊涂，这不是一般人能做到的。不瞒你说，节目组淘汰你真的是损失。"这事说来尴尬，郑西元低头喝了一口水，避开乔东阳吃人的目光，又说，"你在的时候，我们的节目关注度是最高的。你一走，热度就降了。"

池月笑了起来："那件事只是偶然发生的，恰好有话题性。热搜这种东西不可复制。"

"不、不、不，我不会看走眼。"郑西元浸淫圈子多年，有自己的一套识人方法，"有些人天生就能火，个人素质和人设不是靠包装炒作就可以建立起来的。"他笑着又向池月凑近一点："你来不来？和昊光签约，我保证不出三年让你火出天际。"

"算了吧。"池月笑着看乔东阳，"我还是适合在这里挖矿。"

“挖矿？”挖矿这个“梗”郑西元不明白。不过他看了看他俩，没有多问，而是调侃地说：“你怕阿乔不同意吗？阿乔，你赶紧表个态，是不是怕我把你家池小姐带飞了……”

乔东阳从头到尾都没插话，被郑西元问起，笑了笑：“我尊重她的想法。”

郑西元又看向池月：“听到了吧？你怎么说？”

“我已经说过了，那圈子不适合我。”

池月刚说完，郑西元就抛出了极具诱惑力的橄榄枝：“可这是能让你在最短时间内获得最大利益和回报的圈子，没有之一。”

池月失笑：“你说得我一定会火似的。”

“一定会。你不是需要钱吗？我保证进娱乐圈比你开网店赚得多得多得多得多……”

“她不需要钱。”乔东阳突然插嘴，“谈钱太俗。你要跟她谈理想。”

池月忍不住翻了个白眼。

乔东阳懒洋洋地笑，对她说：“不喜欢的事不用去做。你想要什么我都会给你。”

池月：“……”

郑西元：“……”

王雪芽终于圆了多年的梦，住进了池月的家乡。这里的一切对她来说陌生而新奇。在她的幻想里，自己在月光下、沙丘上走着，把细细软软的沙踩在脚下，凉风徐徐而至，撩起她的长发，整个气氛浪漫而温柔。

池月说：“你说的是天堂。而这里是地狱。”

她们往家赶的时候，村委会的人已经散尽。夜风呼啸而过，把王雪芽精心做的头发吹得像乱鸡窝，衣服扬起又落下，要是她再瘦点，能被风卷跑。哪有什么浪漫、温柔？

王雪芽叹息：“可惜了月亮坞这么美的名字了，这里一点也不温柔浪漫。”

“会变的。”池月望向黑沉沉的天幕，“总有一天会温柔浪漫起来。”

“肯定会的，我相信你和乔师兄。”王雪芽比池月还要乐观，虽然月亮坞不美，她也很开心，“月光光，我今天晚上要跟你睡。”

“必须跟我睡！”

第二天早上天还没亮，王雪芽就走了。池月把她送过去和郑西元会合。两个姑娘牵着手，依依不舍。

池月目送着汽车走远，再回到村委会，发现今天来的村民比昨天还多。三个村的人拖家带口，扶老携幼，全都在这里扎堆了。

龚家武也来了。他带着他那个生病的嫂子，胡子拉碴地出现，见人就说对不起，看到项目组的人，恨不得给人家跪下，懊悔、痛哭、赔罪。按说这是打他脸的时刻，池月应该很爽才对，可是她的心里堵得慌。大家都不是坏人，可他们必须用最坏的办法才能取得最好的结果。

乔东阳比池月的状态还要好，脸上带笑，眼里含情，看到她就绽放出一个魅惑十足的笑，然后拍拍她的头，像逗小狗似的：“你来得真早。是不是想我了？”

这个“骄傲病”患者。池月问他：“昨晚没什么事吧？”

“除了想你，一切都好。”乔东阳丢开平板电脑，伸了个懒腰，“早上张警官来电话了。”

池月神情紧张：“怎么说？”

“旅馆那个失踪的男人的身份确定了。他叫彭勇，和冯大军一起蹲过几年，是牢友，两个人是一伙的。”

“是他杀了冯大军？”池月问。

“人还没有找到，案子也没破，公安暂时不敢下定论，但彭勇的嫌疑最大。法医在冯大军的身上找到了他的血和指纹……”说到这里，乔东阳顿了顿，看着池月的眼睛，“张警官说重案一号来人了。这个案子可能要移交。”

“重案一号？”池月感到意外，“有这么严重吗？”

乔东阳嗯了一声，隔了许久，才回答："从袁兰馨的案子，到罗婵、到你，再到龚家文伤人、冯大军死亡、彭勇在逃……这一系列事件的背后，已经不再是单纯的偷树团伙了，他们的触角未免伸得太长了。"

确实，每个案子都牵扯到偷树团伙。他们看似无关，实则相关。可那个偷树团伙的头目是谁？他们在哪里？公安机关什么时候能把他们一网打尽？为什么这伙人屡屡犯案，不仅没有收手，反而变本加厉？

池月想了想，点点头："重案组来了，把这些家伙绳之以法后，吉丘就清静了。"

乔东阳笑笑，没有说话。

池月看到他的表情，敏锐地察觉出他的情绪有些不对："你不高兴吗？"

"高兴。"

"你看着不像高兴的样子。也许情况没我们想的那么严重，和乔家也没有关系。"

乔东阳挑了挑眉："我倒希望有关系。"

三个村的村民又在月亮坞村委会处等了一天。这天，乔东阳按池月的建议让项目组找人拆帐篷，此举彻底触动了村民的神经。之前还认为乔东阳会妥协的人慌了，负荆请罪的龚家武被村民骂成了狗，一个大男人在现场痛哭流涕。还有龚家文那个孱弱的老婆，哭得几乎昏死过去……

项目组的小伙子看不下去了，开始在群里向乔东阳求情。除了池月，几乎每个人都被村民们打动了。乔东阳看着这个场面，哭笑不得地对池月说："咱俩真是天生一对，冷血无情。"

"去我家吃饭吧。"池月无所谓地耸耸肩膀，"我妈专门买了菜。对了，你叫上侯助理。我妈说要感谢他昨天照顾池雁。"

乔东阳点点头。

池月又道："我昨天哄了半天，池雁都不开门，侯助理却把她哄得开开心心的。不得不说，老侯真神人也。我真奇怪，他是怎么做到的？”

乔东阳瞥了她一眼，唇角轻扬起来：“这厮早就练成了一套哄人的神功，只要他高兴，泥菩萨也能被他捧得飘起来……”

“他还有这能耐？”

“这不是重点，重点是丈母娘中午到底给我做了什么好吃的？”

“去你的！不许叫我妈丈母娘。”

“那叫岳母大人？”

池月笑，打了他一下。两个人笑着走出帐篷，在一众愁眉苦脸的村民眼巴巴的注视中离开了村委会。乔东阳没说错，两边画面一对比，他俩就像无视别人的痛苦，冷血无情的坏人。

一般人是做不到如此冷酷的程度的。池月刚回家，就挨了于凤一顿训：“囡囡啊，你是不是傻？这样会被人戳脊梁骨的，你知道人家在背后怎么说你吗？”

“我不在乎。”池月一脸冷漠，“为了月亮坞，我挨骂算得了什么？”

村民们看的是眼前的利益，而池月看的是长远的未来。为了将来少点麻烦，她必须冷血一回。哪怕那些人里有她的亲戚、同学甚至儿时的伙伴，哪怕所有人都不理解她的行为，甚至让她一辈子都洗不掉骂名，她也在所不惜。

池月和乔东阳还没进屋，就听到了池雁清脆的笑声。侯助理说了什么，逗得池雁一直笑个不停。

池月看了乔东阳一眼，有些“怨念”：“真想把你的侯助理借过来。”

她原本只是开玩笑，没想到乔东阳居然同意了：“没问题啊，借呗。我让猴子以后每天来报到。”

“你认真的？”

“我什么时候不认真了？”

池月被吓住了。

侯助理听到这个消息，如同遭到晴天霹雳：“乔先生果然对我这种有才华的年轻人下手了。”

池雁对人很排斥，尤其是陌生人，能主动接触谁就不错了，更别说产生信任和依赖谁了。谁能做到这个，谁在池月的心里就是神人。池月特地询问侯助理有什么妙法，侯助理满不在乎地说：“这算什么？谁只要能哄好乔先生，就再没有哄不好的人了。你不知道乔先生有多难伺候。”

池月居然觉得侯助理说的有道理。

晚饭于凤做得很用心，但是对乔东阳来说仍然只算粗茶淡饭。于凤热情过度，不停地往乔东阳的碗里夹菜，对侯助理也嘘寒问暖，池月觉得尴尬。所幸乔东阳很怕得罪未来的丈母娘，一口没剩，把盘子里的“爱”全吃光了。

于凤觉得心满意足，饭后又免不了老生常谈，说起拆迁的事情。乔东阳含糊着应过去，再不敢在这里待下去，借口有事，带着侯助理走了。

他们前脚刚走，池月后脚就去问池雁：“今天侯助理跟你说什么了？”

“侯助理是猴子吗？”池雁天真地问。

“是。”

“他说我长得最漂亮。”

池月忍不住笑：“还有呢？”

“他说我是小仙女。”

“就这样？”

池雁突然有点害羞，低下头：“他说他喜欢我，要和我做好朋友，很好很好的那种朋友。”

“啊？”池月怔住，“什么是很好很好的那种朋友？”

“就是很好很好的朋友。我们是这种朋友，不是那种朋友。”

池雁的解释很含糊，但池月还是听懂了。这些年，池雁承受了他人太多的不友好和不喜欢，冷不丁来了一个会讲甜言蜜语、对她一口一句夸奖一口一句喜欢、把她哄得连姓什么都不知道的人，她当然会眼巴巴地要跟人家做朋友，不再设防。这么一想，池月还真是佩服侯助理。他已经掌握精髓了。别人需要什么，他就给什么。池雁需要朋友、需要人陪伴，侯助理就许诺当她的朋友、给她陪伴。

投其所好永远是最好的治愈方式。

“月月，我有好朋友了。”池雁对这件事情很重视，再三地告诉池月，“猴子是很好的人，对不对？”

“是，他是好人。恭喜你啊，你有好朋友了呢。”

“我的好朋友是猴子，他还给我取了外号呢。”

池月诧异：“叫什么？”

“燕子。他叫猴子，我叫燕子。我们是好朋友。”

池月干笑。用这么简单的小儿科伎俩，侯助理就把池雁哄得团团转，高，实在是高！他对付简单的人，就用最简单的办法。

第二天去村委会，池月向侯助理表达了自己的崇拜，然后认真地咨询他：“老侯啊，我想和魏歌做个好朋友，麻烦你安排一下或者教我几招？”

魏歌是当红的人气偶像，有无数“迷妹”拜倒在他的西装裤下。

池月其实只是这么一说，调侃侯助理，没有当真。侯助理却当真了：“你别害我啊，乔先生会杀了我的。你为什么喜欢魏歌？他也不比咱们乔先生好看啊。”

“我喜欢所有长得帅的小哥哥，不行吗？谁让我是‘颜狗’呢？”

如果池月知道这句话会给她带来多大的困扰，肯定不开这玩笑了。然而她一时开心地说了，乔东阳又刚好听见了。自认魅力宇宙第一的乔东阳怎么受得了？

他走过来，冷冷地看了池月一眼：“陪我去一趟吉丘。”

这不是商量的语气。

池月知道这一刻她的身份是助理：“需要准备文件吗？”

“不用。”乔东阳走在前面，背影显得很冷硬。

池月与侯助理交换了个眼神，跟了上去。

侯助理小声地说："老板生气了，你得哄他。"

池月看了侯助理一眼："我不熟悉这个操作。"

"哄人很简单，尤其是哄男人。"侯助理朝她挤了挤眼，"男人好面子，我教你最简单粗暴的一个方法。现在，你走过去挽住他的胳膊，就说'乔先生你今天好帅啊，背影看起来就跟那些妖艳的人不一样'……"

池月觉得无言以对："不会太肉麻吗？"

"肉不肉麻不重要，重要的是你说不说。"

"老侯，你就是靠这个办法上位的吧？"

"怎么可能？这只是最初级的。我有一百零八种办法哄好他，你要不要听？"

"需要交学费吗？"

"当然。"

"那算了，我还是自己哄吧。"

他们一大早就出发，中午才到吉丘大酒店。

做东的人是吉丘的几个部门领导。为了不让乔东阳撤资，他们也算有诚意，除了给出了事件的处理意见，还承诺在后续开发中给予月亮坞项目一系列的扶植政策。然后他们还带来了几个新朋友。

"我给大家介绍一下，这位是重案一号的权少腾队长，这位是丁一凡副队长，这位是重案一号的法医梅心梅医生，这位是魏警官，这位是张警官……"

昨天池月已经听乔东阳说过重案一号会派人来接手这个案子，今天听到领导的介绍，原也没太放在心上，只是抬头的时候，看到那个叫权少腾的队长，微微一怔。每个人的心里都住了只"颜狗"，看到长得好看的人难免会多看一眼。权少腾恰好是那种帅得过分的男人。他与一群警官坐在一起，让人眼前一亮。

池月的视线不带情绪地从众人的身上掠过。可她的目光在权少腾的身上多停留了半秒，刚好被乔东阳看见了。乔东阳拧了拧眉头，懒洋洋地一笑。

大多数时候，乔东阳是个开明的人。但他与别的男人不一样，敏感、尖锐、有傲气、自我、不好相处。池月觉得乔东阳的脸色不太好，饭局中途借口去洗手间，溜了出去。不料洗手时一抬头，看到镜子里有个男人，被吓了一跳。

“你干什么？”

乔东阳不知道什么时候进来的，抱着双臂站在她背后，面无表情，在想什么。

池月走近他：“这里是女卫生间。”

“没人来。”乔东阳笑着捋了一下她耳边的头发，对地点合不合适满不在意，伸手揽住她的肩膀，端详着她，“我看你好半天不出来，准备来打捞你，结果看到一个发呆的女人。池月，你在想什么？”

“我就是觉得无聊了。走吧，我们去陪客人。”

“我又不是三陪。”乔东阳一扬唇角，“不是你告诉我的吗？钱在我的手上，资源在我的手上，我才是大爷，管他们做什么？”

乔东阳这么说是没错。但是池月知道他生气不是为了这事。她拉拉他的手：“别生气了，我陪你出去。”

乔东阳似笑非笑地看着她，突然低头去吻她的唇。

池月扭开脖子，推开他：“别这样。”

乔东阳眯起眼，看着她白皙的脸上泛起的红晕：“不让我亲了？”

池月忍不住笑了起来：“你是不是吃错药了？亲什么亲，你也不看看这是哪里。”

“我不管！”他扼紧她的腰，态度霸道又蛮横，“我就是想亲你。谁想看就看，我不介意。”

池月推开他，想挣扎。可他的身子像一堵墙，她不论怎么使劲，他的身子都纹丝不动。

他捧住她的脸，来了个香吻。直到此刻，他的眼里总算有了一丝温暖。他说：“池月，你不喜欢我碰你吗？”

这叫什么话？池月哭笑不得："乔先生，你要珍惜你的60分。"

"我在问你呢。"

"我当然……没有不喜欢。"池月叹气，看他像个向大人索爱的孩子，觉得好笑又好气，"乔东阳，你还在为我那句话生气？我开玩笑的，你难道听不出来？"

乔东阳目光一沉："你不是开玩笑。你就是喜欢长得帅的。"他的声音里莫名地带着指控意味。话没说完，他自己先怒了，搂过她来，一张嘴就咬住她的脖子，力度不轻不重，但满带怨气："你这个小没良心的，见一个爱一个……"

池月摸着脖子，吸口气："你神经病啊，我什么时候见一个爱一个了？"

"权警官是不是长得很帅？"

池月一愣，突然笑了起来："你吃醋了？"

乔东阳哼了一声："我吃什么醋？"

"好吧，我承认。"池月笑着叹了一口气，"就跟男人喜欢看美女一样，长得好看的男人确实比普通的男人更容易引起女人的注意。这个不算罪大恶极吧？"

乔东阳黑着脸盯着她，好久不吭声。

池月又笑："你觉得我说得不对，可以反驳。"

"我为什么不看别的女人呢？"乔东阳冷笑着反问她。

池月眨眨眼："大概在你的心里，没有人比我更美了吧？"

"啧！你可得意坏了。"乔东阳恨得后槽牙痒痒，简直想掐死她，"这么说，在你的心里那个权少腾比我帅？"

"不能这么说。"池月挑挑眉，"你们各有各的帅。"

"池、月。"乔东阳紧紧地掐着她的腰，往她的脑袋上一敲，"我不给你点颜色，你真以为你的大乔哥是吃素的！"

卫生间里的小插曲，他们以为没有人知道。可是他俩走出卫生间，却发现门外站着两个人，一个是权少腾，一个是梅心。

权少腾睨了他们一眼，目光里有调侃之意："我们还以为门锁坏了，正准备砸门呢。"

梅心一动不动，像尊雕塑，没有半点表情，只是问：“卫生间你们不用了吧？”

池月的脸上火辣辣的。她觉得自己像被抓了现行的小偷：“不好意思，我们不用了。”

梅心哦了一声：“那就好，你俩聊得太久，可憋死我了。”

说完，她推门进去了。

她都听到了？池月觉得脸上发烫，恨不得找个地缝钻进去。

法医果然跟一般人不一样。更像异类的是权少腾，池月不知道他听到了多少她和乔东阳的对话。

他一脸笑地说：“乔先生，我有个事，想问问你。”

乔东阳面无表情：“男卫生间空着，我不用。”

权少腾摸了摸鼻子，笑了起来：“你果然很有趣。”

乔东阳拉着池月，冷着脸从权少腾的身边走过，压根儿不理会权少腾。

这副狂妄的样子，权少腾看得满眼都是笑。权少腾跟着转身，对着乔东阳喊：“你们公司是不是生产机器人的？”

一听到权少腾问起机器人，乔东阳就停下了脚步，转头看着权少腾：“是，怎么了？”

权少腾勾了勾唇角，看着乔东阳防备地把池月挡在身后的样子，笑出了声：“我之前接触过一个案子，见到一个自己会报警的机器人。它叫酷拉，是你们公司做的吧？”

这个案子乔东阳知道，发生在去年的科技展上，可权少腾为什么要问这个？乔东阳冷着脸，一言不发。

权少腾走过来，朝他伸出手：“乔先生，幸会。重新认识一下，我是权少腾，你也可以叫我权老五，当然，这个称呼是为了显得我们更亲近一点。”

乔东阳勉为其难地与权少腾握手：“我们既然这么亲近，那这起案子就得靠权队多费心了。”

权少腾说：“嘿！你那个机器人，要怎么定制？”

乔东阳看到了权少腾眼里的兴趣，但乔东阳的态度很保守：“你得去公司预约，我不管这个。”

说完，乔东阳拉着池月就走，不给对方留半点情面。

权少腾一愣，笑了起来：“这小子，真横！”

天空放晴了。

他们僵持了三天后，月亮坞项目再度被提上议程。材料一车一车地被拖入村里，被拆掉的帐篷重新被搭建起来，项目组的工作用房也开始修建起来。村民们关心的赔偿问题，已经在合同里正式被确定了下来。乔东阳是个厚道的人，没有亏待他们，甚至给了月亮坞的村民更为优渥的待遇。月亮坞里人们的脸上又有了笑容，他们的优越感也回来了。远近村子的村民，包括隔壁横峰村的村民在内，都羡慕他们。

于凤更是如此，整个人都飘了起来。从来不打扮、不化妆的于凤，居然偷偷地用了池月的口红。

池月这两天睡得不好，昨晚网店上新，熬到大半宿才入眠。早上睁开眼，冷不丁地看到擦了口红的老娘，她被吓了一跳：“你这是要去唱戏吗？”

于凤瞪了她一眼：“我就不能打扮打扮？”

池月捋了下头发：“粉你没擦匀，这口红颜色也不适合你。”

“你这姑娘怎么不会说话呢？”于凤最近被侯助理夸得整个人都飘起来了，听多了好听的话就接受不了事实，“你妈我年轻的时候可俊着呢。这十村八村的人，哪一个敢说我不好看？”

池月叹了一口气：“我来帮你。”

于凤那个年纪的人对化妆品的驾驭能力比较弱，好多东西见都没有见过。她们除了拼命地把粉往脸上涂，把皮肤变白以外，别的化妆方法不会。池月让于凤洗了脸，拿了个面膜出来：“贴上。”

于凤看着这东西：“不用浪费，我不贴它，贴着它鬼似的。”

池月把于凤按在凳子上：“你别动！”

敷过面膜护过肤，再上妆就容易多了。于凤左右端详着镜子里的自己，整个人都精神起来了："不错、不错，怪不得大家都说'人靠衣装马靠鞍'，这上了鞍，就是不一样。"

池月笑："你准备上哪里去啊，是不是和哪个糟老头子约会？"

"呸！"于凤觉得害臊，拍池月的手，"我跟阿俏她娘去镇上买东西。我寻思，最近小乔和小侯常往咱家跑，咱们不得多备些吃的喝的吗？他们是城里人，不习惯粗茶淡饭。虽然他们嘴上不说，可心里头指不定怎么想咱们呢。"

池月撇了撇嘴："项目组有厨子。"

于凤瞪了她一眼："那哪儿能一样？你这孩子就是不肯上心，小乔这么优秀，你就不怕他被别人抢去？"

池月一挑眉："别人要抢，我也拦不住。"

"净说丧气话，你得积极点。"于凤想到了什么似的，突然眯起眼打量女儿，然后朝池月招了招手，压低嗓子问，"你俩处了这么久，发展到什么地步了？"

当妈的人都这么八卦吗？她还八卦起自己的女儿来了。

"就那样。"

"哪样？你要急死我。"

池月叹气，丢掉梳子："反正不是你想的那样就对了。"

"为什么啊？"于凤是过来人，对男人的那点花花肠子怎么会不明白，"小乔就没碰你？"看池月不答，沉默了一阵，她又自个儿嘀咕："他不是有什么问题吧？"

"妈！"池月打断她，双手推她的肩膀，"你去买东西吧，多买一点我爱吃的菜。"

于凤笑了："好、好、好！我不问了。你这孩子，还不好意思了。"她走出门，又倒回来："你喜欢吃什么？"

池月从小不挑食，什么都吃，当然，主要是因为没得挑。于凤这个当妈的都不知道池月的喜好，这就很"扎心"了。

池月摆摆手："随便吧。你买什么我吃什么。"

"那行，我看小乔挺喜欢吃鱼的，我买条鱼回来做酸菜鱼好了。"

不知道池月喜欢吃什么，却知道乔东阳喜欢吃什么，于凤到底是谁的妈？

今天月亮坞的气氛像过年。人走在村里，到哪都一派喜气洋洋。合同已经被定下来了，赔偿金板上钉钉。好多打工的村民回来了，去项目组里办了登记手续。这里的工程需要大量的人手，项目组给的待遇好，工作地点又离家近，这对村民来说是个近乎完美的选择。在村民的嘴里，乔东阳成了神，没有人不尊敬他。但好多人对池月的感情有些复杂。

在最绝望的时候，村民希望池月出面帮忙劝说乔东阳。可池月冷血又绝情，即便到现在，看到旁人也没个好脸色。村里人知道她性子冷，不爱跟人接触。但大家情感上仍然接受不了池月，觉得她和村里人不是一条心。不过池月和乔东阳的关系好，没人敢触她的霉头。

太阳出来了，池月不放心池雁一个人在家，把池雁带去了村委会。池雁整天被关在家里，不接触人群和大自然，池月怕这样会使池雁的情况越来越严重。她要帮池雁过上正常人的生活。

“一会儿你不要乱跑，知道吗？”

池雁的脑子依然有些糊涂。她问：“我可以和天猫玩吗？”

“天猫在家里呢。村委会有天狗，它比天猫还好玩。”

“天猫妹妹最可爱。”

“你说得对。”

“猴子在吗？”

“在吧。”

“那太好了，我要和猴子玩。”

村委会里人多，大家都在忙碌。池雁看什么都觉得很稀奇，一脸兴奋地这里看看，那里看看。但一旦有人跟她打招呼，她就马上躲到池月的身后，不敢跟人接触，只会摇头或点头。看到侯助理，她眼睛一亮，变了个人似的，叫一声“猴子”，就冲了过去：“太好了，猴子，你真在这里，快……快教我彩虹屁！”

“这种事是不能被说出来的。傻姑娘啊！”侯助理觉得无奈，把池雁叫到他的帐篷里去，“你乖乖地坐在这里，等我把手头的事做完就教你。”

“哦。”

“这个你先拿着玩……”老侯丢给池雁一个平板电脑。

池雁用手指在屏幕上滑了半天，搞不明白该怎么玩。

侯助理没法专心工作，想了想，帮她挑了个肥皂剧：“你看这个电视剧吧。”

“哦。”

池月在帐篷外面看了他们一眼，走了。项目组的工作重新开展，大家都在做事。乔东阳则坐在那里打了几局游戏，忙得不可开交。

“吃早饭了吗？”看到池月，乔东阳问了一声。

“吃了。”池月走到他边上，看了一眼游戏，没再吭声。

“怎么不多睡一会儿？”乔东阳看着她的眼睛，“昨晚又熬夜了吧？”

“嗯，店铺上新。”

哼！乔东阳：“你那个邵老板不厚道啊。”

池月抿了抿嘴，说：“那是我自己的店，跟邵哥没关系，他也不是我的老板。”

“胳膊肘往外拐。”乔东阳漫不经心地说。

池月笑了起来：“今天我的工作是什么？”

“还真有个事。”乔东阳突然抬起头，“龚家文的老婆不是需要钱做手术吗？”

池月一惊：“怎么了？”

“你告诉龚家武，就说你帮她募集捐款。”

“募集捐款？”池月有些意外。

乔东阳有钱不假，但绝对不是那种到处发善心的烂好人。他不了解人间疾苦，大发慈悲地关爱世界也不是他的作风。为什么他会对这件事上心？更何况龚家文还捅伤了他。

乔东阳无所谓地说：“一个男人能为女人玩儿命，我敬他是条汉子。”

中午，于凤还没有回来。乔东阳接到刑警大队的电话，要去镇派出所，顺便去卫生院换胳膊上的伤药。

池月本来想先将池雁送回去，但池雁愿意跟侯助理在一起，侯助理又表示可以照看池雁，便没有坚持。乔东阳带了雷竞和谢奇，四个人到镇上的时候已经两点多了。但他们没有马上去派出所，而是先去卫生院换了药。他们这一拖，权少腾和丁一凡就多等了一个小时。

“乔先生好大的架子。”权少腾似笑非笑，看了看手边的茶杯，“这茶叶都泛白了。”

乔东阳面无表情：“回头我给权队送一缸好茶。”

“别！你要是不好意思，给我定制个机器人是可以的。”

乔东阳笑：“没问题，只是现在预订都得排队，你大概要等个十年八年。”

权少腾斜着眼睛看着乔东阳的胳膊：“乔先生这伤挺严重，伤不着性命吧？”

“死不了。”乔东阳漫不经心地坐下来，“权队找我，是案子有进展了？”

权少腾挑了挑眉，瞥了丁一凡一眼：“老丁，你来。”

丁一凡沉着脸，打开面前的笔记本电脑：“这里有个人，我想请乔先生看看认不认得……”

那是一段监控录像，摄像头离画面中的人有段距离。那人骑着摩托，戴着头盔，走到路边的小卖部里买了个什么东西，径直离去，消失在镜头里，但没有骑走路边的那辆破烂的摩托车。

“认识他吗？”丁一凡给了那人一个特写，用红圈把他圈了起来。

特写是那人转头瞬间的画面。他面向镜头，但戴着头盔。

乔东阳摇摇头：“不认识。”

“你再仔细地辨认一下。”

乔东阳抚着太阳穴："我不认识。但我猜，他回头看的这一眼就是他弃车的原因。"

丁一凡问："为什么？"

"他看到镜头，发现有监控就弃车走了。"

"乔先生没当警察真是可惜。"权少腾指了指被反复播放的监控画面，"你当真不认识这个人？"

乔东阳皱起了眉头："我应该认得吗？他是谁？"

权少腾看了乔东阳一眼，没说话。

丁一凡皱了皱眉，表情严肃："他是彭勇案的关键人物。"

"彭勇？"乔东阳心里一动，"你们抓到他了？"

丁一凡说："彭勇死了。我们顺藤摸瓜，找到了这个人。"他指着画面里的男子："这个人骑摩托车撞倒了彭勇，并用彭勇身上的凶器，就是杀死冯大军的那把，捅死了他，再从容不迫地离开现场去买烟。只可惜他戴了头盔，没露脸。这段视频是我们唯一一次拍到他的正面，之后他就消失了。"

又死了一个人！池月和乔东阳交换了一下眼神。

龚家文被冯大军挑拨，刺伤乔东阳，冯大军被彭勇弄死，彭勇在逃匿时又被摩托车男杀害。一个人杀一个人，线索全被砍断了。

"为什么你们认为我认识这个人？"乔东阳语气带笑，目光却冰凉。

"乔先生不要误会。"丁一凡说，"案件的源头在你。如果这人就是主使，那极有可能跟你有私人恩怨。所以我们需要找你核实。"

"跟我有私人恩怨的人那就太多了。"乔东阳勾了勾唇角，"要不要我列个名单，你们去查每个人？"

"可以。"丁一凡居然一口答应，而且不像开玩笑的样子，"感谢乔先生配合。"

乔东阳看了丁一凡一眼："警官辛苦了。"

"不辛苦，这是我们应该做的。如果对方的目标是你，那你就是案件的关键。我们会调查与你有关的一切可疑的因素，并为你排除危险。这段时间我们可能会时不时地麻烦你。”

重案一号的工作进度很快，他们只用了两天的时间就确定了冯大军的死亡原因，并且以最快的速度找到了在逃的凶手彭勇。只不过他们慢了一步，让人抢先下了手。丁一凡认为，这些案子都不是独立的。从《星空行者》的袁兰馨案到现在的彭勇死亡案，一系列案件的背后有一个怀着更大的犯罪动机的幕后操控者。这位幕后操控者，或许与乔东阳有关。

听完丁一凡的分析，乔东阳只是笑了笑，没有发表意见。离开派出所的时候，权少腾跟了出来，又说起了定制机器人的事情。乔东阳原本不想理他，市场上在售的陪伴机器人与定制机器人相比，两者完全不可同日而语。陪伴机器人是量产的统一版本，客户有钱就可以买。要向他们定制机器人的人需要内部特权。因为定制过程需要耗费大量的时间、人力和物力，一般人消费不起，Crown 公司也懒得伺候。所以涉及金钱和人情的定制机器人，可以说是目前市面上最昂贵的一种奢侈品。

乔东阳不认为权少腾有资格在公司定制机器人，可权少腾却狂得可以：“你可以用机器人和我交换一个条件。”

权少腾不说钱，说条件，这种谈话就很高端了。乔东阳眼里充满了兴致：“权队，资源置换是要求对等的。”

乔东阳的话里暗含轻蔑，他把自己瞧不起人的态度表达得不露痕迹。

权少腾认为这个家伙太狂了：“人情换人情，你不吃亏。任何时候你都可以要求我为你做一件事，我不讨价还价。”

乔东阳低声地笑：“为我做事的人很多，我不需要权队。”

“今天不需要，万一某天就需要了呢？”权少腾帅气地扬了扬眉，“你不用现在就答复我，可以考虑。”

权少腾轻轻地一笑，转头走了。

离开万里镇，乔东阳一行人没有马上回月亮坞。水利设计厅的人请来了几位专家。他们将专家推荐给乔东阳，这些专家要和项目组联合操刀月亮坞工程的总设计方案。乔东阳和几位专家在吉丘这里见了面。他们都曾经主持过大型的水利工程项目，很有经验，设计方案也做得漂亮，但乔东阳没有表现出多大的兴趣。

乔东阳觉得他们的设计与项目组之前的规划相比，少了新意，没有亮眼之处。不过乔东阳没有拒绝水利设计厅的好意，特地邀请了专家们前往月亮坞做实地调查。

这么大的一个工程，他们要把沙漠变成湖泊，简直可以称得上逆天了。但凡有点才华的设计师都跃跃欲试，想在职业生涯上留下浓墨重彩的一笔。对于大多数人来说，月亮坞的工程可遇不可求。项目组的公开邮箱每天都会收到无数封来自国内外的邮件。俞荣和项目组的同事都很忙，这部分工作是池月在处理。她会把整理出来的有用信息汇总，再分类报给俞荣和乔东阳。

她知道乔东阳至今有块心病。这些设计不是不好，而是达不到乔东阳设想的高度，所以他认为设计不够亮眼。但设计和创作一样，不是他想要就能得到好结果的。

“我当初的想法过于天真了。”

池月很早就有一个改造月亮坞的梦，梦里的月亮坞青山绿水，要什么有什么。可具体到怎么改造、要改造成什么样子、方案如何实施，她一概没有想过。现在项目开始，她才知道困难有多大。月亮坞常年风沙不断，降水量小、蒸发量大、沙地容易渗水，不利于储水。月亮湖建成后，他们如何保证它不干涸、如何做好植被的种植及土地的防沙化工作，这些全部是难题，每一个环节都需要相关人员做出规划与设计。

这个事情她想起来容易，做起来难。俞荣是项目组的负责人，可只能起到一个统筹的作用。乔东阳想要的是一个灵魂设计师。这个人不仅能带领团队解决问题、攻克难关，提出的设计方案还得能达到乔东阳预期的国家级景区标准。

“急不得。”乔东阳反过来安慰池月，“我也天真了。”

“什么？”

“我当初的预期是用七年完成项目。”

现在他们都知道，这项任务太艰巨，七年的时间根本不够。

池月与他对视，眼睛里都是笑意：“比起距离我们520光年的星空计划，月亮坞项目还是很靠谱的。”

乔东阳敲她的脑壳，闷声笑道：“你真顽皮。”

520光年的星空计划确实不靠谱，可是参加《星空行者》节目的选手们对此一无所知。她们只想着要和乔先生上天肩并肩，根本不会怀疑这个计划具不具备可行性。当月亮坞改造工程紧锣密鼓地开展的时候，航天城里的《星空行者》节目也进行得如火如荼。

十天后，王雪芽在“亚洲五美”群里发了一条消息：“选手只剩下16个人了。”

随即王雪芽附上一份名单。名单上的名字，池月大多熟悉。林盼、朱青、汤萍、许文雨……她们都坚持到了十六强。孟佳仪和刘芸照常唏嘘一番，给王雪芽打气。

“能进入十六强，已经很了不起了，你要放松心态去比赛。”

“对啊、对啊，比起我们这些早早被淘汰的人，你简直就是个女英雄。”

王雪芽兴致却不高：“太残酷了。我这辈子就经历过这么一次恐怖的比赛，命快丢了。”

“废话，一个亿的奖金好拿啊？”

大家在打听奖金的事情。王雪芽有一搭没一搭地回应着：“现在我唯一开心的是，节目组要放半个月的假。”

“哇！”几个姑娘在群里哇哇乱叫。

池月给王雪芽发消息私聊：“为什么不高兴？”

“这都被你看出来了。”

不待池月询问，王雪芽就发来一张截图。截图上是王雪芽和她老妈的对话，相当精彩。

“妈，我好累，不想比了。”

“为什么？”

王雪芽发了一张撒娇的表情图。

“你这孩子，是不是怀孕了？”

“嗯？”

“是我在问你，你说实话！”

“我还是个天真纯洁的女孩子，你在和我讲什么？我听不懂。”

“你爸说那小伙子模样挺好的，就是不像会过日子的人。你爸怕他还没有收心……你跟他在一起有没有采取措施？我告诉你，女孩子要学会保护自己。”

“妈，你在说什么神仙故事？”

“我在说你的故事。你爸是见到人了，我还没见到他呢。你不是要放半个月的假吗？把人给我带回来看看。”

“妈，我不回去，我要去月光光那里当义工……”

“那我过去。你爸看人的眼光有问题。他老认为闺女哪里都好，谁都配不上。要我说，就你这鬼德行有人要就不错了……”

“我是不是你充话费送的？”

“等我过来你就知道了。我这就订票。”

“妈，我很忙的，放假不是没事做啊……”

系统：对方已开启好友验证，你还不是他（她）的朋友。

噗！看到这里，池月笑得上气不接下气：“你被你老妈拉黑了？”

王雪芽有气无力地说：“拉黑是小事，最大的问题是她要来看我的男朋友……”

池月说：“上次你爸来，你是怎么应付的？”

那天王雪芽告诉池月这件事的时候，池月还在申城，之后就没有听王雪芽再说起过这件事情。回月亮坞后，池月就把这事忘了，这个时候问起，果然引来了王雪芽的激烈反应。

“你太不关心我了。月光光，你变心了。”

“你没主动说嘛。”

“你恋爱脑，重色轻友。”

“小乌鸦，你不说重点，我也会拉黑你的。”

“郑哥。是郑哥陪我去的。”

这一行字出现在手机的屏幕上，把池月吓了一跳。王雪芽让郑西元冒充她的男朋友去蒙她爹？池月长吸一口气：“小乌鸦，你也太横了，铤而走险，现在自食其果了吧！”

“我哪里知道嘛，以为我爹走了，这事就算过去了。而且我爹也说，郑西元看着不踏实。我寻思反正父母不喜欢，回头找个机会说分手了，他们肯定不会追究……可我的爹娘太奇葩，两个人都是死心眼儿。”

池月说：“还有办法的。”

“快说！”

“你们今天分手还来得及。你就说刚分的，被你妈吓的。”

“哎哟，她不会相信啦。你不了解我妈。她傻白甜、恋爱脑，小时候被我姥姥和姥爷宠，长大了被我爹宠，就是一个不食人间烟火的老仙女……”

“我怎么觉得你说的是你自己？”

“女儿随母嘛。”王雪芽弱弱地问，“你说我再去请郑哥帮忙，合适吗？”

池月过了好半天才回复：“这是你内心的真实想法吧？”

“是权宜之计。”

“我可以帮你。”池月说，“你妈来的时候告诉我，我帮你应付，保证比找假男朋友好使。”

“……”王雪芽发了好几个点，勉强同意，“好吧。”

《星空行者》节目组放假两周，主办方调整工作。两周后正式开始的十六强赛，将在昊光平台上一周一播，明星助阵。也就是说，这档节目正式进入了高潮阶段。能进十六强的人当然都想夺冠，所以两周的假期形同虚设。她们当中没有人离开吉丘，甚至大部分还住在航天城里，每天训练，不敢松懈。

池月觉得王雪芽中了郑西元的毒。王雪芽性子如同她老妈，把感情想得很简单，太容易迷失自我。但因为闺密的感情，池月不能过多地干涉王雪芽的决定。放下手机，池月去办公室找乔东阳："这两天我要请个假。"

"这两天？是今天和明天，还是明天和后天？"乔东阳若有所思地看着池月。

"我还不确定，等小乌鸦通知我。"

女人间的事情，池月没有告诉乔东阳的必要。和乔东阳请完假，池月就出去找池雁。

池雁特别喜欢跟池月来项目组。池雁一个人在家里苦熬了几年，现在对这个世界的一切都觉得新鲜。村委会里人多，热闹，项目组的人都很和气，这对池雁的精神状态起到了正面的影响。当然，最主要的是侯助理很会照顾人。池月甚至觉得侯助理对池雁的照顾超过了她和于凤。

于凤常年与池雁待在家里，对女儿有心疼、有爱，但受到的生活压力太大，经常产生戾气，对池雁产生不耐烦的情绪。相反，侯助理是在乔东阳的"高压环境"下培养出来的金牌助理，情商高、会来事、懂得人性弱点，对老板交代的任务"无怨无悔"。池雁是老板的大姨子，侯助理照顾起来自然上心。眼看着池雁的笑容一天比一天多，池月有一种不可思议的感觉。就算她自己来照顾池雁，可能都做不到。

看到池雁有这样的变化，池月很开心，对把池雁交给侯助理的这个安排，也就更放心。不过于凤想的跟池月不一样。姐妹俩刚回家，于凤就拉着池月走到里屋里，委婉地向池月打听："囡囡，小侯有家庭了吗？"

家庭？池月蒙了好几秒："妈，你问这个干什么？"

"你说我问这个干什么？"于凤一瞪眼，"小侯年纪是比池雁大了点，但我瞧他的人品不错。关键是他对池雁真好啊，我就没见过哪个男人肯这么做小伏低地照顾女人的……"

确实，侯经理对池雁的态度很好，就连乔东阳对池月的态度也达不到这种标准。可池月该怎么解释呢？侯助理肯这么做，除了天生善良，大部分原因是看在乔东阳的面子上。

“妈，池雁的感情，咱们不要替她做主好不好？她好起来，自己会考虑的。”

“你真的认为池雁还能好起来？”

池月没有说话。

于凤接着说道：“这些天，看她欢喜，我也欢喜。囡囡啊，小侯对姐姐来说是最好的归宿了。”

池月长久地没有出声。她不是反对这件事情，而是根本就不敢想。

当天晚上，池月就接到了王雪芽的电话。王母的速度之快，已经到了登峰造极的地步。王母人生地不熟，到了吉丘，没有贸然去航天城，而是通知王雪芽带着男朋友去吉丘大酒店“接驾”。说起这个傻白甜的老妈，王雪芽急得快哭出来了。池月连忙安慰她，约好时间，准备陪她一起去接她妈妈。

翌日，池月早早地起来，翻箱倒柜地找了一套老一辈容易接受的保守衣服穿上，往脸上擦了点水乳和防晒，用了颜色最浅的唇膏，扎了一个马尾辫，戴顶棒球帽，再戴上眼镜，打扮妥当，看上去就像个清纯的大学生，这才拎着包出门。

“妈，我走了。”

于凤在厨房里做饭，应了声，没出来。

二黄在院子里吠叫。

池月瞪了它一眼：“大清早的，你叫什么？”

二黄嗷呜一声，缩着脑袋，有点小委屈。

池月走过去拉开大门，看到斜倚在门框上吃风的乔东阳。他眉目温柔，带着笑意，整个人如同刚从画里走出来，与背景里的黄沙十分不搭。

“早。”

池月回头看了一眼被她误会的二黄，扬了扬眉梢：“你怎么在这里？”

“等你。”乔东阳上上下下地打量着她，目光闪了闪。他对她今天的青春气息似乎有些看法，头一偏：“走吧。”

她不是和他说好请假吗？池月揪住包带：“我要去吉丘。你有什么事？能不能等我回来再做？”

乔东阳轻声地笑：“我也去吉丘，捎你一程。”

池月望了望灰蒙蒙的天空，满腹疑问地跟了上去。汽车就停在她家门外不远的乡道上，黑漆漆的“大怪兽”威风凛凛。天狗坐在驾驶室里，看到她就愉快地发出一串人工设置的笑声。

“池月小姐姐，早上好。”

池月勉强一笑：“小天狗好。”

“我好爱你。”天狗嘴很甜。

池月一愣，笑得更开心了：“我也爱你。”

“我更爱你。我和乔大人一样爱你。”

这小东西的程序和设置是不是又被改了？她看了乔东阳一眼，有点稀里糊涂的。

她去吉丘见小乌鸦的目的并没有告诉乔东阳，当然，乔东阳也没有问。在私事上，乔东阳不会干涉她，她一请假他就爽快地答应了。可现在池月不知道他去吉丘是为公事还是为私事。

“你几点结束？”乔东阳问。

池月想了想：“不一定，得看小乌鸦的时间安排。”她看了他一眼，微笑道：“你不用管我，我能找到车回去。”

乔东阳嗯了一声，没说话。

池月问：“你去吉丘有什么事？”

“朋友约我喝酒，一块儿玩玩。”乔东阳说完，留意着池月的反应。

池月点点头：“你最近行程比较满，去放松一下也好。”

她就不怀疑、不担心、不问他对方是男是女吗？乔东阳抿了抿唇：“没别的要说了？”

池月看着他："你玩得高兴点。"

以前乔东阳常听男人抱怨女友太黏人、管得紧、问得多、牛皮糖似的让人讨厌。这导致很多男人在单独出来和朋友聚会的时候，就像离开牢笼的奔放野马。池月完全不管他，本该是好事，可他居然觉得浑身不自在。

"我严重怀疑，我有没有女朋友……"

池月一怔："怎么了？"

乔东阳臭着脸，没说出内心的真实想法，而是斜着眼睛看池月精心打扮的样子，像柠檬精上了身，不停地冒酸泡："去见王雪芽，你犯得着打扮得这么漂亮？"

池月被他逗乐了："你是不是怀疑我背着你去见男人啊？"

"没有。"乔东阳脸色阴沉，"你也不敢！"

池月笑。

乔东阳偶尔有些少年心性，但无伤大雅，她能接受。毕竟他是这样成长起来的，不可能像她一样去思考问题。只要他不过分，她都由着他。

到吉丘已近中午，池月在吉丘大酒店的门口前下车，冲乔东阳挥了挥手，匆匆地走进去。

王雪芽来得比她早，在大堂里坐立不安，见到池月才松了口气："要命，母上大人已经催了三次了。"

"这么没耐性？"池月有些惊讶。

"可不嘛！"王雪芽挽住池月的胳膊就走，"在我家她就是个女王，大事小事说一不二。最关键的是她经常异想天开，智商不怎么高。我们家的'江山'在她的带领下，没有败落也真是奇迹。"

池月被王雪芽的形容逗笑了："你妈挺可爱的。"

"可爱啥啊，她就是个大写的奇葩，被我爸惯的……"

怀着好奇心，池月在几分钟后见到了王雪芽口中的"奇葩大仙女"王母。除了比普通的中年妇女保养得更好、衣着更得体之外，王母看上去与大多数关心女儿的妈妈没什么两样。她先招呼了池月，夸了几句池月漂亮，然后逮住王雪芽就是“瘦了、黑了、丑了”一顿数落。她嫌弃王雪芽的样子，让池月确认——这是雪芽的亲妈无疑。

“你看看人家月月，怎么就保养得这么好、这么漂亮。我也不指望你做白天鹅，你也别一副丑小鸭的样子行不行……”

王雪芽的怨气快冲破天花板了。她说：“妈，有你这么说女儿的吗？”

“我就说！谁让你大老远跑来比什么赛？”王母拿手指戳在王雪芽的脑门上，马上发现了有什么不对，往王雪芽的身后一望，“你那个男朋友呢？没来？”

王雪芽看了池月一眼：“我和月光光在一块儿呢，他一个大男人凑过来多不方便啊。”

池月适时地接话：“阿姨，我一直想来拜访你，可惜没机会。这次你来吉丘，我特别开心，赶紧跑过来了。我没有打扰到你们吧？”

王母虽然很想见女婿，但当着池月的面也只能笑笑：“不打扰、不打扰，见到你阿姨也高兴。早就听丫丫说起过你，你的名字快把我的耳朵灌满了，现在阿姨明白了，月月你优秀又美丽，怪不得丫丫喜欢你。”

谁说王雪芽的妈是奇葩的？这分明就是个善良美丽的阿姨嘛。

中饭是池月张罗的。她是吉丘本地人，为了表示诚意，自然要做东。三个人说说笑笑地出了吉丘大酒店，去了一家本地的餐厅。这里主要经营吉丘当地的特色菜，外地人来了都会来打个卡。

池月昨天晚上就在网上预订好了包间。这个时候去，餐厅里人多，但她们订了包间，进去就能用餐，这让王母又忍不住夸池月。可怜的小乌鸦再一次“躺枪”：“有个这么优秀的闺密，我实在是太惨了。”

“那咱们绝交吧。”

“吃过饭就绝……”王雪芽还没有说完话，突然脸色一变。

池月顺着王雪芽的视线看过去，只见她们包间的隔壁刚好有两个人走进去，其中一个男的居然是郑西元。他戴了顶帽子，一身低调的黑衣，胳膊弯里的美女与他一样戴着帽子、口罩，脸被遮得非常严实。她挽着他的手，低着头，看不清长相。

乍看到池月和王雪芽，郑西元也愣了一下：“你们也在这里？”

王母满腹狐疑：“这位是？”

郑西元笑了笑，没吭声。

王雪芽硬着头皮介绍：“这是我妈，这是……我们节目组的郑总。”

平常王雪芽叫他郑哥，突然改口叫郑总，郑西元有点不习惯，但他没有多想。上次他假装王雪芽的男朋友骗她爸，总不能再骗她妈吧？既然王雪芽这么介绍了，郑西元只能配合：“阿姨你好，我是……小郑。”

“小郑，哦，你好。”王母看着他，眼睛里满是审视的神色。池月和王雪芽此时认出，郑西元胳膊上挂着的女孩是张相君，那个曾经是郑西元绯闻女友的流量小花。王雪芽还找张相君要过签名。

这真是大写的尴尬。

王雪芽双颊发烫：“郑总，你去忙吧，我们在那边……”

她指了指隔壁的包间。郑西元了然地点点头，又向王母微微一笑，带着张相君进去了。

王母看着他们的背影，像是在琢磨什么：“丫丫啊，他俩都和你一个节目组？”

“不是啦！”王雪芽不知道怎么解释，“跟咱们没关系的人，你别问啦。”

她和池月一边一个挽住王母，带王母进包间坐下。

王母果然有点傻白甜，完全没有发现女儿的异样，很快地又高兴起来：“月月啊，你和我们丫丫的感情是真的好，我都羡慕。不瞒你说，我年轻的时候也有一个好闺密。后来她想抢我的老公，被我打出去了……”

“妈，你这英勇事迹说了二十年了。”

“二十年怎么啦？要不是我拯救了你父亲，能有你吗？”王母瞪了王雪芽一眼，又笑着对池月说：“我这姑娘就是嘴不乖，讨人厌，不然也不能二十多年没人追，男朋友都找不到……好不容易找到一个，她还不肯上心，你说气不气人？”

池月忍俊不禁。

餐厅上菜很快，来一道，王母尝一道，对菜品赞不绝口，王雪芽却有点心不在焉。池月看在眼里，在桌子底下碰了碰王雪芽的脚：“快吃，吃完咱们去酒店里陪阿姨……”

“不对，这事不对。”王母突然放下筷子，像是想起了什么，转身掏出包里的手机，一个人神神道道地念着，翻着照片，“刚才的那个男的，我怎么看着有点面熟呢？”

王雪芽被吓了一跳：“妈，你在说什么？快吃菜，一会儿凉了。”

王母的手突然顿住。她猛地抬头，看到什么怪物似的看着王雪芽：“他不是你的男朋友吗，为什么会跟别的女人在一起？”

王母的脸变得很快，神色极难看。

王雪芽没有出声，一时反应不过来该说点什么。王母的手机里不仅有郑西元的照片，还有视频。她们没有想到，爱妻如命的王父上次见到郑西元，不仅偷偷地拍了照片，还录了视频传给妻子，夫妻两个人私底下没少研究“女儿和女婿”的视频。

“怪不得……”王母像是反应过来了，脸色铁青，“你刚才看到他跟那女的在一起，表情就像死了亲妈……”

“妈，不是那样的……”

“他没道理这么欺负我女儿。”王母没有给王雪芽解释的机会，拿着手机，风一般地冲出了包间，“这个狼心狗肺的家伙欺负我女儿，妈今天给你出气——”

这一刻，池月才终于领略到了王雪芽口中那个女王母上的战斗力。

王母的“脑洞”真的足够大。就这么短短的两三分钟，她已经脑补了上万字的虐恋故事。她认为她的姑娘就是被那个男人抛弃了还忍辱负重不忍心戳破真相的可怜女孩。当然，渣男更是厚颜无耻，居然带着小三到女儿的面前来耀武扬威。女王母上这口气怎么能咽得下去？她根本听不到王雪芽的喊声，一口气冲进郑西元的包间，一拍桌子：“姓郑的，你今天不把话说清楚，就走不出这个餐厅！”

郑西元：“……”

张相君：“嗯？”

冲进门的池月，看到坐在包间里的乔东阳也愣了一下。

几个人面面相觑，气氛突然凝滞起来。乔东阳不是一个人，在他的身边还有两个女孩。她们可能是张相君的朋友，也可能是郑西元旗下的艺人。池月从来没见过她们，觉得有些陌生。池月看了乔东阳一眼，没有说话，和王雪芽一起拉住了王母。

“妈，不是你想的那样。我们出去说，我给你解释。”

“解释什么？你妈我活了一辈子，什么事情看不透？”王母用手指点点点，指完郑西元，又指到张相君，“你看看，看看，人都被小妖精勾去魂了，就你傻……还比什么赛、训什么练，晒得像个黑冬瓜……”

黑冬瓜王雪芽欲哭无泪：“妈，郑总跟我没关系。人家在这里有应酬，你别闹了……”

“你能不能有点出息？别人都欺负到你头上了，你还替人家说话。”

王家在他们当地有头有脸，王母平常都横着走路，什么时候受过这种气。

“我告诉你，小伙子。”她指着郑西元，“你对不起我女儿，会遭报应的。我呸！从今天开始，你就跟你的小妖精双宿双飞双双成精去吧，不要再来招惹我女儿。我女儿嫁猫嫁狗，也不会嫁给你！”

王母不会骂人，虽然看起来很凶，却骂不出什么有杀伤力的话。她涨红了脸，吼了几句，眼泪都出来了。

“走，丫丫，我们回家去。”她像一头保护幼崽的母狮子，“什么鬼节目、什么狗屁冠军，咱不要了。你跟妈回去，妈给你找个好的男朋友。这个家伙坏透了，连你爸一根手指头都比不上。”

在座的几位有点蒙。

郑西元是最先弄清楚状况的一个人：“阿姨，你误会了。”他彬彬有礼地站起来，拖起坐在他身边的张相君，“这是我表妹，不是我女朋友。”

张相君呆呆地看着郑西元，一时没反应过来。

“你表妹？亲的？”王母愣住了。

“亲的。”郑西元笑道，“我们小时候一起长大，举动亲密了些，让阿姨误会了。”

张相君看看郑西元，又看了看王雪芽，迅速地掩饰起情绪，轻轻地笑了一下：“是的，阿姨，您误会了。这位就是表哥的女朋友？”

张相君是个好演员，状态调整得很好。

男女主角都否认了，王母“脑补”的故事失去了背景支撑。

她说：“那你……为什么不跟丫丫在一起？”

郑西元笑道：“今天我和投资人吃饭，谈点公事。”

他瞄了乔东阳一眼，“投资人乔东阳”只能报之一笑。

郑西元用温柔的眼神瞄了王雪芽一眼，好声好气地对王母说：“丫丫不肯让我来见你，怕我丢人，我也没办法。”

王母虚惊一场，一脸抱歉：“不好意思啊，小郑，阿姨太冒失了，打扰你工作了。”她又向乔东阳连声致歉：“今天的单阿姨买了，算是给你们赔罪。见谅、见谅。”

郑西元笑了起来：“阿姨，这哪儿行呢？买单的事你别管，你来吉丘该我招待你。”

“就这么定了！”王母越看女婿越喜欢，拉着女儿就走，“你们慢用。打扰、打扰！”

王母见到了女婿，十分高兴。不过尽管郑西元说张相君是他的表妹，但饭桌上还有别的女生，王母还是有点不放心。她吃饭的时候不停地瞄那扇没有关的门：“丫丫啊，小郑一会儿会过来吧？妈要不要给他包个红包呢？我们毕竟是第一次见面。”

王雪芽不知道该哭还是该笑：“妈，你消停点吧，人家有正事。”

“正事又不是说不完。女朋友和女朋友的妈就在隔壁，他要是不上心，这男人可就不能要了。”

不到十分钟，郑西元真的登门了，连张相君这个“表妹”也非常知趣地进来和王母打了招呼。他们正式告辞后，才带着两个美女离去。这时池月才知道，那两个女的分别是张相君的经纪人和助理。

郑西元很入戏，态度和善、姿态谦恭：“阿姨准备在吉丘这里玩几天？要不这样吧，阿姨跟我们去航天城参观参观，看看丫丫训练和比赛的地方？”

王母一口答应下来：“好啊。”

王雪芽摊手望天：“郑哥，这太麻烦了，而且我妈……”

她妈嘴大，不像她爸。她爸好歹是个学者，就算有什么心思也不会咋呼。她妈要是去了，航天城里所有人都会知道她和郑西元的“关系”，她到时候怎么都解释不清了。

郑西元拍拍王雪芽的肩膀：“没关系，我来安排。”

准备离开餐厅的时候，郑西元、王母、池月都抢着买单。服务小姐一脸蒙，望了眼一言不发的乔东阳：“这位先生不是已经签单了吗？”

投资人就是投资人，这就是气度。王母这么想，不免又对女婿的合伙人多看了几眼。

航天城的伙计们有好些日子没见到老板了。乔东阳突然驾临，东阳科技的工作人员一个个的觉得措手不及，吓得要死，马上总结工作，检查有没有纰漏。

乔东阳一到，航天城里就鸡飞狗跳。可乔东阳什么都没做，只陪着池月带王母四处走走逛逛。这让一直把乔东阳当投资人、认为乔东阳是池月老板的王母觉得有些反常。在参观航天城的时候，王母发现乔东阳和池月总落在后面，有点不放心。池月的情况王雪芽跟王母说过一些，池月的原生家庭情况不好。王母怕池月吃亏，更怕乔东阳是那种仗着家里有钱就占小姑娘便宜的人渣。

毕竟池月长得太漂亮了。哪怕是雪芽的亲妈，王母也不得不承认，自己的闺女不如池月漂亮。出于一种母性的心理，王母看池月落到后面，就招手道："月月啊，你走快一点，到阿姨身边来。我听说你是这个转椅的纪录保持者，是不是真的呀？"

池月不知道老仙女已经又"脑补"了十万字小说的剧情，赶紧几步走上去，小声地笑道："我那次只是碰巧超常发挥。"

乔东阳也跟了上来："要是没那水平，怎么发挥得出来，你别谦虚了。我准备在节目结束后，为每一个纪录保持者刻下名字，把你的大名刻在这里……"

池月忍俊不禁："我怎么觉得自己像牺牲了？"

乔东阳脸拉了下来："胡说八道！你这种祸害人的妖孽，至少能活一千年。"

"哈哈哈哈！"王母被乔东阳逗得哈哈大笑，看了池月一眼，故意道，"乔总，你有事就忙去吧，他们几个带我走走就行，我不能耽误你的正事……"

池月有些好笑地看着乔东阳，生怕这头狮子爹毛。没料到狮子反应很快："阿姨，我的正事就是跟月月一起陪你。"

老仙女早就嗅到了奸情的味道："你们俩是不是有什么秘密没告诉阿姨？"

"嘘！"乔东阳向四周看了看，小声道，"这个得保密。阿姨你不知道，月月在网上粉丝很多，尤其是‘脑残’男粉丝，我怕被他们打死……”

王母一怔，咯咯地笑了起来：“明白了、明白了。小伙子，你的眼光不错。月月很优秀，比我家丫丫强一百倍。”

王雪芽再度“躺枪”。

选手放假休整，但航天城里的工作人员都在忙。张相君先他们一步过来了，在补录镜头。几个人走了大半个小时，到处都可以遇到工作人员。每次看到他们，工作人员都会礼貌地打招呼，这让王母有些不好意思。她是个懂事的老仙女，知道不能倚老卖老。在她意识到自己的“航天城一日游”会影响到别人的工作后，马上就转战王雪芽的宿舍了。

比起那些冰冷的机器，王母更关心女儿的生活。她们要去宿舍，乔东阳和郑西元不好再跟着，他们去了办公室谈工作。《星空节目》前期的录播内容，已经陆续在各大平台上线。这次节目组邀请流量小花加入，补拍一些节目内容，是为了增加看点，提高收视率。在半个月后的十六强赛中，张相君会常驻节目组，直到《星空行者》冠军产生。除张相君之外，别的明星也受邀参与。目前节目组还在确定名单，和明星对接行程，这些准备工作将在半个月内完成。

乔东阳对节目安排一概不管。东阳科技只负责技术，乔东阳派专人在这边负责。节目这一块一直是昊光传媒负责，但大事小事仍要经过乔东阳同意。今天郑西元找乔东阳吃饭，就是聊这个。《星空行者》节目上线之后，收视率已经斩获今年综艺 Top1（第一名），但和昊光传媒的预期目标还有一段距离。为此，郑西元准备加入明星元素，带动流量。

怎么提高收视率，郑西元是行家。乔东阳没有异议，郑西元却好几次唏嘘：“要是咱们节目组没有淘汰池月，一直保持着当初的话题性，效果肯定比现在好，池月也早就火得一塌糊涂了。”

“我不在乎这个。”

郑西元扬了扬眉梢。乔东阳何止不在乎这个？郑西元怀疑乔东阳已经不在乎冠军是谁了："阿乔，我以前怎么没发现你做事三分钟热度？你当时搞星空节目的劲头哪去了？"

乔东阳漫不经心地笑："谁让你把比赛搞成了娱乐？乌烟瘴气！"

在航天城里，郑西元和王雪芽其实早就绯闻满天了，只不过人家不会当着王雪芽的面说。上次王雪芽的爸爸来，郑西元陪着他倒也说得过去，毕竟有工作的名义。但现在王雪芽的妈妈又来了，郑西元还一路小心翼翼地伺候着，意义就不一样了。

老仙女到达航天城不出一个小时，就有无数人在各个私人小群里八卦起来。

王雪芽带着老妈回宿舍后，一会儿就来个人，找阿姨问个好，和母女聊几句，走了。过一会儿，又换了两个人来打听。王雪芽明明知道人家的目的不单纯，但实在防不住老妈话多。老妈见谁都热情，什么都肯说。

"月光光。"王雪芽天性不擅面对，又不敢在母亲的面前吐槽，只能私下给池月发消息，"我好烦躁啊，怎么办？"

池月看了一眼她可怜巴巴的样子，慢慢地打字："已经这样了，还能堵住别人的嘴吗？算了，反正节目也快结束了。"

"我也不是怕人家说。"

"那你怕什么？"

"你说，我和郑哥这样奇怪不奇怪？"

池月看了她好一会儿："那你是希望这件事成真，还是假的？"

王雪芽抬起头，看到池月那双洞察力极强的眼睛，不敢正视，也不敢撒谎："我不知道。真的。我有点乱了。"她要面对自己的心已经不容易了，还要面对另一颗看不透的心，就更难了："我不知道他有什么想法。"

他还能有什么想法？男人嘛，有女人喜欢，当然会偷偷地感到得意。池月不相信郑西元这老油条不知道王雪芽喜欢他。可郑西元没有表明态度，这就很耐人寻味了。

池月恨不得帮王雪芽倒一倒脑子里的水：“你这体质，怎么就招渣男呢？”

“郑哥不是渣男。”

王雪芽很想告诉池月，她们以前都误会了郑西元。尽管他很有女人缘，可大多数情况是女人主动倒贴。郑西元性格温和，尊重女性，别人的请求只要不太过分就会同意。只是他的身份让他的行为有了很多的话题性。比如王雪芽这件事，她不就该自己背锅吗，跟他有什么关系？可她知道，池月不会相信。因为——郑西元是她们的客户。王雪芽说服不了自己，但感情让人盲目，明知不可以，却偏偏管不住自己。

“其实我知道，他对我没有男女之情。”

池月在宿舍里待了一会儿，收到乔东阳的消息。她把私人空间留给王雪芽母女，去赴了乔东阳的观星台之约。

观星台是两个人的定情台，人在上面看星星，情绪会变得格外温柔。他们在观星台上卿卿我我，待了两个多小时。

下去的时候，池月准备到女生宿舍休息。宿舍那边全是女队员，池月让乔东阳先走，自己慢慢地踱着步回去，一点也不着急。

从观星台到选手生活区，要经过一条圆弧形的走廊，池月想着事，在转角处看到一个背影飞快地在前面奔跑。夜深人静，工作人员和星空选手都已经回宿舍了，整个航天城里安安静静。可是那个人穿着星空选手的训练服，明显是从办公区而非训练区跑过去的。

这是谁呢？池月加快步子。但她起步慢，那人转瞬间就跑得没了踪影，那人就像从来没有出现过。大晚上的，这幅画面有点瘆人。

池月怀着揣测回到女生宿舍。现在是休假期间，宿舍不受熄灯时间的约束。大部分宿舍关着门，有些房间亮着灯。有些选手睡了，有些选手还在打闹，她无法判断是谁从办公区跑了过来。

韩甜甜被淘汰后，只剩王雪芽和汤萍住在宿舍里。现在多了池月和王母，四个人倒也住得下。老仙女跟三个小仙女在一起，像突然返老还童了，跟个小姑娘似的欢快得很。

第四章
姜是老的辣

这个漫漫长夜对王雪芽而言，如同一个世纪。

天终于亮了。

在食堂吃过早饭，王母要走。王雪芽收拾了行李准备跟王母一起走，在吉丘陪她待两天，再去月亮坞找池月。离开前，王母特地去感谢郑西元的招待，一副恋恋不舍的样子。没有想到，到了吉丘大酒店，王母把行李一放，立马变脸了。

“丫丫，你过来，我有话跟你说。”

王雪芽感到意外：“妈……你要说什么啊？”

“说你和郑西元的事。”

王雪芽的脑袋隐隐作痛。她低下头：“你都看出来了，还说什么呀？”

在航天城，王母什么都看出来了。看着女儿的样子，她眼睛里的欢喜被心疼所代替：“你准备骗我到什么时候？傻丫丫，何必这么委屈自己。你告诉妈实话，妈会打你，还是会骂你？”

"你不会打我、不会骂我，但不会让我参加比赛了。"

"哼！我才不想让你参加比赛呢。"

王雪芽被她吓到了："妈，这是我的梦想，我已经坚持这么久了，不会放弃的。"

看着王雪芽委屈巴巴的样子，王母沉默了片刻，看向池月："月月，你也坐过来，听听阿姨的话。"

池月本来觉得自己不方便，想回避一下，闻言，只能轻轻地坐在王雪芽身边："阿姨，您说。"

王母沉默了很久后说："父母的话可能不中听。但这些经验是我用一辈子总结出来的。你们能听进去多少，就是多少吧。"说到这里，她看着王雪芽，"喜欢一个男人没错。但是丫丫啊，这世上的男人不是用来迷恋，而是要去征服的。哪怕你再喜欢他，也不要为了他迷失了自我。"

姜还是老的辣，王雪芽太低估她妈妈了。什么傻白甜、老仙女？她妈妈根本只是在装傻吧？

"你们记住了，优秀的男人，心越野，欲望越大。你要没点本事，想把他一辈子拴在身上，那就是做梦！在女人的问题上，不管是皇帝还是百姓，不管是八十岁还是十八岁，男人都一样，以一颗色心贯穿人生。秀色可餐、娇艳欲滴的漂亮姑娘，哪个男人不喜欢？"

王雪芽震惊地看着她妈："妈！"

这么多年，在她看来，她的父母是恩爱的。她爹对她妈，千般宠、万般爱，她想不通为什么她妈会说出这样的话。

王母一脸严肃："你长大了，妈妈不会再骗你。你以为你爸这些年就没有受到过诱惑，没有为别人动过心吗？那些女学生一个个水灵灵的，你以为他当真不眼红？"

王雪芽不忍心再听："妈，你别说了。"

"就当年我那闺密，长得也不比我差。她就差爬上你爸的床了，你猜你爸为什么不敢接受？"

“觉得她人品不好？”

“哈！”王母笑得眼角都有了皱纹，“说你傻，你还真傻。男人在那档子事上，哪会管什么人品？”王雪芽不吭声，只听她妈笑着说：“因为他懂得衡量。你爸是个聪明人，会取舍。他承受不起那个代价……”

王雪芽天真地问：“什么代价？”

“失去我。”王母笃定地笑，“鱼和熊掌不可兼得。他得到了别的女人，自然就要失去我们母女，你爸不糊涂。他能控制住自己，还有一个前提，你知道是什么吗？是我有他不能失去的价值。”

王雪芽不想再听下去了。当年她的父亲是个有才有貌的穷博士，她的母亲是个娇生惯养的大小姐……她不能再想下去。如果那就是爱情的真相，她二十年的认知就被完全颠覆了。

“不是你想的那样。”王母像是看穿了她的心思，叹息一声，“女性的价值不一定是金钱。你一定要有男人能在你身上得到，但在别的女人身上得不到的东西。你爸没有我，也不会过得很差，但他不会再拥有一个像我这样的女人。懂了吗？”

王雪芽不懂，摇摇头。

“也就是不可替代性。”王母说，“也许是脸，也许是脾气，也许是情感，也许是亲近的心，也许是良好的相处的感觉……傻闺女，爱情、婚姻和这世界上的任何事情都一样，如果你随时可以被取代，那你在对方心里必定是不重要的。”

“妈！”

王母看着王雪芽：“傻孩子，你要向月月学习。只有那种不把感情当成全部的女孩子，才有资格和男人在情感世界里角逐。这是场战争，你刚开始就败得一塌糊涂，往后拿什么去争取幸福？”

王母字字珠玑，听得雪芽如醍醐灌顶。

王母说着，又望了一眼池月：“男人不会迷恋女人一辈子。你们两个都要记好了，一定要把自己当成独立的个体去修行，修得无坚不摧，任何时候都有能力自保、有能力失去。只有这样，他们在面对美色诱惑时才会衡量得失，不敢行错一步。而且即便他们真做了什么，你们也能有底气甩手走人，告诉对方——老娘天下第一，滚吧！”

两个女孩子叹为观止。

王母哼了一声：“听懂了吗？”

“那你这么多年……”

王母说好的傻白甜，仙女人设呢？王雪芽的老爹一度觉得，没有他在身边陪着，她的老妈就会饿死、会被人欺负死。

王母轻哼一声：“我这么多年就是这么拿住你爸的。要不然，你的后妈大概跟你岁数差不多。”

王雪芽愣住了：“你和我爸之间的感情难道不是爱吗？”

“是爱。我和你爸很相爱，但没有你想的那么傻。爱情不是我们饿了时必须要吃的面包。”王母说着说着，又怒其不争地戳她的脑门，“我这么聪明一个老仙女，能把你爸那么高智商的人哄得团团转，怎么就生了你这么个蠢姑娘呢？唉！你要给老仙女争点气，懂吗？争气要用脑子，而不是用心。”

王雪芽默默地低下头。

就算她懂了，又能怎样呢？对郑西元而言，她没有不可取代的价值。

月亮坞项目组的工作推进得很快。资金到位，人员齐心，项目部一天一个样子，所有人都看得见变化。池月隔了两天没去，项目办公点的地基已经造起来了，砖石材料、钢筋、混凝土堆了一地，工人们正在忙碌。池月仔细看了一眼，工人都是本地人，不少来自本村。

嗅着这种城市建设才有的味道，她的心情大好。

“大家早！”

“池助理早！”

池月见人就微笑，别人看她也是一样。她和乔东阳的关系在项目组就差一层窗户纸没捅破，大家都能察觉到，明白她对乔东阳的意义，自然对未来的老板娘分外客气。

可池月笑盈盈地哼着歌，推开乔东阳的帐篷，看到的却是一张黑脸。嗯，这是项目组里唯一一个给她脸色看的大爷。

“吃早饭了吗？”池月放下包，背着手，走近工作台。

乔东阳在用电脑，头也不抬：“我没人关心、没人爱，吃什么啊，水都快喝不上了。”

池月撇着嘴笑：“这么惨啊……”她好不容易才忍住笑，站直了，捋他的头发：“如果外面的人看到乔先生这个样子，会不会对这个项目失去信心呢？”

乔东阳不满地横了她一眼，鼠标一放，接过她手上的东西丢在桌子上，用长臂圈紧她，不满意地捏了一把她窄细的腰：“你把陪闺密的心思，多用点在你男人身上，好吗？”

“啧，看来你的皮又痒了！”池月笑着捶他。

两个人正笑闹着，从帐篷门口传来了响动。

乔东阳拍拍她的腰，问：“谁啊？”

门外的人是俞荣，来谈工作，却突然听到老板发骚，该怎么办？本来准备装死，可乔东阳喊了这一嗓子，他又不得不硬着头皮进来：“乔总，市里有个会，邀请你去参加。这是邀请函，我正准备交给池助理。”

乔东阳将邀请函拿过来，看了一眼。这是一个表彰为本市做出杰出贡献的企业家和优秀青年的官方大会，会议时间是两天后，很正式。像他这种资本雄厚的企业家愿意来吉丘投资，对吉丘整个环境和城市发展都有促进作用。能给的奖、能给的荣誉，官方肯定都愿意给他。

再有两天就是王雪芽的生日了，池月既然把王雪芽带到了月亮坞，就不想丢下王雪芽一个人，所以池月不想跟乔东阳出远门。可是乔东阳那边是工作，她不能马虎处理，给他拖后腿。她正在纠结，乔东阳那边却早就想好了两全其美的办法。

“既然我不能不带女朋友，我的女朋友又舍不得她的女朋友，那就一起过去吧。屏州条件比这边好，去那里过生日很合适。”

在月亮坞过生日，也没什么吃的玩的。反正王雪芽这几天闲着，池月认为这是一个好主意。她回去跟王雪芽一商量，雪芽也没有拒绝。于是大家就这么愉快地决定了。

屏州是吉丘的市府所在地，也是这片沙漠周边最大、最繁华的一个城市。从月亮坞过去，车程很长。中午他们在吉丘吃的午餐，耽搁了一下，到黄昏时分才抵达屏州市。

会议安排在明天，一行人入住屏州的酒店。见晚上闲着没事，池月提议去唱 K，给小乌鸦过生日，王雪芽马上响应。池月订好了包间，结果乔东阳却接到了主办方的电话，说是晚上要招待他吃饭。于是大家只能分头行动。

离开了乔东阳，好像少了个监视她的人，池月突然有一种出了笼子的感觉。两个人说过去、说将来，唏嘘一阵，一路聊到了 KTV。

她们的情绪终于在 KTV 里得到了发泄，唱歌时吼得声嘶力竭、满脸通红。她们一边唱，一边笑，一会儿站，一会儿坐，一会儿倒在沙发上摆各种造型，彻底放飞了自我。

“后来，我总算学会了如何去爱，可惜你早已远去，消失在人海，后来，终于在眼泪中明白……”王雪芽唱歌的时候，双眼亮晶晶的，唱走音了还浑然不觉，整个人都沉浸在情绪里。

一曲终了，两个人碰杯：“喝了这杯酒……”

“这不是酒，这是忘情水。”

“那来吧，干了这杯忘情水。”

“干杯！”

桌子上的酒瓶已经摆了好几个，大部分的是王雪芽喝空的。池月阻止不了，索性由着她，自己也跟着喝了点，渐渐红了脸。靡靡之音入耳，酒香入肠，神经被挑动到极点，两人越唱越来劲。唱歌的快乐就在这里，不为别的，只为发泄，吼一嗓子，心里好像能舒服不少。

池月选了一首温柔缠绵又略带伤感的《白狐》。她的嗓子好，声音如同天籁，空灵、婉转，经KTV的音响效果放出来，像原音一样动人。

“我是一只修行千年的狐，千年修行千年孤独，夜深人静时，可有人听见我在哭……”

池月唱得很动情。王雪芽盯着屏幕，听着听着，红了眼。不等池月唱完，她突然站了起来：“我去趟卫生间。”

包间就有卫生间，但她却出去了。

池月拿着麦克风转过头，一边唱一边看着她的背影，皱了皱眉，到底没有多问。

KTV的灯光很暗，走廊上的七彩魔幻灯带来一片旖旎的颜色，晃得人头晕。王雪芽喝得有点上头，走路不太稳，但脑子却异常清醒。她走到卫生间，趴在洗漱台前，洗了个手，看着镜子，与自己对视，狼狈、酸楚、压抑的情感无法掩藏。

她心酸地看着镜子里的自己，泪水突然就掉了下来。她沉默了一会儿，拿过洗漱台上的手机。铃声响过三遍，那边的人接了起来：“喂？”

“郑哥。”王雪芽的手指有些颤抖，不知道自己为什么要打这个电话。她一方面痛恨自己的软弱，一方面又将那只蠢蠢欲动、能支配自己意识的魔鬼放了出来。

“雪芽，你怎么了？有什么事吗？”郑西元的声音一如既往，温柔、多情，充满了关怀。

王雪芽半闭着眼，揉了揉疼痛的脑袋，借着酒意壮胆，小声地说：“今天是我的生日。”

“是吗？生日快乐。”郑西元轻轻地笑了起来，“我事先都不知道，没有为你准备生日礼物。这样好了，等你回了航天城，我给你补上。

对了，你喜欢什么？”

也许是酒精混淆了人的感觉，王雪芽觉得他的话充满情感，比以往任何一次都要温柔。她的心跳得更快了：“我喜欢你，你把自己给我做生日礼物吧。”

电话那头是长久的沉默。郑西元不知道在想什么，没有声音。王雪芽舔了舔因酒精而干涩的唇，心脏狂跳，胆子大了起来：“不肯？既然不肯，你为什么要送我礼物，为什么对我这么好？”

郑西元轻轻地笑了一声：“我们是朋友啊，送你礼物不是应该的吗？”

王雪芽紧紧地抿住嘴巴，内心焦躁又难受，有些话不吐不快：“是我自作多情了，对吧？”

郑西元沉默了许久，终于开口：“我对你好，一是因为阿乔，你是池月的朋友；二是因为你就像我的一个小妹妹，单纯、天真、总吃亏，看着让人心疼。我想保护你。”

郑西元有点不忍心，甚至有些唾弃自己，为什么要假装正人君子。在女人的问题上，他从没有这么严肃地拒绝过，这次连最狗血的“像妹妹”的借口都搬了出来，更是丢人而好笑。拖泥带水、黏黏糊糊，不是他的风格。其实他知道，王雪芽这样的女孩子傻得像只小白鸽，不用玩手段，稍稍对她好点就睡到了。人漂亮、身子干净，最主要的是她崇拜他、喜欢他，看着他的那双眼里满是感情。在这种情况下，大部分男人不会拒绝对方，但他为什么就睡不下去呢？

他不是怕池月，而是不敢招惹王雪芽那双满怀信任的眼睛。

姑且做个好人吧。郑西元想到这里，笑了起来：“你还小，感情不成熟。等过些年你长大了，能认清男人，就不会再轻易地喜欢上谁了。小乌鸦，我说清楚了吗？”

“你说得……很清楚了。”头脑不清不楚的，是她。

他的话像一盆凉水从头淋到脚，冻得她浑身冰凉。王雪芽抬头看向镜子，里面的女人披散着头发，泪流满面。是了，她就是要这样，自取其辱得彻底一点，才能断了念想。她没有什么可失去的，也不想和他维系这种尴尬的“兄妹情”。如果心痛了，就不会再爱他，那就让她今晚一次性痛彻心扉吧。

“你是个坏男人。”她用袖子擦了一把脸，抽抽泣泣地控诉，“月光光离开后，我在航天城度过的日子，是我这辈子遇到的最黑暗、最无助、最艰难的岁月……我失恋，被渣男纠缠不清，被同期选手非议、嘲笑，被她们的小圈子孤立，这些事不能告诉父母，也不能告诉月光光，只能一个人承担。在这种时刻，你为什么要出现……你为什么要像个骑士那样出现……”

她酒精上头，语无伦次，每一个字都是含着眼泪说出口的：“你不知道吗？那样的你，会让我产生错觉，觉得你喜欢我。在你的温柔里，我无法自拔……你给了我那么多暧昧，等我爱上你了，你却云淡风轻地一笑，说你不爱我，只当我是妹妹……可你有没有问过我，我需要多一个哥哥吗？我不需要，我告诉你，我不需要。”

郑西元许久没有说话，直到王雪芽鼻子堵住，哭得再也说不出完整的话了，才慢慢地叹气：“对不起，我以后不会这样了。让你误会，是我不好，请你原谅我。”

王雪芽愣愣地看着镜子，忘记了哭：“你对我，一点都没有过喜爱之情？”

“有。”郑西元说，“但喜爱不是爱。”

“你的眼神、你的那种笑，不是暧昧是什么？”王雪芽几近崩溃，飙着泪嘶吼着质问他。

她不敢承认自己的失败，更不愿意相信经过这么久的相处，郑西元对自己没有感情，只是她的一厢情愿。这一刻，她觉得男人真的好坏。

郑西元好坏好坏。明明是他先搞暧昧的，为什么用一句“对不起”就想把她糊弄过去？

屏州的冬天很冷，KTV 里的暖气却足以让人流汗。王雪芽的汗水湿透了脊背，她把头慢慢地低下去，搁在洗漱台上，听着他的呼吸，喉头哽咽，发不出声音。

“月光光，我先回航天城了。

“昨天晚上我太失态了，让你担心了吧？不过也是好事。至少我知道了，我没有失恋。因为我和他压根儿就没有恋过，一切都是我的误解。是我自作多情，把这段关系变成了一个悲剧。从今天起，我要找回曾经的自己。你等我的好消息！为了拿到星空冠军，我会加油的！

“你没看错！我要拿冠军，做你和乔师兄的大灯泡，陪你俩一起上天，然后看着他气得脸发绿的样子，哈哈哈。最后，月光光，我最爱你，吻你。”

池月喝醉了，一夜好眠。起床后，她收到了王雪芽的留言。她看了一遍又一遍，觉得王母还有一句话没有说到。为什么小乌鸦总受伤？不仅因为她天真，还因为她太懂事。不懂事的人气死别人，懂事的人累死自己。

吃完早餐，池月陪乔东阳一起赶到会场。

屏州当地机关很重视这次活动，媒体来得特别多。观众多是各机关代表，参与度很高。在乔东阳上台领奖的时候，台下掌声激烈，经久不息。什么口头上的贡献都不如给到实际的经济支持，肯拿出真金白银来搞项目的企业家最为珍贵。

活动结束后，乔东阳拒绝了屏州政府的挽留，收拾好行李就往回赶。

月亮从云层里探出脑袋，好奇地看着崭新的月亮坞。

这个被上天眷顾的美好地方，有过许多美丽的传说，现在它又一次蜕变，开始走向属于它的传奇。规划开始实施后，一座座房舍拔地而起，一望无际的荒漠被打上了地标，规划图描绘着它未来的美丽。眨眼之间，大量的工程人员进驻了月亮坞和月亮湖地域，速度快得超过了池月的想象。这些都靠乔东阳烧钱。

乔东阳的资金动向当然没有逃过乔家人的眼睛。眼看项目是阻止不了了，乔家人三天两头去找乔老太太哭诉。败家、败家、败家，这是这期间他们提得最多，乔正崇也听得最多的词。乔家人希望乔老太太出来主持公道，认为必须按乔老爷子的遗嘱做出认定，收回乔东阳的继承权和乔正崇的管家权，兄弟三家平分财产。老太太左听一耳朵，右听一耳朵，心里也有点按捺不住。家庭会议倒是召开了几次，可次次都闹得不欢而散。对此，乔东阳置若罔闻，也没有告诉池月。

迫于来自家族的巨大压力，乔正崇在家庭会议上拍着胸膛保证：乔东阳这不是败家，是投资。同时，他为乔东阳辩解：月亮坞投资周期长，短期内看不到效果，但做人、做企业，都要有长远的发展眼光。他把乔东阳的项目书添油加醋地对老太太讲了一遍，表示这是一个对公众、对社会、对环境都具有划时代意义的项目，功在当代，利在千秋。即便项目亏损，也算为乔家积德，因为这对企业形象的提升大有益处，比乔东阳的《星空行者》还要靠谱。

《星空行者》这个当初同样不被乔家人看好的投资项目赚钱了。节目的火爆程度超出预期，收益也就跟着来了。可观的收益额，为乔东阳正了名。乔正崇用语重心长的一番话，堵住了老太太和乔家人的嘴。

乔正崇这边累死累活地安抚好了老太太，转头拨通乔东阳的电话，劈头盖脸就对儿子一顿训斥："这么大的投资项目，说干就干，为什么不找我商量？"

乔东阳回答得也干脆："因为我不是为了赚钱去的。我就想烧点钱，做点有用的事，实现败家的梦想。"

乔正崇气得吹胡子瞪眼睛："你就'作'吧，'作'吧，要是赔得血本无归，我看你怎么向他们交代。"

"我要向谁交代？"

"你不知道他们都是怎么盯着你的吗？不知道我承受了多大的压

力吗？”

“哦。”乔东阳懒洋洋地说，“你不是会应付吗？你办事，我放心。”

乔正崇咬牙切齿：“你小子也就是运气好。次次作死，次次好运。”

开发陪伴机器人、搞星空计划、办《星空行者》，这一次次决定，都是他强横冒进、不计后果，奔着弄死乔氏的目标下的。可他总能得到老天眷顾，让项目取得不错的效果。因此乔正崇在乔东阳准备投资月亮坞之初，睁一只眼，闭一只眼，没有想太多。可当他看到工程的总体规则时，终于惊呆了。举整个企业之力，花十年光阴，造出一个逆天工程，拍板做这个项目的人不是疯子，就是傻子。乔氏根本就是拿钱去填坑。

应付完乔家人的步步紧逼后，乔正崇不敢大意，决定亲自飞一趟吉丘。

董珊陪着他一起来了。他们带了些随从，浩浩荡荡，声势浩大。结果在来的路上遇到风沙，一行人被搞得灰头土脸。到达月亮坞的时候，天已经黑了，看到一地的帐篷，众人目瞪口呆。乔东阳告诉乔正崇，这里没地方洗澡、没地方睡觉，奉劝他马上返回吉丘。

乔正崇差一点当场驾崩：“这些日子以来，你就是守在这里？”

他不相信。儿子是在蜜罐里长大的，从小娇生惯养，被全家人捧在手心里，什么时候吃过这种苦？

“不然呢？我还能住天上去吗？”乔东阳嗤笑一声，看了看他爹被风吹得竖起来的头发，觉得有一点好笑，“回吉丘吧，那里有酒店，环境还可以，能对付一晚。”

乔正崇哼了一声。他是来视察的，哪能就这么走了？

“你睡哪里，我就睡哪里。”

他的态度很明确，儿子能做到的，他也能做到。

乔东阳指了指背后的帐篷：“我就睡在这里面，你要睡吗？”

乔正崇冷冷地看了他一眼，走过去掀开帐篷，不到三秒钟就把门帘放了下来，一脸不可置信："你就睡这个狗窝？"

乔东阳嗤笑道："你干吗又骂自己？"

这儿子真是天生克他的。乔正崇黑着脸："行，我就睡这里。"

"不行，这是我的帐篷。"乔东阳望向帐篷区域边角的一个小土坑，"你要睡，我让人在那边给你搭一个。"

乔东阳说到做到，吩咐人在那个小角落里给他们和随从搭了几个帐篷。这里什么物资都缺，就帐篷多。项目组的办公用房还没有盖好，自来水管道也正在铺设中，有人来了只能住帐篷。不过帐篷都是备好的，搭建起来很方便。

乔正崇觉得头皮发麻。其实他和乔东阳一样，从小就没有吃过苦，想到要睡在这个也许一晚过去就会被风沙淹埋的荒漠里，他的脑袋隐隐作痛。可话都说出来了，儿子能睡，他不能不睡，只是不放心董珊："我让人送你去吉丘。"

董珊微笑着摇摇头："我可以睡帐篷。"

这个女人向来愿意牺牲。可身为男人，乔正崇并不愿意妻子跟着自己吃苦："不行，你身体不好。"

董珊拒绝："你和东子都在这里睡，我也不走。"

看到董珊坚决的样子，池月硬着头皮说："阿姨，要不你去我家住吧？"

虽然她家也简陋，但总比睡帐篷好点。董珊可以住她的房间，她和池雁挤一挤就行。

董珊看了乔正崇一眼，见他拉长着脸不高兴，但没有反对，马上就笑开了："好啊！不会给你添麻烦吧？"

池月觉得脑壳有点痛："不麻烦。"

上次在申城，她和董珊聊得不错，但是把人领回家，相处起来仍然避免不了尴尬，尤其是家里有个嘴碎的妈。池月想了想，还是觉得有点头痛。

董珊拎了些水果，也有点不自在："这次过来太匆忙，没给你们带东西。”她看了一眼池月：“我这样子去，不会遭亲家母嫌弃吧？”

董珊的一句“亲家母”，对池月的妈妈来说，就是最好的礼物，哪里还会嫌弃？池月笑了笑。回到家，一推开门，她的猜想就应验了。于凤一听她说董珊是乔东阳的小妈，就笑得一脸灿烂，又是给董珊拿凳子，又是倒水，殷勤无比。

董珊的年纪比于凤小一些，但两个人同样担任着妈妈的角色，因此很快就找到了话题，聊得很开心。

池月成了旁观者，突然有一点佩服妈妈的那张嘴。不论在哪里，她妈都能很快地和人打成一片。在她妈的热情里，董珊很快就没有了拘束的感觉。她俩你一句“亲家母”，我一句“亲家母”，听得池月感到很害臊，脸涨得通红。

这一晚，池月睡得很好，因为这一天具有不同寻常的意义。董珊住进她家，而乔正崇没有反对，标志着她和乔东阳的关系又进了一步。她看得出来，乔正崇夫妇拿乔东阳毫无办法。他们对两个年轻人的感情不会构成太大的阻碍。

就算有问题，问题也在她。她心里的那只魔鬼，时不时地就会跑出来祸害她。

乔东阳是个正常男人，两个人在一起久了，难免会有些孟浪的举动。池月可以和他说笑、牵手、接吻，却永远都无法进行到下一步。她接受不了男女间更亲密的举动，每次都是紧张慌乱、汗毛倒竖，伴随着排山倒海的恐惧，以她的拒绝结束。

在那个暗夜里，胡杨树下发生的罪恶事件、黄沙地里翻滚的雪白身体，成了她的噩梦。每当她想起这件事，一切幸福似乎都褪色了。有时候，她看到姐姐池雁，甚至都会对那件事产生强烈的排斥感。

接下来，她该怎么办呢？总不能回避一辈子吧？

池月用指甲掐着枕头，想着这事，正烦躁着，乔东阳发了消息过来。

“我猜你还没有睡，并且在想我，是不是？我给你三秒，做出一个字的答案。”

池月慢慢地打字：“是。”

隔着屏幕，她也能感受到乔东阳的笑意。

“那个女人没有为难你吧？”

池月感受着他的语气，忍住刨根问底的想法，假装云淡风轻地回答：“她挺好的，和我妈相处得也很融洽，两个人很能聊。”

乔东阳：“她就是会装。算了，你早点睡吧。”

“你也是。”

“我这会儿睡不了。”

嗯？池月诧异：“怎么了？”

“呵呵呵！有个老头正在给我上课。”

这种事，池月连劝都不好劝。她不是当事人，不明白当事人为何要选择那样的立场，不论说什么，都是站着说话不腰疼。

乔正崇真是神人，和乔东阳聊到深夜，第二天起床还精神抖擞。在太阳升起的时候，他还为月亮坞送来了一车西瓜。没错，是一车，满满当当的一车。

村委会的员工、村上的干部、来村委会串门的老百姓，见者有份儿。看在这一车西瓜的分儿上，乔东阳请他吃了顿早餐，难得耐心地陪他出去看工地。

池月和董珊陪同父子俩一起去看工地。四个人坐一辆车，气氛古怪。池月向来认为自己是一个淡定的人。可当她真正面对乔东阳的父亲和小妈，还是觉得自己太年轻，没有经验。乔正崇和董珊不一样。他极有气场，不怒自威，加上他对池月没有好感，不像董珊那样和蔼可亲，池月在他面前难免感到拘束。好在乔正崇是个男人，即便心里不喜欢她，也不会为难一个女娃娃，只是不怎么跟她讲话而已。

沉默许久，还是董珊打破了寂静：“一会儿你们去看工地，我和月月去买东西，反正工地上的事情我也看不懂。”

乔东阳看了她一眼："还是都去看看吧。看完了，一起去镇上吃午饭。"

董珊微笑，攥着乔正崇的手微紧了些。乔正崇哼了一声，不答话。

距离池月上次来月亮湖有些日子了。她没有想到月亮湖已经变了个样子。那一望无垠的黄沙和几棵早已枯死的树木不见了，取而代之的是扩得更宽的道路。一排排搭建好的工棚，在道路两旁摆得整整齐齐。材料、树木、机器，一趟一趟地往里运。路上汽车很多，人也多，湖区热闹得像集市。更让她惊喜的是，月亮湖的周围种满了树。汽车沿着湖边走上一圈，树木嫩嫩的绿叶在阳光里吐纳着清新的空气，让人耳目一新。这不是她认识的月亮湖。

池月惊喜地叫道："乔东阳，你太了不起了。"

这由衷的感慨，换来乔正崇不高兴的冷嘲："这简直就是胡闹！"

池月知道乔正崇是在说乔东阳，忍不住为乔东阳辩白："乔叔叔，你不觉得这是一个伟大的工程吗？一般人不敢做，甚至不敢想。乔东阳想了、做了。他真的很了不起。"

"他有什么不敢的？"说到这混账儿子，乔正崇一肚子气，指着天空说，"地球放不下他，他都想上天了，还有什么是他不敢想的？嗯？"

"噗！"董珊笑了起来，"东子就是聪明，和别人家的孩子不一样。"

乔东阳眉毛一沉："你少在那里火上浇油。"

董珊立马闭嘴。乔正崇接着就是一顿训。

这一家人的日常，就像演戏似的，看得池月瞠目结舌！她从来没有见过像乔正崇和乔东阳这般战斗力旺盛的父子，可以从早掐到晚，两个人整得像生仇死敌，眼窝都在喷火。不过她刚开始听时，还觉得心惊肉跳；听多了以后，又觉得挺有趣的。只是董珊，再也没敢说话。

他们在中午到达万里镇，准备在镇上吃饭，顺便买些东西回去。

坐上饭桌，不谈工作，这对鸡飞狗跳的父子的关系就好了很多。一家人安安静静，偶尔闲话几句家常，气氛竟有几分温馨。董珊又开始有说有笑，乔正崇看儿子也顺眼了。可是好景不长，这一切，结束在乔东阳的一通电话里。

乔东阳接到电话就变了脸，然后拉着池月就走："我们去一趟吉丘。"

"站住！"乔正崇的脸色十分难看，"这就走了？"

乔东阳没理乔正崇，走了两步，手腕被池月拽住。他瞥了她一眼，决定给她个面子，慢吞吞地回头："月亮坞这个摊子已经铺起来了。该看的，你也看到了。你要做什么决定，是你的事，但是你也别想管我。"

乔正崇慢慢地站起来："你干什么去？"

乔东阳不耐烦了："我有我的事，用不着你管。你要是闲得发慌，这两天给我把月亮坞好好看着，了解了解这个项目，让俞荣他们给你汇报。要还是想不通呢，你就去月亮湖种树，那里面积大，想种多少种多少，免得你没事就偷我蚂蚁森林的能量。"

乔正崇气得老脸通红："我偷你的？你难道没偷我的啊？"

"哼！"乔东阳冷笑，"我那里树种全，你多种几棵，给自己积点德。"

说完，乔东阳不给乔正崇骂人的机会，拉着池月就疾步离开了饭店。

池月完全来不及说话，只能向乔氏夫妇露出一个无奈而尴尬的笑。可是她直到被塞入汽车，仍然不知道此行的目的地。

她问了好几次，乔东阳才淡定地望着她："后天《星空行者》四分之一决赛开始。"

他似乎没有把话说完。池月观察着他，问："所以咱们去航天城看比赛？"

"去吉丘。"乔东阳把目光投向窗外，犹豫再三，说，"王雪芽在今天上午的赛前训练中受伤。郑西元打电话说，她在吉丘医院，让我去一趟。"

池月猛地坐直身体，盯住乔东阳，许久没有说话。

乔东阳握住她的手，发现她的掌心冰凉，心疼地说："池月，你别这样。具体什么情况，我们到了才知道。不过——后面的比赛，她可能参加不了了。"

池月眉头紧皱："郑西元为什么不打电话给我？"

郑西元打给乔东阳没问题，毕竟乔东阳是节目的投资合伙人。可凭着他们的关系，出了这样的事，他告诉池月一声也是应该的。

乔东阳想了想，说："可能他怕你骂他。"

"我又不是疯子。"

郑西元拒绝了王雪芽的告白，池月是知情的。这些天王雪芽有跟她联系，不谈郑西元，只谈自己训练得有多么拼命、刻苦。池月知道，王雪芽一直在往她说的方向去做——原谅不够好的自己，努力变得更好，但雪芽心里仍有阴影。

就在昨天中午，王雪芽还告诉池月，四分之一决赛自己肯定能入选。目前队里的选手排名，王雪芽排第三。排在她前面的分别是林盼和汤萍，朱青第四。王雪芽能走到四分之一决赛，池月不觉得意外。因为王雪芽是有实力的选手。让池月感到意外的是朱青，这人成绩向来不温不火，在节目组里始终处于上游位置，不特别拔尖儿。她从不出风头，但排名一直居高，每次都能险胜。朱青是个聪明的女人，池月早就知道。可是她能比得这么有水平，还是让池月刮目相看。

池月和乔东阳赶到吉丘，还是晚了一步。医院的人说，县医院设施不完善，他们刚刚安排救护车把王雪芽送到屏州去了。

乔东阳给郑西元打电话，话还没有说完，池月就从他手上抢过了电话："我来问他。"

郑西元正在去屏州的路上，听到池月的询问，沉默了片刻："她这些天太拼了，谁都劝不住，今天上午就出事了。"

池月听出了他语气里的沮丧："你告诉我，她究竟是什么情况，为什么会受伤？"

池月怎么想也想不出来航天城里有哪个训练项目会把人伤成

这样。

郑西元再次沉默，在池月的追问里，说："你还记得刘若男吗？"

当然记得，她们一直在同一个群里。虽然刘若男平常不怎么出来讲话，但是大家一直有联系，孟佳仪、刘芸更是时不时地提起刘若男。

郑西元语气很凝重地说："刘若男在治疗后留下了癫痫的后遗症，目前还没有康复，一直在持续治疗，节目组已经为她支付了不少的医疗费。"

池月动了动嘴皮，没有发出声音。

为了刘若男的事情，几个人在"亚洲五A级美人区"的群里，没少吐槽沈岚和沈亚丽。可这事也是因为刘若男太犟。比赛时设置的耐受度超过自己的晕厥阈值，引发抽搐和癫痫，她追究不了沈岚的民事责任。后来大家都说刘若男已经康复出院了。池月也以为她康复了，就没有多问。

池月深吸了一口气："那小乌鸦呢，情况怎样？"

"比刘若男更糟糕。"郑西元声音低沉，"转椅是她的弱项，她这几天练得很拼命。今天早上的训练中，她不肯停止转椅，最后神志不清，心跳一度停止。"

池月呼吸都急促起来："怎么会这样？我知道小乌鸦很拼，但她不会玩儿命。"

"池月。"郑西元沉默了片刻，"这是突发事件，我们也不想。她大概高估了自己的耐受度，没有预料到会出现这样的后果……"

"不可能。"池月冷冷地说，"王雪芽是个热爱理论的人，航天知识全队第一。她对各项数据了然于心，不可能犯这种错误！她不肯停止转椅，是在找死吗？"

郑西元长长地叹气："等你们到了医院再说吧。"

汽车一路疾驰，大家疲于奔命。数个小时的行驶，他们要不是用了人工智能天狗，早就受不了了。他们到医院的时候，天已黑透。

医院里灯光惨淡，安静得让人觉得宛若身处坟场。

郑西元守在病房外面，用脊背靠着墙，灯光将他的脸照得惨白：“你们来了。”

池月走近他，问：“人呢？”

郑西元回头看了一眼病房：“被抢救过来了，她在房间里，还在输液。”

池月问：“我可以见她吗？”

郑西元眉头一皱：“要问医生。”

“嗯。”池月没有为难他。

即便这件事因郑西元而起，她也不认为有责怪他的理由。这是王雪芽心甘情愿的，自己的选择怪不得别人。

她去找医生。乔东阳见状，冷冷地看了郑西元一眼：“我陪你去。”

“不用。”池月回过头看着郑西元，“你们聊，我去。”

乔东阳点点头，等她走远，一把抓住郑西元的肩膀：“你过来，我有事问你。”

郑西元坐了下来：“你就在这说吧，我听得见。”

乔东阳的眼神显得很深邃。他像是看穿了郑西元的情绪一般，说话毫不客气，直戳郑西元的心窝：“你刚才在电话里支支吾吾地讲的那些话，还没有说完吧？说！你还有什么没有告诉我？”

郑西元没有否认。

走廊里的风凉飕飕的，穿堂而过。

郑西元用双手慢慢地抱住头，过了许久，发出一声长长的叹息：“我也不知道会搞成这样。”

乔东阳在他的身边坐下来：“说清楚。”

“我想抽支烟。”郑西元心绪不宁，烦躁地站了起来。

他也不管乔东阳怎么想，走向了吸烟区，乔东阳跟上去。郑西元给乔东阳递来一支烟，然后替乔东阳点燃。

两个人沉默了好一会儿。待香烟入肺，郑西元苦笑了一声：“我早知道这丫头是个死心眼儿，但没想到她会偏执成这样。”

“说重点。”乔东阳不耐烦了。

“昨天晚上，她突然急匆匆地跑来找我，结果碰到了张相君。”

乔东阳眉头一挑：“张相君？”

“张相君刚从我房间里出去，两个人碰了个正着。”郑西元说完，看乔东阳没有明白他的意思，又抿了抿唇，吸了口烟，“我没有留女人过夜的习惯，办完事就让她回去。这女人不愿意，磨蹭了一会儿，跟我赌气，衣服没穿好就气咻咻地冲了出去……”

衣衫不整的张相君从郑西元的房间里出去，看到门外的王雪芽，会是什么表情？女人间的战争不靠武力，但可以紧张到稍有风吹草动，就能杀死人的程度。有时候，连空气都是刽子手。

“我听到动静出门，王雪芽已经走了。”郑西元撸了一把头发，叼着烟，半合着眼思考，“我当时喝了点酒，脑袋发涨，也没有说什么。说实话……我认为我已经很君子了，没对她怎么样，这真是……我也冤枉。”

乔东阳瞪了他一眼：“这个跟她出事有关系？”

郑西元说：“她同屋的汤萍说，王雪芽昨晚一宿没睡。她今天天不亮就爬起来训练，然后就出事了。唉，她真是犟得像头牛，别人拉都拉不回来。”

“你和张相君不是早就断了吗？那天在吉丘，张相君当着王雪芽和她妈的面，说是你表妹，演得挺好的，怎么不继续演下去？”

“女人不就那么回事？呵！”郑西元嘲讽地一笑，“可能是王雪芽的出现刺激了张相君。这些天她对我殷勤得很。她的节目要后天决赛才录制，可她昨天就到了航天城。”

乔东阳冷冷地看了他一眼：“人家送上门，你就不知道拒绝？”

郑西元被乔东阳盯得头皮发麻，搓了搓太阳穴：“我怎么没拒绝？我对她真没啥兴趣。昨天晚上……”他顿了顿，“我不是喝了几口酒，上头了嘛！她把自己送到房间来，我一时没忍住。”

“这都忍不住，你是公狗啊，能交配就上？”

“兄弟，别损我了。”

航天城有医务室，医生抢救及时，救了王雪芽一命。后遗症的问题，池月找医生交流的时候特地问了。但医生回答得很谨慎，只说得看后续治疗和调养情况，让家属配合就好。不过医生隐约地表示，王雪芽身体的伤害已经造成，她以后的生活难免会被影响。

池月得到探视许可，转头去了病房。在郑西元的安排下，王雪芽住的是单人病房。池月进去的时候，一个护士正弯着腰看输液管里的液体，用手指轻弹管子里的气泡。王雪芽双眼紧闭，眉头皱起，不知是睡了还是醒着。

池月慢慢地走近王雪芽，小声地问护士："她怎么样？"

护士回头打量着池月："运气好，捡了一条命。你是家属吗？现在她需要休息，你最好不要打扰她。"

池月点点头，指了指床边的凳子："我就坐在那里。"

池月慢慢地走过去，刚刚弯下身子，还没有坐到凳子上，王雪芽就睁开了眼。

"月……"她虚弱得似乎连维持着睁开眼睛的力气都没有，嘴唇乌青，脸色苍白，脑袋软软地贴着枕头。她看着池月的脸，哽咽起来。

池月冲过去握住她的手："你不要说话，什么都不要说，你现在需要休息。"

王雪芽眨了眨眼，喉咙里发出呜咽的声音。

护士看了看王雪芽的情况，叮嘱两个人不要说太久，就出去了。

王雪芽嘴唇颤抖着，眼珠子都不肯转，一直看着池月，似乎有很多话想说。

池月轻轻地拍着她，像哄孩子那样："你乖乖地闭上眼睛，我不会走，我就在这里陪你，好不好？"

王雪芽哽咽着点点头，慢慢地合上眼睛。她真的没有力气，在生死边缘走了一圈，觉得好辛苦。在遁入恐怖的无边黑暗时，她以为自己再也不会醒过来，见不到父母、见不到池月。那一刻，她触摸到了死亡。幸好，她还能看见这个世界。

想到这里，她一动手指，痉挛般地抽搐了一下，又睁开眼：

"月……"

"嘘！"池月微笑着坐在床沿，握住她的手，"我在，我不会走。我在这里看着你，你再睡一会儿。"

王雪芽眼巴巴地看着池月，倔强地不肯合上眼睛。

她怕，怕自己睡着就再也不能醒来。

这可怜巴巴的眼神让池月突然想到以前家里被毒死的那只狗。它是在家里出生的。池月亲自给狗妈妈接生，把它从小养到大。小狗被人毒死那一天，池月刚好放假在家。当时那狗也像王雪芽现在这样，身体抽动着，口吐白沫，却不肯合上眼睛，就那么望着池月，直到咽气。后来池月常想，如果它是人，会不会有什么话要对她讲?

"小乌鸦……"那同样充满信任的眼神让池月把两件风马牛不相及的事联想到了一起。池月觉得脊背生寒，不由得握紧了王雪芽的手，慢慢地低下头蹭了蹭王雪芽的手背："不要怕，你会好起来的。叔叔和阿姨……他们很快就会赶过来。"

王雪芽的眼泪突然汹涌地从眼眶流出。她朝池月摇了摇头，没有说话。

池月知道她在担心什么："傻瓜，别怕。父母是可以依赖和信任的人。不管你发生什么事、变成什么样子，他们都会爱你。你不能因为怕他们担心，就不让他们知道。"

王雪芽嗯了一声，眼神涣散。池月知道她的状态非常差，便不再讲话，只是看着她微笑。王雪芽终于疲惫地合上眼，与池月交握的手渐渐放松。

王雪芽睡着了，睡得很沉。挂着的这瓶液体滴速很慢，池月一动不动，等护士进来换药的时候，才把手从王雪芽的掌心抽出来："我去趟卫生间。"

护士看了池月一眼："这个液体有镇定作用，她可能会睡很久。"

听护士这么说，池月这才想起来乔东阳还等在外面，他们没有吃晚饭。池月出了病房，看到乔东阳和郑西元坐在那里，两个人没有交流，房间里冷气流动。

池月看了他们一眼："吃饭了吗？"

乔东阳摇摇头："你想吃什么？我去买。"

"我吃不下，你们俩去吃吧。"池月想了想，又说，"吃完了你们找地方休息，我在医院守夜。"

"不吃饭怎么行？"乔东阳皱起眉头，"这事我来安排，早知道我就不问你了。"

他说完就走了。

池月上完洗手间回来，病房外只坐着一个郑西元。郑西元靠墙仰头，望着天花板，脸色很难看。池月从郑西元的身边走过，本来不想多问。可他的两条腿太长，池月想不注意都不行。这一怔，她也藏不住心里的话了。

"你能告诉我小乌鸦出事的时候都有谁在现场吗？"

郑西元皱了皱眉头："当时现场没有人。"

"那是谁发现她的？"

"刘教官。"

郑西元猜到池月的想法，解释得很仔细："马上就四分之一决赛了，选手们私底下都会偷偷地'加餐'，弥补不足。这些天，她总是一个人去进行转椅项目训练。早上，刘教官在准备常规训练的时候看她没有到场，就过去找她……结果，刘教官发现她晕倒在转椅上，当时转椅还在高速地转动。医生说，如果再晚些被发现，人就没了。"

他一哽咽，没有往下说。

但事情的经过池月听明白了。看来王雪芽出事与别人无关，和郑西元就更扯不上关系了。她点点头，按住膝盖，慢慢地站起身："多谢郑哥！医院这里有我，你回去吧。"

郑西元抬起头看着她冰冷的脸，知道她在介意什么。可是有些事，他根本就没有办法解释。他叹了口气："对不起，我没有照顾好她。"

池月摇了摇头："这事与你无关。只是小乌鸦不能参加四分之一决赛，还能以三号种子的身份直接参加总决赛吗？"

《星空行者》对王雪芽有多重要，池月很清楚。王雪芽这个人很简单，追求和渴望的东西不多。一个从小要什么有什么的女孩子，突然在感情上栽了两个大跟头，太需要通过《星空行者》来证明自己了，池月不想王雪芽遗憾地错过。

"按规则是不可以的，但规则不是不能改——只不过她目前面临的最大的问题不是参赛资格。"郑西元叹口气，不敢直视池月，"她以目前的身体状态不可能再参加比赛。"

池月沉默了。

乔东阳带了饭回来，池月匆匆地吃了几口。刚好医生巡房，她放下碗就跟了过去。

医生检查完，王雪芽还没有醒。

池月不死心地问："医生，我想问问，她这个情况还能参加比赛吗？"

医生摇摇头："她不要说参加比赛，连剧烈运动都最好不要进行，以免造成身体进一步的器质性损害。"

他看池月皱起了眉头，又说："比赛再重要也不如身体重要。现在是非常时期，她一定要注意休息，保持心态平和。你们最好不要让她受刺激，以免加深她的意识障碍，引起抽搐、癫痫。"

医生看池月的眼睛一眨不眨、表情僵硬，不忍心地叹了口气："你好好地陪她吧。"

医生走了。其实他告诉池月的已经是最乐观的假设。王雪芽的脏器及大脑受到了损伤，治疗需要相当漫长的过程，至于王雪芽能不能恢复到以前的状态，就像修补破镜，无论如何都会留下痕迹。

王雪芽的航天梦碎了。

池月没有去病房，而是冲入卫生间默默地痛哭。

哭完，池月整理好情绪，安安静静地坐在病床边，守着王雪芽。在属于一个人的安静时光里，池月想了很多。大一那年，池月得了重感冒，发过一次高烧。王雪芽带她去看病，守着她输液，帮她进行物理降温。王雪芽拿体温计为池月来来回回地测了好多次体温，一夜没有合眼。在那个异乡的医院里，小乌鸦给过池月温暖。

“月光光……”王雪芽睁开眼的时候，池月还在发呆。

“醒了？”池月替她掖了掖被子，“天还没亮，再睡一会儿。”

王雪芽眨了眨眼，哑着嗓子问：“你为什么……没去睡觉？”

“我刚才睡过了。”池月看了看时间，轻轻地拍着她，“你再睡一会儿。”

“我睡不着了。”王雪芽摇摇头，一直看着池月，双眼布满血丝。这双眼睛和王雪芽从前的眼睛相比，到底是不同了。曾经的王雪芽眼睛清澈、单纯、乐观，让人一眼就能看得见底。现在，她的双眼混沌深沉，皮肤白得几乎失去了弹性，眼眶都陷进去了，整个人像个一碰就碎的瓷娃娃。

“月光光……医生……有没有说，我什么时候……可以出院？”

果然，她还惦记着比赛的事。池月觉得胸口一堵，看着她，有些犹豫。

王雪芽的眼神黯淡下去。她哑着声音问：“我是不是……不能……再比赛了？”

池月咽了咽唾沫，艰难地笑了笑：“比赛的事不重要。东阳科技不是乔东阳说了算吗？等你的身体好起来，咱俩一起去航天城训练，然后跟他一起上太空……”

“月光光……”王雪芽的声音非常虚弱，带着哭音，“我是不是……不能再去太空了？再也……不能了？”

“胡说。你养好身体一定可以的。”

王雪芽半信半疑地看着池月：“我睡着的时候，好像……听到他们在说……说我的情况……不太好……”

池月握紧了她的手：“医生肯定说得比较保守。你现在身体虚弱，不能进行剧烈的运动，哪个受伤的人能活蹦乱跳啊？你马上休息，不许再说话。”

王雪芽没有睡，一种不太浓烈却痛彻心扉——近乎凌迟的痛苦在折磨着她。她哽咽着、抽泣着，发出微弱的声音：“为什么……

会这样……月光光，我不想让她们……她们看笑话……她们……讽刺我，说我不行。”王雪芽与池月交握的手紧了些。她说：“你知道吗……我除了转椅以外，其他的项目都不比她们差。”

“我知道、我知道的。”池月重重地点头，“你特别棒，比她们都强。”

“我让你失望了。”王雪芽眼角滑下两行清泪，“转椅……我设置了时间上限……我以为我可以坚持……是我不争气……居然晕过去了……”

她设置了时间上限？池月的手突然一僵。池月记得郑西元说，刘教官找到王雪芽的时候转椅还处于高速运转的状态。训练使用的转椅可以自行设置转速和时间，也可以中途被手动停止。王雪芽是个数据控，对自己的训练情况和身体状态非常了解，就算再好强，时间上限比身体耐受度设置得上浮一些，也不至于让人晕过去心脏停止跳动了，椅子还在运转的情况发生。

池月的目光变得耐人寻味起来。她说：“你是不是设置的时候按错了数字？”

王雪芽被池月问得一愣，对自己产生了疑惑：“也许，我记不清了。”

前一天晚上，王雪芽难受得一夜没有睡着，早上起来的时候，脑子还有一点恍惚，整个人不在状态。她真的不敢保证自己没有按错数字——她越是去想，越是觉得这个可能性很大。她默默地偏开头，眼神落寞：“我太粗心了。”

“小乌鸦，你不是粗心的人。”

王雪芽是单纯，但不傻；是天真，但不粗心。如果她真是那样的人，也不可能凭本事闯入《星空行者》的八强。池月不相信王雪芽会犯这种要命的低级错误。

池月守了王雪芽整整一夜。天快亮的时候，她才在病床边打了个盹儿。

第二天晚上，王雪芽的父母赶到了屏州。他们一个是老教授，一个是老仙女，都不是遇事就“抓狂”的人。尽管女儿出了这么大的事，但二老很理性，没有一上来就追究责任，只是找医生、池月、郑西元了解情况，从头到尾努力克制着情绪，还主动要求承担郑西元垫付的医疗费。

郑西元当然不肯收，但是王父非常坚持：“一码归一码。事故的责任在雪芽自己，她不按规定操作转椅。这事已经给节目组增加麻烦了，我们不能再让你们承担医疗费。”

“王叔……”郑西元垂下头，“这个就当是我的心意。”

“谢谢郑总，这个真用不着。”王母今天的态度特别冷淡，对郑西元更是客气而疏远，“我们家承担得起孩子的医疗费。我女儿从小娇生惯养，脑子糊涂，但绝不是那种贪图小利的人。”

这话耳刮子似的，让郑西元的脸颊生疼。

王母话里的意思很明显，他们家不缺钱。王雪芽喜欢郑西元，不是冲着他的钱去的。“扎心”的是，在郑西元的生命里出现过的女人，虽然每一个都说爱他，可他心里清楚，她们没有一个敢说对他的感情是绝对纯粹的。她们或是为钱，或是为上位，或是为自己的利益，即便是张相君，也需要郑西元做自己的靠山。她们都是因为需要他而找他，王雪芽找他却只是因为喜欢他。

这天晚上，郑西元没有在医院守夜，而是抓紧时间回了航天城。四分之一决赛就在明后两天举办，他今天晚上必须回去。当然，也有一部分原因是王雪芽的父母过来了，他在这里尴尬。

池月把乔东阳打发回了宾馆，独自陪着王雪芽的父母去了病房。池月第一次来的时候，王雪芽还在睡，这回刚进去，王雪芽已经醒过来了。她的精神状态看起来比昨天好了很多。但她脸颊消瘦、没有血色、眼窝凹陷、嘴唇干裂，憔悴得不成人形。

“爸、妈……”

王雪芽轻轻地唤了一声，王母眼睛就红了：“丫丫，你这傻丫头。”王母坐过去抱住她，在她的耳边轻声说，“妈那天的话，都是白说了。唉！”

王雪芽垂落在床上的手轻轻地抽搐了一下，似乎是她的情绪的反应，又似乎是无意识的肌肉抽搐——除了池月，没有人注意到她的举动。池月眯起眼睛，十分难过。

“对不起，妈。”王雪芽把脑袋搁在王母的肩膀上，抱住王母，“这也算因祸得福了，我终于可以不用再辛苦地训练啦。”

王母眼泪流下来了：“傻孩子，你怎么这么傻……”

王父觉得心疼。但他是男人，思考问题比女性更加理性。在病房里坐了三分钟，哄了哄女儿和老婆，他突然望向池月：“月月，你把刚才那个事再详细地和我说一遍。”

池月见王母向他们投来了视线，赶紧说：“叔叔，我们去外面说吧，让小乌鸦和阿姨说一会儿话。”

出了病房，两个人聊了将近十分钟，最后王父下了定论：“转椅一定有问题。我的女儿我了解，她再傻也不会拿生命开玩笑。”

池月认可地点点头。

王父突然又问：“月月，明天有没有时间陪我去一趟航天城？”

“嗯？”池月琢磨了两秒，“好。”

四分之一决赛在即，节目组生怕再出事。在失去了王雪芽这个利好选手后，节目组的人员都焦躁不安，工作量明显增加。郑西元回到航天城的时候已经是深夜。可是航天城的比赛区和办公区灯火通明，大家都在忙碌，为明天比赛节目的录播做最后的准备。

王雪芽在训练中受伤，无缘决赛的消息，官方已经在今天上午发布。她是个低调的选手，要不是早期遭受过网络暴力，又是池月最好的朋友，还成功地挺入了八强，可能都没有人关注。但她出了这样的事故，在网上引发了一波热议。网友们无不唏嘘，就连曾经骂过她的人，也掉过头来向她表示同情和安慰。

少了王雪芽，四分之一决赛就只剩下七名选手。

比赛机制是事先被定好的，无法再被改。于是节目组按照赛前的应急预案，把上一期八分之一决赛时淘汰的九号种子苗明姣“复活”出来，作为“候补”出赛。

郑西元刚到，张相君就发来消息：“王雪芽怎么样了？”

“关你什么事？”郑西元说，“做好你分内的工作。”

“我很愧疚。早知道她会受这么大的影响，当时我就该编个谎言骗她一下，而不是让她伤心离去。”

郑西元看着微信上的美女头像，突然冷笑出声，觉得特别没劲。这感觉糟糕透了！他打字很快，十指如飞：“你谎话编得够多了，不累吗？以后不要再联系我，有公事就找我的秘书。”

信息发出去后，郑西元一秒没等，直接把张相君拉进了黑名单，然后去了比赛区。

比赛区拉上了警戒线，工作人员在里面检查和清理器械。郑西元皱着眉头，走到转椅区。那里有两个工作人员正在检测、清洁转椅，看到郑西元，纷纷抬头：“郑总。”

“嗯。”郑西元看了一眼转椅，眼皮莫名一跳，“怎么还没有弄好，这都几点了？赶紧弄完去休息。工作重要，命更重要。”

两位工作人员觉得莫名其妙。郑总这么关心他们的身体，他们有点受宠若惊。

“马上就好了。”一个工作人员看郑西元要走，似乎想到了什么，跟了过来，“郑总，转椅的信号采集传输系统好像出过故障，但我刚刚调试的时候，发现又恢复了。”

郑西元眼皮又跳了跳：“信号采集传输系统？”

郑西元给乔东阳打电话的时候，乔东阳刚刚睡着。昨晚熬了夜，乔东阳困得眼睛都睁不开，摸过电话一看是郑西元，气得恨不得直接把郑西元掐死：“你最好是有天大的事才找的我！”

“比天还大的事。”郑西元声音很低，“借一个东阳的多功能转椅技术工程师给我。”他简明扼要地说了下情况，又特别叮嘱乔东阳：“要信得过的。”

池月和王教授走得早，但从屏州赶到航天城也已经是下午了。由于四分之一决赛加入了明星元素，比赛进程比前期缓慢得多，紧张感也远远不如当初的《天降奇兵》和池月的资格赛。四分之一决赛节目组安排了八个选手、四个明星。一个明星带两个选手，大家分成四组，进行两两PK（较量）。比赛中间再加入明星问答等娱乐环节，穿插航天知识、明星表演、搞笑节目，进程就被无形地拉长了。都到这个点了，四分之一决赛却只完成了五个项目。

乔东阳是和池月一起过来的，可一到比赛现场，看到这样的场面，就皱起了眉头。四个明星，两男两女，其中那个最有名的男明星正是魏歌——那个池月告诉侯助理想跟人家做朋友的人。

乔东阳的记忆力好。他看到魏歌就觉得不爽。台上，张相君像只猴子，正在观众的哄笑声中“受惩罚”，做出单脚跳跃、深蹲、俯卧等一系列动作——因为她一次次地答错了航天知识题，而魏歌却次次都答对了。两个人一个主打“高智商”人设，一个主打“傻白甜”人设，演得正欢。

现场观众和场外观众都很喜欢这个环节，乔东阳却看得火大。乔东阳原想把王父和池月带去办公室，可他们要留下来看比赛。乔东阳只好让李晋给他们安排位置，然后单独去找郑西元。

两个人到了办公室。乔东阳还没坐下来，就问：“李晋说，信号采集传输系统被人动过？”

郑西元点点头，还没细说，先伸手去口袋里摸烟。

乔东阳看到郑西元这个动作，说：“你最近抽得有点凶。”

郑西元没回答，递了一支烟给他。乔东阳拒绝了，双眼冷冷地盯住郑西元。郑西元瞥了他一眼，叹了口气，默默地收回手：“信号采集传输系统被人动过，但转椅室的监控恰好在昨天早上坏了。”

“找不到人？报警了吗？”

“没有……”

“为什么不报警？”乔东阳冷冷地盯住郑西元，劈头盖脸就是一顿骂，“一个破节目有这么重要？差点出人命了，就不能等一等再录播吗？”

“不是我不报警！”郑西元打断他，“是不等我报警，警察就来了。警察让我配合他们工作，不要声张。他们好像在暗访。”

“暗访？”乔东阳看着郑西元，似信非信。

郑西元点点头：“你肯定没发现吧？今天的工作人员和观众里面

混有警察。”

乔东阳有些意外：“这么大的阵势？”

郑西元说：“他们认为，对方的目的不单纯，有可能王雪芽不是最终目标。人家既然能破坏监控，就肯定安排了人在我们内部。星空冠军的奖金太高，一个亿，足以让人铤而走险。”

乔东阳点点头：“很有道理。来的人不是镇上派出所的吧？”

郑西元冲他竖了个大拇指：“这你都猜得到。”郑西元向前倾了一点，说得很神秘，“好像是办重案的。”

他们查到这里来了？乔东阳的目光微沉。

权少腾和丁一凡确实来了，还带了几个警员。他们身着便装隐藏在人群里，没有引起别人的注意。录播现场秩序井然，没有人发现有什么不妥。

池月和王父没有去转椅室，而是在李晋的安排下，找位置坐下了。李晋给他们找的位置比较偏僻，在左侧的台下。这里的光线不太好，当池月看到坐在暗光里的权少腾时，第一反应是看花了眼。

权少腾为什么在这里？她忍不住又多看了他几眼。权少腾察觉到池月的视线，回头看到她，不由自主地向上提了提唇角，带着一丝桀骜不驯的味道。然后，他看着她，压下帽檐。

“你们认识？”王父问。他眼睛毒，观察得十分仔细。

池月在老教授面前，不敢撒谎：“叔叔，这件事的性质，可能比我们想象的更加严重。”

王父皱起眉头：“那是什么人？”

“一个认识的人。”她想了想，低下头小声地说，“他们是来查案的。”

王父一惊，若有所思地点点头：“那我们先按兵不动。”

池月配合他：“好，静观其变。”

当天的录播在一个小时后结束。林盼毫无意外地继续了她的神话，在今日赛事结束后，排名第一。在她之后，依次是汤萍、朱青、许文雨。目前这四个人能晋级四强，似乎已是板上钉钉，网上很多分析赛事的媒体认为，明天的比赛结果没有悬念，最终的冠军非林盼莫属。有人说，自从《星空行者》失去池月，比赛就变成了一潭死水，让人一眼就可以望得到结果。即便节目后来加入了明星环节，吸引到的观众也只是明星的粉丝。也有人吐槽张相君，说她像个脑残，什么都不懂，一把岁数了还卖“傻白甜”人设，主持航天类节目，还想和魏歌炒 CP（情侣），蹭魏歌的热度。

网友不中听的话说多了，新一轮的掐架又开始了。网络的魅力就在于永不沉寂，热点天天换着花样地被爆出来，伴随着各种“毁三观”的奇葩言论，总让人大开眼界。

池月已经很久没有关注过网络舆论了。不过今天在赛事的进程中，她倒时不时地去刷一下微博，看最新的消息。她想知道目前这些“幸存”的选手，哪一个最有嫌疑。无利不起早，那人既然费尽心机地伤害王雪芽，这肯定与自己的利益有关。在这个节目组中，除了选手以外，别人似乎没有动机。

刚想到这里，她抬头看到了范维。

他推着摄像设备从池月的身边走过，看到池月，怔了怔：“池月？”范维脸上的表情有些苦涩。他小声地问：“雪芽她……没事了吧？”

池月点点头：“谢谢，好多了。”

“那就好。”范维没有结束话题的意思，踌躇了一下，补充道，“帮我向她问声好。”

池月只是冷笑，不说话。

范维有些尴尬：“我很早以前就听她说过她的航天梦想……现在搞成这样，我为她难过。”

池月依旧冷笑，抿抿唇，看王父从卫生间出来了，不想再节外生枝，转开了头。

范维见状微笑着走开。

“那个人是谁？”王教授今天客串起柯南来，看谁都像嫌疑犯。

池月说：“一个摄影师。”

“摄影师？”老柯南若有所思，“月月，陪我去找一下节目组的负责人吧。我想看一下转椅室的监控，看他们能不能行个方便。”

池月点点头：“我带你去。”

媒体记者不能进入办公室，只有工作人员在此活动。池月把王老带去了乔东阳的办公室，想通过乔东阳来要监控。不承想还没进门，他们就被李晋挡在门外：“乔先生在见客，这会儿不方便。”

李晋是东阳科技在《星空行者》中的负责人，知道池月和乔东阳的关系，对池月说话很客气，但态度很坚决。

池月看看李晋：“那我在这边坐一会儿。”她怕怠慢了王父，把王父让到沙发处坐下，又拜托李晋：“我能不能进去倒杯水？”

李晋端着水杯走过来。

池月起身接过水杯，将它放在王老的面前，又问李晋：“都有哪些人在里面？”

李晋笑着摇头：“这个……不好说。”

池月微微一笑：“那你去忙吧，我自己问乔东阳好了。”

李晋嘿嘿地笑了：“这样最好。老板的事，我也不敢插手。”

李晋一走，池月就给乔东阳发微信：“你是在办公室里金屋藏娇了吗？搞得这么神秘。”

她没打电话，怕影响乔东阳的正事，也没指望他能马上回复。可她还没有放下手机，乔东阳就“秒回”了：“你都不在，我藏个鬼？”

“都有哪些‘鬼’在？”

“等会儿说，这事复杂。”

“我就在你的办公室外面，李晋不让我进。”不等乔东阳回复，她又紧跟着说了一句，“我怎么有一种捉奸的感觉？上次我和小乌鸦去捉范维和沈亚丽，好像就是这样的……”

“姑奶奶，我是真的在办正事。”

“不能让我知道？”

“不是不能让你知道，是不能让王雪芽的父亲知道。他毕竟是当事人的家属，回避一下好。”

“这么说，你早就知道我在外面，却无动于衷？”

有时候文字无法把情绪传递准确，她没有责怪的意思，乔东阳却从中看出了火气：“行、行、行，我怕你了。”

不到半分钟，门口就传来了脚步声。乔东阳沉着脸出来，看到池月，脸色一变，眉目间都挂上了笑：“等久了。”他看了池月一眼，客气地对王父说：“王叔，我们有个会，可能还得等一会儿才结束。要不这样吧，月月带你去我的休息室……”

“不用麻烦。”王父客气地拒绝了，“我坐在这里等。或者你派个人带我去？”

乔东阳询问地看着池月。

池月说：“王叔想看看转椅室的监控，我认为这个是合理的要求。”

“合理，绝对合理。”乔东阳叹了口气，“如果可能，我也想看。但非常遗憾，监控坏了……”

“坏了？”王父脾气再好，这个时候也忍不住了。

女儿训练的时候差点丢了命，节目组的监控却说坏就坏，明显就是节目组在推托、找借口，换了谁能压得住火？

“乔先生，我不是不讲理的人。但如果你拿这个来糊弄我，就别怪我做事难看了。”

“王叔。”乔东阳叹了口气，没有生气，“我还没办法向你解释监控受损的问题。但是请你相信我，我一定会给你们一个交代。”乔东阳看了池月一眼：“就算你不来，为了池月，我也会查到底的。”

“哼！这种话我听得多了。”王父怒火冲天地拿起手机，“既然你们不拿出态度，那我也用不着顾及你们的颜面。不管节目是不是还在录播，我现在就报警，让警方介入，事情闹大了，看谁更受不住……”

“王叔！”池月抢在乔东阳前面阻止了王父，笑道，“你先缓一缓。”她看了乔东阳一眼：“如果乔东阳在说谎，我不会饶过他。现在咱们先给他一个面子，看看他们的处理结果好吗？”

王父的火气这才渐渐地退去。他说：“好。看在你的面子上，我就等他们给结果。”

池月把王父带到乔东阳的私人休息室里，关上门让王父休息。一路上长途跋涉，老人家还是有些辛苦。王父坐在乔东阳舒适的沙发上，不一会儿就开始打盹儿。等王父睡着，池月拿了条空调毯给他盖上，走出休息室。

办公室的会议已经结束，参会的除了乔东阳、郑西元，还有权少腾、丁一凡等人。池月进去，权少腾微微一笑：“你来得正好，我有些事情要询问你。”

可能是权少腾的那张脸长得太有攻击性，乔东阳有些不乐意。可是权少腾是来办公事的，乔东阳也没办法。池月笑着看了乔东阳一眼，跟着权少腾和丁一凡去了办公室旁边的小会客厅里。

丁一凡核对了池月的个人信息，让她在确认书上签字：“池月，下面我会就案件的一些问题对你进行询问，你要如实回答。”

“好的。”

“那我们开始吧。”

丁一凡摆好执法记录仪，用镜头对着池月，然后从袁兰馨的案子开始，就池月所知道的情况询问了两个半小时。这中间牵扯的事情很多，池月是一个看似无关却相当关键的人物。被强暴的袁兰馨，差点被强暴的罗婵和池月，试图杀死乔东阳的龚家文，小旅店里的两个神秘旅客，与池月擦肩而过的人投来的目光，他们的意外身亡，王雪芽的转椅事故……

丁一凡问得仔细，池月在他的引导下把整个事件发生的过程重新梳理了一遍。她一边回想，一边思考，说到最后，她的脊背都被汗打湿了：“我突然想到一件事……”

丁一凡的神色微沉：“什么事？”

池月皱了皱眉，用一种不太确定的语气说：“在我和林盼的资格赛中，我的航天服出了点小问题，导致我失去了比赛资格，当时我认为是自己的操作失误造成的。可今天王雪芽的转椅再次出现故障，突然让我产生了一种直觉……”想到背后有人在害自己，池月觉得头皮一麻，“我的航天服会不会也和王雪芽的转椅一样，被人动过手脚？”

王父睡了一觉，火气消了，又恢复成了那个知书达理的老教授。在乔东阳亲口承诺一定会把幕后的人揪出来，为王雪芽讨回公道之后，他算是彻底放宽了心。在转椅室没有监控的情况下，节目组如果一心想推脱责任，咬定事故是王雪芽操作不规范导致的，他自己很难核实也毫无办法。事到如今，他只能选择相信乔东阳。

吃晚饭的时候，郑西元过来了，找到王父，要代表节目组给王雪芽一部分额外补偿，让王父提一个理想的价位。

王父被郑西元气笑了：“该我们拿的赔偿，一分不能少。不该我们拿的，我们一分不要。郑总你搞清楚，我不是卖女儿的人。”

郑西元说：“我不是那个意思，老先生你误会了……”

王父无视郑西元的尴尬情绪，不冷不热地说：“以后我还是和乔先生谈吧。他是个磊落的君子，我信他。”

乔东阳是磊落的君子，郑西元就是个无耻的小人吗？

郑西元哭笑不得，无奈地离去。

王父看着池月，又一次用确定的语气说：“我是认真的。”

池月微笑着说：“我懂。”

王雪芽是八强选手，三号种子，有权拿到高额的档位奖金和排名奖金。王父认为这是女儿流血流汗换来的钱，必须一分不少地带走。但是在节目组还没有给出转椅问题的最终调查结果之前，他不会接受任何形式的补偿。

池月明白他的想法。他如果现在就接受了节目组的补偿，就像和节目组达成了某种意义上的和解，放弃了追责。

晚上王父被安排在客房里。

池月安顿好老人，想去王雪芽的宿舍，帮王雪芽收拾东西。

汤萍一个人坐在床上戴着耳机听歌。房间里空荡荡的，十分冷清，声音都没有。

池月敲了几下门，没有人应。她发现门虚掩着，便轻轻地推开，与刚好转头的汤萍碰了个正着。

汤萍看到池月，眼圈一热，摘掉耳机站起来："你回来了？"

池月一愣，笑了："我来帮小乌鸦打包行李。"

"哦。"汤萍目光里流露出几分失望。她默默地坐了回去。

池月把王雪芽的书一本本地归拢，又把王雪芽的随身物品装入箱子。

汤萍抿了抿唇，指着上铺的一叠衣服："那也是王雪芽的，她晒出去还没有来得及收。我帮她收回来，叠在那里了。"

汤萍的话里有几分不舍，或者说寂寞。想当初，她们四个人住在一起。然后池月、韩甜甜相继被淘汰。现在王雪芽也走了，宿舍里只剩下汤萍。明天还要举行四分之一决赛，汤萍觉得内心压抑到了极点。可汤萍为人内敛沉默，不喜欢和朋友倾诉。像汤萍这样的女孩，有压力自己背负，会比普通人承受得更多。

池月回过头朝汤萍一笑："今天晚上，我在这里睡吧。"

汤萍眼睛一亮："真的？"

"我会不会打扰你休息？"

"不会、不会，真的不会。"

汤萍的急切逗乐了池月。

池月抿了抿唇，半开玩笑半认真地说："有时候想想，我很怀念那段比赛的日子呢。"

汤萍动了动手指："谢谢！"

"你安心睡觉，明天好好比赛。今天晚上我陪着你。"

"嗯……"

池月快速地把王雪芽的行李打包好，拖去客房，一并交给王父。看他一把年纪了，还在抹眼泪，池月又唏嘘一阵，陪他坐了一会儿。池月与他分享了一些王雪芽的比赛照片和比赛趣事，直到他的脸上露出了笑容，才慢慢地走了出来。

明天还有比赛和节目的录播工作，比赛区的工作人员还在忙碌，选手宿舍区却安静得一点声音都没有，以前的热闹画面已然不再现。人都被淘汰得差不多了，只剩下八个选手，这里的气氛很安静。池月再次踏入宿舍的时候，内心起了一丝细微的波澜。

汤萍已经躺下了，不过没有睡着。池月一开门，她就坐起来，在等池月似的，目光里盈满笑意。汤萍说："你快去洗漱睡觉吧。"

这句话，池月很熟悉。

以前汤萍好像也只跟她们说这些话。汤萍的每一句话都平常得像喝水和吃饭那么简单，没有亲热的语气，可这就是她们的日常生活。

池月走进宿舍，问她："我没有洗漱用品，可以用一下你的吗？"

"可以啊。我和你除了牙刷和男人不可共用，其他的都行。"

"收到。"池月笑着朝她挤眼睛，"你快躺下睡吧，就当我不存在。"

"嗯。"汤萍没有多说，拉下了帐子。

池月洗漱回来，汤萍已经没有了动静。池月蹑手蹑脚地在王雪芽的床上躺下，静静地合上眼。

池月这一觉睡得沉，醒来已是十点。宿舍里只有她一个人，厚重的遮光窗帘垂落在窗台上。一点光都没有，房间就像一个被遗忘在角落里的坟墓。池月揉了揉太阳穴，觉得头有点重，灌了铅似的，特别难受。她打了个哈欠，拿过手机来看，屏幕上显示有好多未读信息、未接来电。

池月吓了一跳，自己怎么会睡得这么死？

她有点怀疑，随即又释怀了，大概是自己前两天在医院里累坏了吧。

她分别给几个人回了电话。她放下手机，洗漱好赶到比赛区，已经快十一点了。赛场里非常忙碌，明星、工作人员、观众济济一堂。池月到的时候，上一个比赛项目刚好结束，下一个项目还没有开始。选手在休息，明星在录节目，二者穿插着进行。

大屏幕上仍是张相君的身影，她在和主持人互动，观众和休息区的选手都可以看到她。

有人露出了欣赏的神色，有人的眼里有明显的失落。相较于排名前列的选手，处于中下游的选手反倒没有什么压力。她们能进八强，这已经是足够好的成绩，对于草根出身的选手来说，可以“吹”一辈子了。真正的角逐将在前面的几个人之间展开，而池月关注的也正是她们。

乔东阳没有来赛场，郑西元也没来。

刚才池月和乔东阳通电话时，乔东阳说他们正在开闭门会议，讨论八强赛后的晚会事宜。

池月没有去打扰乔东阳，找到观众席上的王叔，与他打声招呼，坐了下来。

下一个比赛项目很快就开始了。王父推了推眼镜，侧过头来和池月讨论：“那个叫林盼的女娃不错。”

池月哭笑不得。这老父亲明明是来抓凶手的，现在却看节目看得津津有味。

“嗯，她是一号种子。”池月不习惯在背后说人的坏话，哪怕那个人是林盼。

王父朝她望过来：“如果你在赛场上，一定有机会赢她。”

池月的内心隐隐一动。这种感觉像伤疤被人拨弄了一下，痒痒的、麻麻的，有种钝痛，又瞬间即过。

四分之一决赛里，体能类的项目仍然比较多。由于自身条件好，林盼在这方面有明显的优势。池月不知道比赛项目是选手抽签决定，还是节目组为了增加观众的参与感而故意设定，但总算理解了为什么网上一直流传着节目组对林盼有倾向性关照的舆论。这样的赛制和项目，谁看了都觉得节目组偏心眼儿。

嘀！一声哨响。

汤萍被魏歌带上了赛道。

魏歌与汤萍击掌：“加油，汤萍！”

汤萍扯了扯嘴角，没有多说。工作人员过来帮她穿上负重背心。这时，大屏幕给了汤萍一个特写。可能是灯光的原因，她的脸看起来很苍白。池月离她很远，只凭肉眼看不清她的脸，但从大屏幕上看，她的状态很不好。

“这个女娃娃，是不是和丫丫一个宿舍的？”王父突然问。

池月嗯了一声：“她叫汤萍。”

“对，汤萍。她暂排第二。”王父皱起眉头，有点惋惜地说，“她本来是最有力的冠军争夺者，可我看……这一轮，她怕是要被拉下不少分数。”

池月的心一跳，老先生好精明。

“汤萍是我们宿舍里最高的，身体素质好。在体能方面，除了林盼，全队就数她最好。可是……”

汤萍的状态确实不对劲。面对镜头的时候，池月看到她捂了捂额头。

她生病了？不应该啊！昨天晚上她还好好的。

这时，发令枪响，观众大喊加油，整个赛场都沸腾了起来，池月却轻轻地蹙起了眉头。她现在还记得自己当初跑完负重 800 米下来，仰躺在地上，那种要断气了的感觉——要命的。

池月的目光锁定了汤萍。一开始，汤萍还能与林盼保持平行。到了 400 米左右，她渐渐地落后，被林盼拉开了距离。再到 600 米，不仅是林盼把她落得很远，原本排在第三的朱青和排在第四的许文雨也赶超了她，与她拉开了十米左右的距离。

这个距离，汤萍很难赶上去了。池月暗暗地替她着急。观众席上有人在大喊汤萍的名字。可是汤萍没能如大家所愿提起速度，而是缓缓地倒在了赛道上，就在 750 米左右的位置，再也没有爬起来——

“啊！”

“汤萍！”

“汤萍完了！”

在观众的大喊声里，池月猛地站起来盯住赛场上的那个人，直到王父提醒才慢慢地坐回去。这场比赛，不仅是汤萍完了，还代表着她们宿舍的四个人——全军覆没。

池月在现场看不到具体的情况，却能感觉到不祥的气氛。

上午比赛结束，总比分出来了。第一，林盼；第二，朱青；第三，许文雨……汤萍排到了第七。汤萍从第二名到了垫底，这不过是一场比赛的距离。而今天下午只剩一场比赛了——模拟舱组合操作。选手们对这个项目已经很熟悉，基本不会出错，能拉出大比分差距的可能性极小。

网上已经吵翻了天。

池月看到汤萍被两个工作人员扶下去，低声说："王叔，我去看看她……"

"看什么？"这声询问来自她背后。

池月转过头，看到乔东阳朝她走了过来。他从人群中走过，颀长的身子非常夺人眼球，那声音一落下去，四周就安静下来，没有人讲话。前后左右的人都看着乔东阳，也看着池月。有好几个人偷偷地拿起手机，想偷拍乔东阳。可是他们被乔东阳严厉的目光一扫，又把手缩了回去，不敢造次。

池月狐疑地问："你怎么来了？"

"找我女朋友。"

"……"

"跟我来。"

池月走过观众席，一路跟着乔东阳到了办公室。关上门，她才打破了沉默："找我为什么不打个电话？专门跑过来，你也不怕人家说闲话，很多人在偷拍。"

"就是要让他们拍。"乔东阳哼了一声，扣住池月的脑袋狠狠一揉，"有一个好消息，你想不想知道？"

池月很久没听过好消息了，顿时眼睛亮了："是不是权队他们查到人了？"

乔东阳瞬间垮了脸下来："只有他能带来好消息？"

这醋他吃得也太牵强了，池月觉得有些好笑："那你说。"

"现在不高兴说了。"他将手指按在她的唇上，突然低头偷了个香，神秘地一笑，"你先猜猜。"

下午的比赛情况不出所料，选手们的排名基本没有变化。获得第四名的是一个叫赖丹晴的女生，之前她的排名是第五。

比赛的结果没有意外，也就没有惊喜和反转，对于观众来说，少了点刺激性和期待感。不过星空节目组为观众另外准备了“甜点”——八强颁奖晚会。在晚会上，明星、选手、观众齐聚一堂。颁奖晚会既是一个放松的娱乐环节，也象征着一个阶段的结束。

赛后，池月又去了一趟宿舍，宿舍里依旧只有汤萍一个人。汤萍在默默地收拾东西，形单影只，这幅画面带着伤感。昨晚还在这里替王雪芽收拾行李的池月，向来泪点高，这一刻却差一点忍不住哭出来：“汤萍。”

汤萍勉强一笑：“你怎么来了？”

“来看看你。”

“我被淘汰了。”汤萍微微一笑，“你都看到了吧。我坚持了几个月，结果倒在了负重 800 米的赛道上，连最后 50 米都没有坚持下来。”

池月替她感到惋惜：“你今天状态有点差，是不是昨天晚上没有睡好？”

“我睡得挺好。”汤萍皱起眉，“一觉睡到天亮，梦都没做……大概睡得太沉，我今天起来头有点沉重。前几轮比赛我就觉得有点勉强，一直撑着。可能用力过猛，到负重 800 米的时候我实在坚持不住了。”

池月看着她不说话。

汤萍笑了笑：“算了，在赛场上输赢都很正常。今天我不输，下次可能也会输，谁都不是林盼的对手。”

谁都不是林盼的对手！池月无数次地听过这句话。这好像是一个魔咒，甚至成了选手之间最正确的安慰。

池月压住太阳穴：“我今天也觉得头有点沉重。它痛，又不太痛，就是晕，胸口闷……”

汤萍嗯了一声：“医生说，可能是宿舍不通风，缺氧造成的。”

池月看了看周围："我们以前也这样睡，怎么没缺氧？"

"可能是这几天我一个人睡觉，没开窗户的原因吧。"汤萍满怀歉意地看着池月，突然放下手上的东西，走过来朝池月张开双臂，"来抱一个吧，池月。"

嗯？池月与汤萍拥抱，轻轻地拍着汤萍的后背："怎么了？突然这么伤感。"

汤萍笑了笑："我像是做了一场大梦，该醒了。"

明天之后，汤萍就不再是星空选手。几个月的训练、比赛下来，汤萍已经习惯了这残酷又梦幻的一切。突然失去拥有过的航天梦，她难免失落。

池月理解她："没关系，我们这么优秀，不管在哪里都能发光发热。"

"嗯。"汤萍慢慢地松开池月，"池月，祝你好运。"

"你也是，祝你好运！"

池月对颁奖晚会没有什么兴趣，但王父拜托她代王雪芽领奖，她义不容辞。而且她也想挑战一下自己，作为失败者能不能从容地走上领奖台，接下王雪芽的八强奖杯。

晚会七点半开始。其他人准备了礼服，池月来得匆忙，没机会准备。于是她从王雪芽的行李箱里拿出了王雪芽的礼服："小乌鸦，我帮你去！"

池月比王雪芽高两厘米，胸围大一号，但王雪芽的礼服她还是能凑合着套上身。换上衣服，照了照镜子，她很满意自己今天的造型。

第五章
“C 位”出道

被命名为《星空行者之星》的颁奖晚会，举办得非常盛大。除了昊光的自有平台之外，各大媒体都在关注。池月的座位靠前，她第一次隔着这么近的距离看到这么多的明星和重量级嘉宾，内心居然毫无波澜。她从不追星，也没有特别喜欢的明星。上次她说起魏歌，也只是因为魏歌有名气，以此来打趣侯助理罢了。

“不喜欢吗？”乔东阳察觉出她心不在焉。

池月微微一笑：“我看不明白，这舞跳的是什么？”

乔东阳看了一眼舞台：“这是一群航天人逐梦太空的故事。”

池月感到诧异：“有这么深的内涵吗？你是怎么看出来的？”

乔东阳慢慢地靠近池月，身上的气息传入了她的鼻腔，让她的心里一惊。他离得越来越近，整个人快笼罩住她了。他不会当着这么多人的面和她亲热吧？她的双颊一红，他却低着头从她的脚边捡起一张纸，将纸放在她的腿上，轻轻一点：“节目单。”

节目单上清楚地写着，开场舞《追梦航天人》。

池月感觉到他带笑的视线，恨不得捶死他。

“亲爱的观众朋友们，星空行者，行入星空。这是一个属于航天人的夜晚。今天的航天城彩灯迎客、欢歌笑语，我们盛装等待，与大家共同见证最为优秀的八位航天选手的追梦历程。

“《星空行者》八强赛结束，四强已经诞生。但是在浩瀚的宇宙天际里，她们都是强者，没有输家。不论是晋级选手，还是带着遗憾离开的选手，都十分优秀。她们，从全国几千个报名参赛选手里脱颖而出，成为全宇宙的八强……”

哈哈哈！

主持人的一句“全宇宙八强”，把观众逗乐了。

在掌声停下后，主持人说：“今天晚上，我们将为八强选手逐一颁奖。大家可能已经注意到了我们的大屏幕，奖杯顶部的造型是一颗星。这颗星象征的是选手共同的梦。她们逐梦太空，追逐遥远天际的浪漫星云。其实她们也是星星，有着共同梦想的不同的星星……”

主持人说了一段串词，开始颁发今天晚上的第一个奖项。

“我们首先要颁发的是‘团队协作之星’奖。获得这个奖项的是八强选手曹漪萱。”

主持人一个个地给选手颁奖，中间还穿插着明星的歌舞表演，池月等得煎熬。终于轮到王雪芽了，王雪芽获得了一个“自强不息之星”奖。主持人用万分遗憾的语气，讲述了王雪芽无法参赛的情况。末了，不知道节目组从哪里弄来一段王雪芽亲自录制的 VCR（录像带），在晚会现场的大屏幕上播放——

“很遗憾，我只能通过这种方式和大家见面。没能参加四分之一决赛，很对不起一直支持我的朋友……这个追逐星星的梦，我从很小的时候就开始做了。当妈妈第一次教我数星星时，当爸爸带回第一台天文望远镜时……”

这是一个催泪环节。大屏幕上，王雪芽憔悴、苍白的脸是催泪弹。看王雪芽伤得这样重，明明为错失机会感到遗憾，还面带微笑地祝福《星空行者》、祝福同伴，观众席一片唏嘘，无数人默默流泪，池月却气得差点站起来。

“郑西元‘一生黑’。”池月攥紧拳头，“拿小乌鸦来炒作节目效果，不惜榨干她最后的价值，也太不要脸了！他这是杀了人还要诛心！”这也太过分了吧？小乌鸦已经病成这样，他还不肯放过小乌鸦？

乔东阳瞥了池月一眼：“这个你真的冤枉他了，他不知情。”

“你是在为他洗白吗？天下乌鸦一般黑。”

乔东阳不说话了。

主持人高声道：“有请王雪芽小姐的领奖人上台，代为接受奖励。”

流程就是这样的。池月虽然满心愤懑，但不愿意让王雪芽和王叔失望。她必须开开心心地上台，为王雪芽捧回这个属于王雪芽的奖。

“有请！”

池月在礼仪小姐的引导下，优雅地走上台。

唔？哇！池月的脸出现在大屏幕上的那一刻，观众席沸腾了。那套得体的晚礼服，本是王雪芽的风格，清纯、简单，颜色不出挑，款式也淡雅大方。但往池月身上一穿，衣服仿若成了精，在灯光下突然生出了蛊惑人心的妩媚。池月不刻意的浅笑也像是含了万千情意，让女人看了羡慕嫉妒，男人看了怦然心动。

“昊光爸爸呀，求你了，让池女王‘C位（核心位置）’出道吧！”

“太喜欢池月了。池月、池月，你是最亮的一弯明月。”

“跪求池女王偶尔露个脸，让我们舔舔屏……”

场内场外的观众都在为池月的颜值疯狂，舞台的灯光效果简直就是天然滤镜。台上的池月，一颦一笑浑然天成，好像她原就属于这个舞台，原就是王者，原就应该把所有人都踏在脚下。“女王”这个词用在她的身上，毫无违和感。

“现在有请东阳科技首席执行官乔东阳先生，为‘自强不息之星’王雪芽颁奖。”

池月接受着众人目光的审视，冷不丁听到乔东阳的名字，吓了一跳，怎么是他来颁奖？这家伙事先也不说一声。池月恨得牙根痒，但又不得不继续保持得体的微笑。

乔东阳大步地走到池月面前，与她握了握手，朝她张开双臂：“恭喜！”

“谢谢！”池月优雅地贴过去，与他轻轻一抱，就想抽身。不料乔东阳胳膊一紧，拥抱的动作至少停顿了十秒之久，让观众倒抽一口冷气。

礼仪小姐端着奖杯和证书，站在乔东阳的身边。他淡淡地笑着松开池月，拿起证书递给她，又捧上奖杯。

池月再次鞠躬：“谢谢！”

乔东阳开玩笑般地调侃道：“池小姐的道谢，诚意不够啊。”

这个疯子要干吗？池月深深地看着他，笑着问：“乔先生认为怎么样才算有诚意呢？”

“以身相许怎么样？”乔东阳半开玩笑半认真地说。观众又拍手又笑地起哄，他的脸上露出一丝狡黠：“池小姐，我是真心的。你考虑考虑再回答我。”

“哇！”台下沸腾了，传来一波波吼声。

池月哭笑不得，小声地说：“别闹！”

乔东阳温柔地一笑：“你可以先假装答应！”

他的声音不大不小，刚好传入话筒让观众听清。他既给了她台阶，也给了自己台阶，不会让她太难堪或太勉强，又强调了他的坚持和真诚。观众再次热情地鼓掌。

“大乔哥这是害羞了吗？”

“小池池的脸也红了，好可爱。”

“这两个天生一对好不好？求在一起，天天撒狗粮，‘虐’我一千年……”

池月完全想不到乔东阳会有这么一招。她耳朵红了，心脏也在狂跳："乔东阳的话让我有点不知所措。"她看着乔东阳，带着笑意，轻轻地一眨眼，眼神复杂，"本来我很想答应你，可今天我上台是为王雪芽小姐领取八强奖项。你说，我怎么能在别人的主场许自己的终身大事？这样抢戏不合适。"

"明白了。"乔东阳弯起唇角，表情极为迷人，"池小姐的意思是，如果现在这个舞台的主角是你，喜事也是你的，你就可以答应我，对不对？"

池月只能顺着他的话往下说："是！"

"好的。"乔东阳突然面向观众、面向镜头，"有一件事本来想等八强颁奖结束后再宣布的，可既然话都到嘴边了，如果我不把握机会表白，怕是要失去让池小姐以身相许的机会了。"

场上突然寂静下来，人们纷纷举起手机。

乔东阳笑容依旧："我宣布，《天降奇兵》的池月小姐正式获得《星空行者》的决赛资格，在下一轮的比赛中，与其他选手一起角逐《星空行者》总决赛的冠军。"

哇！什么？他们没听错吧？乔东阳的话像一颗深水鱼雷，瞬间炸翻全场。

这太意外了。人们瞠目结舌，池月也很震惊。无数的摄像头对着台上的二人，咔咔地响个不停。场内场外，大家的态度出奇一致。他们佩服乔东阳的勇气，但质疑他的专业精神，更不会支持他放弃《星空行者》节目的严肃性——他借节目来追求女人。即便有很多人喜欢池月，但大部分人讲道理，认为规则是不能被破坏的。

众人议论纷纷。

池月很尴尬，感觉有点下不来台："乔东阳……"

她知道这个男人肆意妄为、无所忌惮，偷偷地朝他递了个眼神，试图挽回局面。

然而乔东阳只是一笑，满不在意："你放心！"

她放心个鬼啊。如果池月以这样的方式加入决赛军团，会成为靶子，然后被口水喷成筛子。在这紧张的一刻，时间仿若静止了。主持人似乎早有准备，在全场纷乱里，站出来以专业水平控场："亲爱的来宾、观众朋友们，大家一定对乔先生的决定感到非常意外，甚至还有误解。实际上，这只是他给大家的一个惊喜，给喜欢池月小姐的粉丝们的福利……"男主持人说完，女主持笑着继续："是的。其实我们节目的顺序不是这样安排的，这本来是压轴彩蛋，但是……乔先生似乎迫不及待了。他抢在了《星空行者》节目组发布致歉声明之前，告诉了大家这个好消息。"

致歉声明？大部分人一头雾水。

池月不知道乔东阳在搞什么。场上观众的吼声已经有点压不住了。

"有请《星空行者》节目组总监梅伊先生上台，向大家宣读官方道歉声明，同时宣告节目组的重大决定。"

晚会现场突然安静下来。

梅伊穿着黑西服，把齐肩的长发扎了个小马尾，看起来比他平常的样子更为干练。他走到麦克风面前，低着头，一脸的诚意和歉意："各位尊敬的领导、各位亲爱的来宾，刚才主持人没有说清楚。我们的天降奇兵——池月小姐在资格赛里被淘汰，是人为因素。比赛过程中，有人挟私报复，在她的航天服上做了手脚，导致航天服转轴故障，池月在模拟舱里没有办法正常操作，影响了比赛结果。"

全场哗然。

梅伊顿了顿，继续说："非常遗憾，这个消息我们也是今天刚刚得知。正义或许会迟到，但永远不会缺席……作为节目的主办方，我们有必要澄清事实真相，恢复池月的比赛资格。在这里，我谨代表《星空行者》节目组，向池月小姐致以最诚挚的歉意，并再一次邀请池月小姐加入《星空行者》，重新向我们共同的星空出发！"

灯光打在池月的脸上，她一脸吃惊。而场内场外的观众对梅伊的解释都不满意。当时的资格赛是直播的，池月在众目睽睽之下被淘汰，现在节目组却说航天服有问题，如果没有证据，是不能让人信服的。

节目组显然也考虑到了这一点。

梅伊给了大家一个充分讨论的时间，然后不无遗憾地一叹："从我个人来说，很不愿意看到这种情况发生，这毕竟是我们节目组的失误。就目前所知，不仅池月的航天服转轴有问题，导致王雪芽受伤的转椅，也被人动了手脚。"

节目有这么多黑幕？观众面面相觑。如果不是真的，谁愿意自曝家丑？

梅伊不紧不慢地说："目前，这个案子已经交由警方处理，详细情况我们还不能披露。这里有警方的案情通报，请看大屏幕。"

大屏幕上的案情通报显示，这起案件涉及两个人，一个是范维，另一个是名叫张冬成的技术工程师。范维涉嫌故意伤害罪，目前在逃。而张冬成收了范维的钱，利用职务之便为范维实施犯罪行为提供便利。

范维追求王雪芽的事情，航天城里很多人知晓。范维在追求王雪芽的时候，遭到池月的阻止，丢了脸，更是尽人皆知，完全有作案动机。池月和王雪芽都是受害者，那么节目组及时纠错，邀请池月回去参赛，也是合情合理的弥补手段。

梅伊很会把握节奏。他完全像个客串的主持人，而不仅仅是接受节目组委托向观众道歉的代表。他带领着观众的情绪，趁热打铁："现在请大家用热烈的掌声，邀请池月小姐重回星空。"

大屏幕上，"请池月重回星空"几个字在滚动播出。

梅伊走到池月面前，伸出手："欢迎你回来，池月。"

池月在全场的欢呼声里，慢慢地伸出手与梅伊一握："容我考虑两天。"

她的回答，让掌声突然变弱。大家摸不准她是怎么想的，就连一向从容的梅总监，也怔了好几秒才找回声音："我知道这个消息对你来说太突然，需要考虑也是理所应当。节目组尊重你的意见。"

池月微笑着回答："谢谢！"

池月坐回座位。当她不再成为灯光的焦点时，才发现自己的心跳得很快：“乔东阳。”

乔东阳眯起了眼睛，掐了一把她的掌心，似笑非笑：“现在开心了？”

池月从他的掌心里收回手，轻轻地抿起双唇：“范维要害我和小乌鸦，可这是为什么呢？”

乔东阳看了她一眼：“这很奇怪？”

“范维不是那么大胆的人。他害我被淘汰可以理解，害王雪芽嘛……就不合逻辑了。你想啊，他喜欢小乌鸦，为什么要害她？用这么狠的手段，加害人是要害她一辈子啊。”

“王雪芽不喜欢他啊。他因爱生恨，这么做很合理。”

池月微微地眯起眼睛：“人心有这么可怕？”

“有。”乔东阳斩钉截铁地说，“还有比这更毒的人。”

“好吧！”池月唏嘘一声，“我很想知道，范维是怎么走到这一步的？他对雪芽从爱到恨，恨不得让对方死，这得有多大的仇？”

乔东阳冷笑道：“等抓到范维就清楚了。”

警方今天上午收的网，而范维是昨天晚上乔装成观众逃离航天城的。这让人感到意外，就像范维事先得知要出事一般，他的行为中透着古怪。

接下来的晚会节目，池月没怎么用心看，思考着案情。没想到晚会刚结束，权少腾和丁一凡就再次找到了她。

“池小姐，你在沙漠里长大。你说说，如果要在沙漠找人，往哪个方向找最容易找到？”

在沙漠里找人？池月认为范维绝不敢贸然深入沙漠腹地。他胆小，在拍摄的时候就曾经表达过对沙漠的畏惧。

“他怕迷路，所以会选择去人烟稀少的沙漠小村，慢慢地潜入县城，或者离开吉丘。你们沿着小村找，肯定更容易……”

这里的人淳朴厚道。无论谁来家里讨口水喝、讨口饭吃，都很容易得到帮助。范维不敢冒险，又不敢前往吉丘县城，要躲避警方视线，又要维持生存，沿着村庄走才最安全。

“看不出来，池小姐居然会分析案情！”权少腾坐到她的身边，看着乔东阳臭着脸的表情，对她笑得一脸花痴，“我都有点崇拜你了。”

“我不是分析案情，只是分析范维这个人的性格而已。”池月说，“如果权队认为我说的有道理，可以按我提供的方向找一找。”

权少腾笑开了花：“没问题啊，我们一起去找。”

他们一起？池月一时没反应过来。权少腾突然掉转头，看着乔东阳，说：“从航天城出去，沿途一共有十个村庄。你看这样好不好，我们兵分两路，比试一下看谁先找到人。如果我先找到，你就卖给我一个定制机器人……”

这话题跳跃得太快，池月有点措手不及。

乔东阳也怔了怔，第一次认真地端详权少腾，这个人对机器人的执着简直没有底线了。沉默了片刻，乔东阳点点头：“行。”

在他们出发之前，吉丘刑侦大队和重案一号的警员正在全力搜寻逃匿的范维，但截至晚上十点，仍然没有消息。

为了方便走村串户，乔东阳搞了几辆摩托车，给自己戴上头盔，跨上去，拍了拍后座，对池月说：“上车！”

池月跨上摩托，坐在他的身后，环住他的腰。

乔东阳感觉到她清甜的气息幽幽入鼻，软软的身躯像是烙在了自己的心上。他微微一笑，握紧把手：“出发！”

月光如水，温柔地倾洒在沙丘上。夜风习习，一片片沙丘起伏连绵，不见尽头。这是一个良夜，好天气让人忘了沙漠的凶险，胸中充盈的只剩浪漫。

雷竞和谢奇各骑一辆摩托车，一前一后地跟着乔东阳。

不知道走了多久，乔东阳喝了口水，将车头显示器的导航图放大："离这里五里地，就是清溪村了。"他突然回头朝池月笑："你家那边叫月亮湖，结果不要说湖，连个水池都没有。这个清溪村大概也是一样的吧？别说溪了，要是有个小水凼，我就算它赢……"

池月沉默了两秒："不一定。"

乔东阳疑惑地看过来。

池月说："地名是老祖宗一代传一代地传下来的。祖上为什么要那么叫它，大多没法考证，但总归不会无端而起。就像月亮湖，那里曾经就是一个湖。这个清溪村，或许在很久很久以前真的有一条清澈的小溪从村子里流过，只是后来土地沙漠化，小溪消失了。"

乔东阳盯着她的脸："有道理。那你说月亮湖里有仙女洗澡，也是真的？"

池月一愣。

乔东阳似笑非笑："除非以后你洗给我看，要不然你就是骗我的。"

池月笑了："那是传说。"

乔东阳半开玩笑半认真地说："如果我把月亮湖的传说变成现实，你是不是也应该把仙女洗澡的传说变为现实？"

嘿！池月歪了歪头，看看身后跟着的几辆摩托车，偷偷地掐他："走吧你。到底要不要去找人了？大晚上的说仙女洗澡的事情，害不害臊？"

乔东阳不以为意："你真以为我们能在权少腾前面找到人？"

这个问题把池月问愣了："你没想过能赢他？"

"傻瓜！"乔东阳揉揉她的脑袋，唇角有笑意荡开，"那小子坏得很，拿这个跟我赌，肯定是算计好的。我要是信了他，才是真的输了呢。"

"他算计好的？"

"如果我没有猜错，他们肯定有范维的消息。你想想，他们前天就已经进驻了航天城，潜伏在工作人员中间，怎么会让范维连夜跑掉？范维又是怎么知道自己暴露了的？航天城到处都是监控啊，我的池小姐。”

池月倒抽一口冷气：“警方在放长线钓大鱼？这么说，范维还不是主犯？”

“我说的只是猜测。”乔东阳说。

“那他们为什么又要去抓他？”

“这个就得问他们了。”

池月抚了抚额头：“既然你明知道会输，为什么还要跟他赌？”

乔东阳不以为意地勾勾唇角：“我跟他赌，一是找个机会带你出来兜兜风，你不觉得今天晚上的骑行很浪漫吗？”

池月哭笑不得：“还有二吗？”

“有。我想找个机会卖给他一个定制机器人。”

这个反转来得也太快了吧。池月有点跟不上他的思路：“等等，麻烦你重新说一下。”

乔东阳抬抬眼皮，淡淡地问道：“有问题吗？”

“有。”池月疑惑地与他对视，“你不是一直不喜欢权少腾吗？人家求着你卖机器人你不肯，现在却费这么大的周折要卖给他，是吃得太撑了吗？”

“当初是当初，现在是现在。”乔东阳说，“他查到了范维和张冬成的问题，弄明白了航天服的故障，解决了你的心病，就是帮了我的大忙。这个机器人得卖给他。”

“服了。”池月笑笑，挽住乔东阳的胳膊，“谢谢！”

那次在航天城输掉的比赛，确实是她心里的一道阴影。乔东阳真的懂她。

不多久，大家就到达了清溪村。摩托车还没有入村，一行人就看到村里亮起了灯光。乔东阳把车停下来，从不远处传来一声“驾”，随后有嘚嘚的马蹄声飘入耳朵。他们转过头，看到有匹马嘶叫着冲入了村庄。

池月定睛一看，马上的人居然是权少腾。

“看来他们已经找到人了。”乔东阳笑了一下，取下头盔。

乔东阳是对的。重案一号的警官把范维堵在了一户姓曾的村民家里，从被窝里将范维揪了出来。这范维还挺了不起，来吉丘没多久就大搞男女关系，在清溪村居然也发展了一个情人。他离开航天城后，没有像池月分析的那样沿着村庄往县城的方向逃窜，或者想办法离开吉丘逃向外地，而是认为“最危险的地方最安全”，躲进了清溪村的情人曾寡妇的家里。曾寡妇一个人带着两个小孩，日子过得紧巴巴的。像范维这种长得不错、嘴巴甜，又有几个小钱的男人，在她的眼里简直就是从天而降的“救世男神”。

女人偶尔也会高估自己的魅力。范维几乎不费吹灰之力，就把曾寡妇骗得晕头转向。警察都赶到家里了，曾寡妇还认为他是好人，完全没有被人利用的自觉，哭着喊着求警察饶他一命。

夜里，女人的哭喊声很大，警察赶到的动静也不小。村里人闻声都披衣起床，来看热闹，把曾寡妇家的院门围得水泄不通。池月和乔东阳赶过去的时候，那场面不忍直视。范维穿着一条四角内裤，垂头丧气地耷拉着脑袋，曾寡妇也只穿了件单衣，用双手抱住范维的大腿，不论警察怎么劝说也不肯放手，只哭喊着替他求情。

池月冷冷地盯住范维，范维却不看她，任由警察把自己带上车，没有半分挣扎。

权少腾笑眯眯地走到乔东阳的面前：“你输了。”

讨债的来了。乔东阳挑挑眉：“回头你联系侯助理，把你的定制需求告诉他，他会为你处理。”

幸福来得太突然了。权少腾愣了愣：“你就这样同意了？”

权少腾有点意外，乔东阳却很淡定：“愿赌服输。我不是输不起的人。”

“哇！”权少腾握紧拳头，做了一个给力的动作，然后就势一记重拳砸在乔东阳的胸口，“我就喜欢你这种优秀又讲承诺的年轻人。从今天开始，我们就是兄弟了。”

乔东阳撇了撇嘴。

权少腾笑吟吟地看着他，并不在乎他同不同意，指着拴在门口石桩上的马，说："你送我一个定制机器人，我也不能太小气。我这匹纯种汗血宝马，就送给你了。"

那就是一匹普通的马，毛不光滑、鞍不亮，看起来还有一点消瘦，不知道权少腾从哪搞来的，居然好意思说是"汗血宝马"？

"怎么，看不上？"权少腾斜着眼睛看了他一眼。

"是看不上。"乔东阳从不掩饰内心的真实想法，不正经地勾勾唇，笑着说，"不过冲着你这恬不知耻的诚恳劲，马我收下了。"

"果然是好兄弟！"权少腾说着往后退了两步，朝乔东阳笑了笑，一个转身跨上摩托，嗡的一声发动了机车，朝他俩挥手："我帮你们把车骑回去。玩得开心点啊，航天城见！"

帮？乔东阳的脸一黑。他指着权少腾："权少腾，你把车给我放下——"

权少腾哈哈大笑，猛轰油门，摩托车箭一般地冲了出去："拜拜，今晚月朗星疏，你俩骑着汗血宝马，可以好好地浪漫一回。不用谢我。"

池月愣了愣。

乔东阳气得咬牙："这王八蛋，心眼儿坏透了。"

没有摩托车对乔东阳来说影响不大。雷竞和谢奇各有一辆，他们完全可以挤一挤。问题是这匹马，要拿它怎么办？真是块烫手山芋啊。

池月建议乔东阳："送给村里的人算了。"

"不行。"乔东阳很固执，"我要把它带回航天城，让姓权的王八蛋给我乖乖地骑走。"

乔东阳的脑回路异于常人，池月不是第一天知道。还能怎么办呢？自己选的男人，哪怕骑马走夜路再不可思议，她也要"跪着"陪他走完，不是吗？

"行吧，我们慢慢骑，我陪你。"

月下骑机车，唯美带风。而月下骑马，又别有一番风味了。池月骑在马背上，乔东阳帮她牵着马，走在马前面。月光如银，为二人一马镀上一层温柔的银光，这幅画面美不胜收。

"你上来吧，咱们骑着走。"池月说。

"不用，这样安全一点。"

"马儿能走夜路。"

"我知道。"

池月哭笑不得："你知道还牵着马走？想去西天取经吗？"

乔东阳突然回过头："我就想这样牵着你走，像古时候牵新娘子骑驴……"

"咴儿咴儿！"马儿打了个响鼻。

池月觉得有些好笑，摸了摸马鬃："你和权少腾都有点不可理喻。"

乔东阳哼了一声，眼睛突然一亮："池月，你看那沙丘！"

池月顺着他手指的方向看去。

在吉丘长大的她，见识过各种各样的沙丘。但这一刻，她仍是觉得那座沙丘与众不同，有些震撼。皎洁的月亮又大又圆，就挂在沙丘的上方，似乎一伸手就可以把它摘下来放在手心。沙丘的这一边披着银光，像皎月给新娘穿上的婚纱，另一边却沉浸在暗夜里，神秘而幽深。

"走，上去看看。"说着，乔东阳牵马往沙丘上走。

池月笑着抓紧马鞍，没有拒绝。两个人偏离了原定的路线，顺着沙丘慢慢地登上去。月亮是明灯，为他们照路，马儿呼哧呼哧的喘气声，是夜风的伴奏。

乔东阳在爬上沙丘的那一刻，长长地叹息了一声："沙漠原来可以这么美。"

池月仰起头闭上眼："是不是感觉爱上它了？"

乔东阳扯着晃悠悠的马绳，似笑非笑地看着她："是啊，爱上她了。”

池月忍俊不禁：“我也爱上了。”

“谁？”

“沙丘。”

池月翻身下马，往地上一坐。四周寂静，她抱着膝盖仰望天空，像是突然回到了懵懂的儿时。在某个突发异想的瞬间，她安静地看天，安静地思考人生。在大自然的怀抱里，只有满天的繁星与浩瀚苍穹。这一刻，人类没有自我，突然变得渺小了。

乔东阳在她的身边躺下去，双手抱在颈后，懒洋洋地问：“你在想什么？”

“没什么。”池月看着他跷起二郎腿，调侃地问，“睡着舒服吗？”

乔东阳转头看她：“你又不让我睡，我哪知道舒不舒服？”

又占我便宜！池月审视了他片刻，不知是被月光迷了眼，还是被他的容貌蛊惑，半开玩笑半认真地说：“有种你就来试试呗。”

嗯？乔东阳一激灵，爬起来，半眯着眼看着她：“你再说一遍。”

“好话不说二遍。”

“你是认真的？”

池月低下头。她的眉眼垂在月光里，美好的面庞温柔而恬静。虽然她没看他，但那颤动的睫毛写满了邀请。

乔东阳的内心受到了激荡。他润了润嗓子，嗓音却仍是沙哑：“池月，你别逗我啊，我会被你弄疯的。”他笑着伸出手握紧她的手，动作小心翼翼，“真的可以吗？”

池月说：“你说过，这是一道证明题，对我来说或许有些难。但一次解不开，咱们可以试着解第二次，而不是彻底放弃……你说呢？”

她望着他，目光晶亮。

乔东阳觉得胸口一荡，像被什么尖锐的东西扫过心尖，血液即刻冲入了大脑：“你这是想通了？”

池月的唇角慢慢上扬：“如果你不介意，我可能不会好好配合的话……"

"不介意。"乔东阳回答得飞快，低叹一声，像是松了口气。他突然张开双臂，将她紧紧地环住："我的池小姐，哥等你这句话，都快等疯了。"

池月的心脏狂跳："乔东阳……"

"嗯？"乔东阳的双臂僵硬。他似乎有些紧张。

"你亲我呀。"池月等了半天，这厮却只抱着她不动，让她觉得十分煎熬。

反正她都要下油锅，等待下油锅的过程，肯定比下油锅这件事本身更难受。

她撒娇的声音鼓舞了乔东阳。乔东阳今天晚上的动作尤其生涩。他捧住她的脸亲了一口，瞬间脑门发热。

他望望四周，声音哑哑的："这个地方的条件不太好。"

"但很美。"

这个时候，池月的心情平静而放松。她的情绪很好，这就是最好的条件。这里没有一棵树，但有微风、有皎月。同样是夜，它却这么温柔，一定可以治愈她那个亘久的噩梦……

有些事情不需要准备，不需要预警。

它发生的时候，就是最该发生的时候。

两人回到航天城已经是下半夜。出于方便考虑，池月悄悄地去了乔东阳的住处洗漱，晚上就顺便住在他这边了。也许是太累，她沾到枕头就睡着了，再醒来时，觉得脑袋昏昏沉沉，一连打了好几个喷嚏。

昨晚她吹了冷风，不会是感冒了吧？池月揉了揉鼻子，坐在床上扯头发。

乔东阳推门进来了："怎么不多睡一会儿？"

他一边关门，一边笑着问，眼睛里有种意味深长的笑意。今天的他与昨天的他，好像不一样了。

池月“做贼心虚”，不敢看他的眼睛：“你不也没睡？”

“谁说的？”乔东阳走近，居高临下地看着她，眼里有炽热的光，“你不记得了？我昨晚就睡在你的身边。”看她害羞，他轻笑一声搂住她的腰，凑过嘴来偷了个香：“害臊了？”

他捏捏她的脸蛋，被池月拍开。

“别弄我，我头晕。”

“我让医生过来看看。”

航天城有医疗站，专职医生配备了好几个，看病很方便。说着，乔东阳就给医疗站打电话。末了，他又轻轻地瞄了池月一眼：“权少腾让我去一趟派出所，可能是案子有新的进展。本来准备带你一起去，看这情形，你只能在这边休息了。”

池月马上精神了：“我可以去。”

“噫，不生病了？”

她下了床，趿上鞋子：“我不是那种打两个喷嚏就要吃药的小女生。”

看她像个小姑娘似的，又发横又撒娇，乔东阳的心里一热。他忍不住在脑子里回放昨晚的沙丘故事，又注意到她白皙的脖子上有两个不经意的红痕，突然觉得眼圈发烫：“是不是昨晚受凉了？”

池月瞪了他一眼，不好意思承认：“没有。”

“瞧你这害羞的小样儿。”乔东阳取笑着她，胸腔内却充盈着某种感动与热切。

这是他的女人。他们的生命从那一刻起嵌合成了一体，有了不同寻常的意义。

没有耽误时间，池月收拾了一下，吃了医生开的药，跟着乔东阳出了休息室。

《星空行者》下一个阶段的比赛在十天后，这个点的航天城有着少见的清闲气氛。人们虽不忙碌，却多了一分离愁。在参加完节目后，一群被淘汰的选手准备启程离去，节目组准备的汽车停在航天城门口，选手们正在与相好的同伴道别。

池月和乔东阳一起出现，她们纷纷扭过头来看。不过没有人招呼池月。

在她们的心里，池月已经不是和她们一样的选手了。池月感受到了那些异样的目光，看了她们一眼，没见到汤萍，随即转开眼，冷漠地穿过人群，走向停车场，与她们越行越远。池月不喜欢虚与委蛇的社交。从前她不能与她们交好，现在更不能。没有真实的情感，她做不到假惺惺地道别。

林盼、朱青、许文雨都在那里。她们是比赛的胜利者，是这群人里的佼佼者。在昨天以前，有很多人巴结她们，认为冠、亚、季军，肯定是这三位。可是现在不同了，池月复出，对大家的冲击力够大。不但朱青和许文雨，就算是林盼，都有了竞争压力。竞技比赛的魅力就在于它的不确定性，谁都有机会夺冠。

池月一出现，很多人在注意林盼的表情。只可惜，林盼只淡淡地看了一眼乔东阳身边的池月，又面无表情地回头与大家依依不舍地告别。

“盼盼，你要加油！”

“我们不在航天城了，但还是会关注你的。”

“嗯，大家一路平安，朋友圈点赞联系……”

“来抱抱，好舍不得你啊。”

一群人正围着说话，郑西元突然出现了：“林盼！”

他站在远处叫了一声，这边聊天的人立马噤声。

郑西元皱着眉头，表情不像平常那样温柔随和：“你跟我走一趟！”

众人面面相觑，不知道郑西元大清早的叫林盼去干什么。

林盼松开与她搂抱的女孩子，比画出一个“OK”的手势：“我先走了，姐妹们，有事电联。”她冲几个亲密的伙伴挥挥手，又看了看朱青：“青青，一会儿你回宿舍，帮我把桌子上的资料收一下。”

朱青点点头："嗯，你放心去吧。"

林盼脸上扬起一个笑容："我很快就回来啦，再见。"

林盼去停车场的时候，池月已经坐上了乔东阳的汽车。刚才他们已经准备出发了，突然又接到权少腾的电话，让他们带上林盼一起过去。具体是什么事情，权少腾没有在电话里说。出于女人的敏感，池月猜测这事与范维有关。毕竟当初她的航天服出故障，林盼算是间接的受益者。

车上坐不了那么多人。除了池月外，乔东阳还带了雷竞和谢奇，于是郑西元另外带了一个司机，与林盼同坐一辆车前往派出所，两辆车一前一后地驶出航天城。对于案情，池月设想了很多种可能的结果，但是到了派出所才发现，事情的真相竟然是她最难相信的一种。

范维在今天早上交代了。他收买张冬成，陷害池月和王雪芽所用到的大额金钱来自林盼。

这是警方最开始发现的疑点之一。张冬成在航天城是技术工程师，收入不低。没有足够的利益诱惑，张冬成犯不着铤而走险。可范维收入并不比张冬成高，家庭情况甚至远不如张天成。那么大金额的钱，范维从哪里得来的？一开始，警方认为这个案子与万里镇的案子一样，是有针对性的系列案件，可能与陷害乔东阳的幕后主使有关。

重案一号到航天城来，原也是为了那个案子。他们特地放走范维，准备钓大鱼。可惜范维没有与那些人联系的迹象，警方也没有任何证据能证明范维与那些事情有关。警方不得不推翻先前的推论，把范维的案子拎出来，作为独立案件来办。

警方连夜抓捕了藏在曾寡妇家里的范维，再对他展开突击审讯。范维的嘴挺严，一开始他怎么都不交代。与警方斗智斗勇数个小时后，他终于供出了林盼。在权少腾第二次打电话给乔东阳之前，警方查到范维的银行流水里有一笔数额极大的入账来自林盼。

池月震惊了。

丁一凡把林盼和郑西元分别带去了两间审讯室。池月和乔东阳在办公室里做了简单的笔录，然后和权少腾聊天，听权少腾说起这个事，觉得简直难以置信。在池月的眼里，林盼是个清高的人。林盼就算有私心，也不至于这么整人，尤其整的还是综合实力在她之下的人。

“权队，林盼这个事情说不通啊。”

权少腾不以为然地反问池月：“有什么说不通的？”

“她这么做没有理由。”

“那是你见得少了。犯罪的人，理由千奇百怪，什么样的都有，有些人甚至没有理由……”

“不对。”池月摇摇头，“林盼这么害我和王雪芽，目的是什么？”

“你们是竞争关系，这不是动机吗？”权少腾狐疑地看着她的反应，“难道你不认为，你们之间的竞争关系对她而言就是威胁？”

“在林盼看来，一定不算威胁。”池月再次摇头，“她一直自信心满满。在她的眼里，其他的选手根本就不是对手。她犯不着这么做，还给范维一大笔钱，让人家捏住她的把柄。这不是傻是什么？”

或许世界上有这样的傻子，但那个傻子一定不是林盼。

权少腾说：“根据范维的交代，林盼讨厌你，是因为你抢走了她的东西。”

“我抢了她的东西？”

“乔东阳。”权少腾抬抬眉梢，“听说乔东阳的父母本来希望林盼做儿媳妇儿，结果从半路杀出你这么个程咬金……林盼心里生恨也正常。你想啊，没有你，她就是乔家的人了。”

乔东阳脸一黑：“你别胡说八道，什么叫我家的人？机器人你还没有拿到手吧！”

权少腾一敛神色，清清嗓子，慢慢地转头看向池月：“这只是范维的一面之词，具体的情况，我们还得等最终的调查结果。刚才我和你们说这些，只是站在朋友的角度随便唠唠的。”

“就算是这样，我仍然认为林盼不会这么做。”池月说。

她的反应出乎两个男人的意料。

“就算你说得对，林盼恨我，那王雪芽呢？她对林盼有什么威胁？”

“冠军！”

“那林盼干脆把其他人整死，直接就能当冠军了。”

权少腾没法说服池月，敲敲桌子：“我尊重你的看法。我们等结果吧。”

结果没有出来，林盼的吼声和哭声就从审讯室里传出来了。这个派出所的办公条件有限，审讯室的隔音不好，他们在外面可以清晰地听到林盼发出的崩溃的声音。认识林盼这么久，池月这是第一次见她这么失控。

那声音持续了一会儿后，丁一凡出来了。

权少腾腾地站起：“怎么样？她承认了吗？”

丁一凡摇摇头：“她承认了转账给范维，不承认指使范维陷害池月。现在她的情绪不好，我们等她冷静一会儿再继续审讯。”

池月内心充满了疑惑：“丁警官，林盼有没有说为什么要转账给范维？”

“借的。”丁一凡告诉她，“范维卖惨，说他老家遭了泥石流，房子坏了，一家人住帐篷里。老奶奶八十多岁，身体不好。他想给父母在城里买间房，差一点首付。”

“她就借了？”

“她说，在今天之前，她认为范维是个忠厚老实的人，大家对他的评价不错……林盼也不缺这个钱，就当是做公益，拿钱赈灾。当然，她不认为范维不会还她。”

“有借条吗？”

“没有。”

“那就不可信了。”

权少腾的话音还没落，一个女人冷着脸走进来，正是重案组的法医梅心。

“检验结果出来了。”

“说说看。”

“我把从105号宿舍收集到的痕迹和证物发回京都，检验中心检验后，得出了结论。那是一种能与氧气发生化学反应的特殊材料，只需一小块，就可以消耗空气里的大量氧气，造成室内氧气含量不足的效果。但只要控制好剂量，人只会产生轻微的缺氧反应，不会发生明显的身体损伤……”

105号宿舍？池月一惊。

那个宿舍池月住过。四分之一决赛的前一天晚上，她和汤萍就住在里面。听梅心详细地讲解这种化学材料的作用，池月觉得头皮都麻了。这么阴险的招，她想都想不到，居然有人干出来了？

怪不得那天早上起床，池月觉得头晕头痛，但症状又不明显，就像是日常生活中休息不好时的状态，根本不会怀疑自己被人陷害。汤萍也曾说自己有类似的不舒服的感觉。只是她们谁也没有想到，有人会用这样的方式害人。如此一来，受害者就不止是池月、王雪芽和汤萍，甚至可能还有一些没有被大家注意到的被淘汰的选手，她们是被陷害才离开比赛的。

办公室里安静了几秒，丁一凡接着说：“我们调取了宿舍区的监控，没有发现异样和可疑人员。所以我怀疑潜入105号宿舍放这个特殊化学材料的人是选手之一。”

只有选手能合情合理地进入宿舍区，不被人怀疑。而且节目组为了尊重选手的隐私，在宿舍的内部区域并没有安装摄像头。在没有外来可疑人进入的情况下，谁最可疑？

不一会儿，郑西元出来了。丁一凡与他们分别握手，感谢他们配合工作，然后交代：“林盼的事你们暂时保密，公安没有结论前，不要对外声张。”

郑西元点点头，又问：“那她跟不跟我们走？”

丁一凡笑了笑：“今天她应该回不去。”

“等等，我还是不太明白……”林盼是郑西元从节目组带过来的，他们是朋友，郑西元不能在什么都没搞清楚的情况下把林盼一个人留下，“她是犯什么事了吗？”

丁一凡没有明确回复他：“先回去等消息吧，留置时间最多48个小时。在这个期限内，我们一定会有初步的调查结果。”

从派出所回去，池月将王父送去了屏州。虽然全部真相还没有大白于天下，但王雪芽出事故的案件，公安至少给出了个初步的调查结果：人为陷害造成她的身体损伤，导致她不能继续参赛。

王母得知消息后，伤心欲绝。而王雪芽听说范维涉案已经被捕，愣了好久。

“我还真是没想到。”

当初与范维相识，王雪芽就将全心给付他。那是她认真爱过的一个男人，一个曾经告诉她他们死后要葬在一起，在石碑上刻下二维码，记录他们一生恩爱的男人。

“不得不说，我看男人的眼光很有问题。”王雪芽这么告诉池月，然后无奈地笑着叹气，“我喜欢的人，一个是渣男，一个是……”

郑西元渣吗？王雪芽有点说不出口。郑西元与范维是不同的。范维欺骗过她的感情，而郑西元没有。在她认识郑西元以前，他就是一个这样的男人。他只是没有为了她改变自己而已。

“一个算不得渣，但跟我谈恋爱不合适的人。我眼光不行，找不到适合自己的。”

池月扶住她的肩膀：“你想明白就好，小乌鸦。我要回月亮坞了，可能要过好一阵子才能来看你。”

王雪芽抿了抿嘴唇，眼睛里突然浮上来一层雾气：“我已经好多了。爸妈在这里，你放心吧，没事的。”

"嗯。"两个人互相对视，心里都有点不是滋味。

当初大家兴致勃勃地来参赛，如今却惨淡收场。

"月光光。"王雪芽突然抽出一只手，慢慢地握住池月，"你要回去参加决赛吗？"

池月沉默了好一会儿，说："我没有想好。我更愿意投入精力的地方是月亮坞。可能是因为那次失败吧，在《星空行者》上，我还是寄托了一部分情感……"

"去吧。"王雪芽打断池月，手紧了又紧，眼睛里的雾慢慢地凝结成眼泪，"我希望有一天，你能在太空向我发来信息，告诉我——'小乌鸦，你最想去的地方，我替你来了，我全部看到了，这里真的很美……'"

池月鼻子一酸："小乌鸦……"

"月光光，这是我这一辈子都做不到的事，我很羡慕你。你不要轻易放弃，好吗？"

珍惜机会的人，却得不到参赛资格。不想继续参赛的人，参赛资格却唾手可得。池月觉得如果自己在这个时候放弃，对王雪芽而言是一种残忍。她慢慢地搂住王雪芽的肩膀，说："好，你做不到的事，我来替你完成。"

王雪芽收紧双手，哽咽着："月光光，你是我最好的姐妹，这辈子都是。"

"傻瓜。别哭啊！"池月给王雪芽抽纸，"你妈来了……"

王雪芽吸吸鼻子，赶紧收住眼泪，往房门一看，哪里有人？

"月光光，你太坏了，又骗我……"

池月重新参赛的消息，《星空行者》节目组下午就"官宣"了。池月的粉丝后援会也在第一时间发出喜讯，表示沉寂许久的池女王再次发力，登上擂台，真是众望所归。原本毫无悬念的冠军之争，现在变得扑朔迷离。池月再一次 PK（对抗）林盼，成为《星空行者》节目最大的看点。

谁会夺冠？网上争论不休，双方粉丝掐架呈白热化状态。可就在这时，突然有人爆料，林盼失踪了。她不在航天城里，也没有收拾行李，大家目前联系不上她。据说她是被郑西元和乔东阳带走的，同行的还有池月。

离星空决赛还剩九天，他们在这个时候带走林盼，是为了什么？

这个网友的爆料，引起了诸多猜测。又有人在爆料下面留言，说林盼涉嫌参与了范维一案才被警方带走，她可能是陷害池月和王雪芽的恶性案件的直接参与人。

一石激起千层浪，林盼的人设瞬间崩了。

长久以来，林盼凭借出众的外表、讨喜的人设和超强的个人能力，一直是《星空行者》的代表选手。她清高自持，深受观众喜爱。即便在如此纷乱的网络环境下，林盼也从来没有遭受过网络暴力，只有她的粉丝“网暴”(施加网络暴力)别人的时候。但观众爱之深，责之切。人设过于完美的人一旦出错，公众更难容忍。消息一出，不等警方发布真相，林盼就已经在网络上被人辱骂了好几次，个人网站都被“血洗”了。

这个消息，池月是在月亮坞里看到的。

“亚洲五A级美人区”的小群里，几个姑娘先是不厚道地乐了一阵。可是她们讨论着讨论着，又开始怀疑事件的真假，做起了福尔摩斯，猜测起案情来。

这些消息，池月只是看了看，没参与讨论。既然警方交代了不能泄露案件的相关消息，她就不会多嘴。而且回到月亮坞以后，她忙得不可开交，根本没有聊天的时间。

池月是黄昏时分到家的，和乔东阳分头行动。他去了项目组，她一个人回家。池月一进门，于凤就笑逐颜开地带她去看乔家二老送来的礼物。董珊是个有心人，后妈做得比亲妈更周全，姿态放得很低，送来的礼物也很贴心。这让一开始还有些“不敢高攀”心态的于凤乐开了花，于凤恨不得马上就把池月嫁过去。

听于凤唠叨，池月觉得脑袋痛："他们还没有走吗？"

她认为她和乔东阳再回来，肯定看不到乔正崇夫妇了。在月亮坞里，乔正崇夫妇肯定待不下去。不承想于凤愣了一下，喜笑颜开："是啊，他们夫妻两个人玩得挺开心呢。你婆婆还说，咱们月亮坞是个风水宝地，来了就舍不得走。"

"风水宝地？"池月不敢相信。

同一时刻，乔东阳也在头痛。乔正崇不仅没有离开月亮坞，看样子好像还准备常住。工人用搭建工棚的材料，为乔正崇和董珊专门搭建了一座"独幢别墅"。"别墅"离施工区稍有一段距离，看上去很简陋，但乔正崇和董珊居然住得很开心。

乔东阳丢下乔正崇去了航天城后，乔正崇带着董珊回来，认真地研究了规划图，又在项目组两个工程师的带领下去了一趟月亮湖。那里正在进行初期建设，工人们搭工区、种绿植。树苗一批一批地被往里运，当地的老百姓和工人都在栽树。乔正崇看得手痒，要亲自种一棵……然后，他就喜欢上了这种感觉，种了一棵又一棵。

侯助理是个有眼力的人，看老爷子种得这么开心，当即在地图上为乔正崇划出一块区域，并让俞荣在老爷子种的树边上竖了一块牌子，上书三个大字："崇德林"。

"乔董，这个区域就归您了。

"到时候咱们把您种树的事迹写上去，这就是崇德林的历史。

"以后月亮湖被建成，来自四面八方的游客走到这里，在崇德林里小憩，看到您当年亲自种下的树苗长得郁郁葱葱……这是何等让人骄傲和满足的事情啊！

"千百年后，月亮湖水长青、树长绿……您想想这片盛景，那可是赚多少钱都买不到的功德。

"乔董啊，这就是您亲手打下的江山。"

马屁猴的功力不是吹的。他夸起人来毫不含糊。在被侯助理陪伴的两天里，一开始乔正崇还对此感到抗拒，结果不知怎么地被侯助理洗了脑，觉得自己的儿子简直了不起。在侯助理的安排下，不管乔正崇走到月亮坞的哪个地方，只要有人介绍乔正崇是乔东阳的爹，老百姓一个个把乔正崇当亲爹一样感恩戴德。老百姓纷纷称赞他养了个好儿子。

老父亲就这么……飘了、飘了，还越飘越远。再有董珊的耳边风一吹，乔正崇越发觉得，乔东阳在做一件大事，很有意义。于是乔东阳看到坐在面前的这个亲爹，就有点不敢相认了。

这老头脱下了一丝不苟的西服，穿上工装，戴上工帽，正在跟乔东阳大谈特谈月亮坞的建设和规划。更可怕的是，乔正崇表示自己要做总设计师。

“不是我鄙视你……”乔东阳把脑袋摇了又摇，眼睛里写满了鄙视，“在商场上你是老奸巨猾的游鱼，但这不是咱们家的后花园，你想怎么建就怎么建，不行拆了再来一遍……行了，你年纪不小了，少做点梦。”

乔正崇气得吹胡子瞪眼：“你知道你爹大学的时候学的是什么专业吗？”

乔东阳挑挑眉：“不感兴趣。”

乔东阳眼里的乔正崇就是个唯利是图的伪君子。专业这种东西，乔东阳从来没想过老爹会拥有。

乔正崇拍桌子：“我读的是水利学院，学的是水工建筑专业。”

这个真让乔东阳感到意外，乔东阳不敢相信地看着乔正崇。

乔正崇叹口气，别开头，不敢看乔东阳眼里炽热的光，似乎怕从乔东阳的眼睛里看到当年风华正茂的自己和那些被自己遗失在漫漫长路里的梦。

“我顶着压力报读了这个专业，毕业后出国，却还是被家里人安排读了工商管理……”乔正崇哼了一声，用一种很骄傲的语气说，“不怕告诉你，我当年的同班同学里有两个哥们儿已经是工程院的院士了。”

乔东阳噗地笑了一声，耸耸肩膀。

“你这是什么表情？”

“乔董，你这牛吹得有点大，容我消化一下。”

“你这臭小子。”乔正崇咬着牙指着乔东阳，暴脾气上来了，“我把我的两个同学请过来了，他们明天就到月亮坞。到时候你就知道你爹是不是吹牛了！哼，不是我说，当年他俩的成绩还不如我呢……”

乔东阳呵呵地笑，乔正崇气得老脸涨红。

董珊看得心惊胆战，生怕乔正崇一口气提不上来，赶紧扯了扯乔正崇的袖子：“老乔，该吃药了。”

“吃什么药？”乔正崇怒视着她，“你说我有病？”

“医生开的药，胃药。”

乔正崇冷冷地哼了一声，借机下了台阶，指着乔东阳骂：“回头再收拾你。”

董珊扶着乔正崇回他们的“别墅”去了。

乔东阳看着他们的背影，抚了抚额头，消化了一会儿，把俞荣叫了过来。自从月亮坞项目立项后，专家一批一批地被他们请过来，勘测了一次又一次，设计规则做了好几个版本，却一直没有定稿。这些规划不是不好，而是不够好。乔东阳始终觉得缺少一点什么，对规划感到不满意。

“你觉得老乔怎么样？”乔东阳问俞荣。

俞荣看了看他：“老爷子挺专业的，组里有好几个工程师说他很有想法。”

看来乔正崇不是绣花枕头。

乔东阳说：“如果老乔真有新颖的想法，又请了两个院士过来提供专业帮助，那……就让他试试吧。”

俞荣点点头：“好。”

乔东阳托着下巴，想了想：“还有一件事……”

“什么？”俞荣问。

乔东阳说：“不用给他支薪水了，毕竟这只是人家的兴趣爱好。”

当天晚上，池月刚睡下，就收到乔东阳要“召见”她的微信：“要不要过来？我去你家门口接你。”

池月耳根莫名有一点发热：“不，我要睡觉了。”

“我的待遇提高了。我不住帐篷了，你就不过来看看？”

项目组不仅为乔正崇搭建了单独的工棚，还给乔东阳搭了一个独立的带住宿的办公区。月亮坞项目的一切都是特批，用不了几天，自来水也要被引入月亮坞里，条件确实在慢慢地变好。可是池月觉得这货叫她过去，他根本就不是这个目的。

“我明天上班再看。半夜三更的，我一个女孩子过去不安全……”

“池小姐，你的警惕性很高啊。”

“谁让乔先生这么像狼呢？”

“你是在夸我的能力强吗？”

“我呸！”

乔东阳发了个委屈的表情。

池月在这边捂着脸偷笑，想象着他躺在床上跟自己聊天的样子，抿了抿嘴，慢慢地打字：“不早了，睡吧，明天还有事情。”

“等下，我跟你讨论个事。”乔东阳飞快地打字，“我觉得我老头疯了。”

“什么情况？”

乔东阳：“打字表达不清楚，你过来我们细说。”

呵！雕虫小技。池月挑挑眉梢，一个语音电话拨过去。乔东阳不接，直接挂断，在池月发蒙时，发来了视频请求。

池月很少跟人视频，在印象中，除了跟王雪芽视频过，就只有乔东阳了，而且次数不多。大概是个性使然，她不太习惯通过摄像头与人聊天，离得太近了会显得太亲密，笑不到三秒，她的脸上就会出现尴尬的表情。可是今天，视频接通，她看到乔东阳帅气的脸出现在镜头里，心怦地一动，就忘记尴尬了。

“先看看我的房间。”乔东阳切换镜头让她看，“怎么样？睡这里，你不会再委屈了吧？”

“谁要跟你睡？”

“你不跟我睡没关系，我跟你睡就行了。”

池月没戴耳机，夜深人静，怕老妈耳力太好听见他的话，压低声音咬牙切齿地说他：“能不能说重点。”

“重点是我家老头真疯了。”乔东阳看她抿着红嘟嘟的嘴唇，她生着气的样子十分可爱，不由得笑了起来，“他主动要求做月亮坞项目的规划工作……我怎么觉得这老头子不怀好意呢？他是不是有什么阴谋啊？”

听乔东阳说完原委，池月也有点吃惊。不过她比乔东阳看得开：“会不会是你想多了？也许他不是为了阻止你或者破坏项目，而是真心想做这个事？”

“你不知道他这个人，他不会轻易服软的……”

“人是会变的，他的年纪大了。”池月又笑了一声，“我觉得侯助理是个人才，上能说动皇帝，下能忽悠百姓。以前我觉得他是个浑水摸鱼的家伙，现在才发现这个人是个扮猪吃老虎的高人……”

“那当然。”乔东阳并不感到意外，“我爷爷亲自选出来帮我的人，他会是庸才吗？”

“那你为什么经常骂他？”

“有些人就是欠骂啊。猴子这家伙，不挨骂就得上天，你知道吗？”

“哈哈哈！”池月被他说得笑个不停，“其实我才该感谢他。”

“嗯？怎么说？”

“池雁最近的变化很大。她变开朗了，爱说爱笑，也没有发过病……侯助理的功劳很大。”

乔东阳看着她脸色沉下来的样子，沉默了一下：“有道理，明天我给他加个鸡腿。”

“小气。”

乔正崇请来的两位院士，第二天中午就到了。

老哥们儿见面，唏嘘了一阵过去的几十年时光。说到月亮坞项目，两位老院士都竖起了大拇指，夸乔东阳了不起、夸乔正崇会培养儿子。在来之前，他们其实就已经了解过月亮坞的情况了，在私底下也讨论过。他们收到乔正崇的邀请，到月亮坞初步勘察后，兴趣比来时更浓。

三个年轻时的伙伴，把自己关入房间里讨论项目。

池月陪董珊坐在外面，相视一笑。

“阿姨，叔叔这是……怎么突然就变了心思？”

董珊嘴角含笑：“你叔叔以前也不是那么固执的人。”

池月看了看董珊朴素的打扮，笑着说：“肯定是阿姨的功劳，他是不是听了您的劝？”

“我？”董珊摇摇头，失笑，“我要能说动他，也不会……”她苦笑一下，没有继续说下去，而是换了个话题：“所以我说月亮坞是个风水宝地呢。看老乔这样子，我也很开心。”

池月沉默了一下：“可是这里的生活很苦。”

“身在人世间，哪里不苦？与心苦相比，身苦好受得多。”董珊笑着说完，意味深长地看着池月，说，“昨晚老乔还和我讨论，准备把乔氏集团的担子卸下来交给东子。老乔年纪不小了，该休息了。月亮坞不错，像个养老地，老乔说他在这里可能能多活几年……”

乔正崇是被高人点化了吗？

“老乔性子孤僻，以前对孩子的控制欲太强了，总担心孩子做不好事，什么都想插手，习惯用老观念去看新事物……而东子又喜欢和他作对，父子两个人的关系一直不好……可老乔是爱孩子的。”

池月点点头，不方便插话。

董珊笑着说：“你看现在多好。人一旦想开了，放手了，就什么都过去了。我们老了，把自己的日子过好就是皆大欢喜。”

皆大欢喜？恐怕乔东阳知道后该哭了。从池月对乔东阳的了解来看，他做机器人和星空计划，完全是出于喜爱，对乔家子孙趋之若鹜的乔家资产反而兴趣不大。乔正崇以为乔东阳想接自己的班，却不知乔东阳根本就嫌弃那个担子太重。

乔正崇想退休？恐怕父子俩还得再扯一场。

当天下午，郑西元从航天城风尘仆仆地赶了过来。

郑西元要带走池月。离《星空行者》总决赛还有八天，选手要开始集中训练。既然池月要参赛，肯定得归队训练。乔东阳舍不得，想跟着她一起去，但项目已经开始，乔正崇又请来了两个院士，正在组织专家团讨论，这个时候乔东阳走不开。

“你先去，我争取在你比赛前赶过来。”

池月了解情况，点点头：“各自做事，不用担心我。”

“注意安全。”乔东阳轻轻地拥抱她。

“我有分寸的。”池月微微一笑，“放心吧。”

乔东阳低头吻她的额头，亲自把她送上郑西元的汽车：“我把人交给你了，少一根汗毛，我就‘盘’死你！”

郑西元把头伸出车窗：“可是我并不知道她有多少根汗毛啊。”

“滚！”

回去的路上，郑西元主动向池月说起林盼的事。今天去月亮坞接池月之前，郑西元又去了一趟派出所。林盼不在那里了，警察没有告诉他林盼的去处，只是讳莫如深地让他回去等通知。

“池月，如果航天服的事真的是林盼做的，你会原谅她吗？”

郑西元嘴欠，但是对朋友真不错。在郑西元还是池月的大客户的时候，池月就受过他不少的关照，她一直认为郑西元做人没有问题。他除了管不住裤裆里那点事以外，基本没毛病。哪怕现在他关心的人是林盼，池月仍然坚定地维护他对友情的认真。

“原不原谅她是法律的事。”

“我是问你心里咋想？”

“我不咋想。”池月发出一声干笑，“你去问一个受害者原不原谅加害者，不觉得很残忍吗？郑哥！”

郑西元叹了口气：“是有点残忍。林盼确实有不少臭毛病，但我不相信她会做这种事……尤其对王雪芽，她更没有必要。我认为，她是被范维陷害的。”

池月只是笑，抿嘴不语。

郑西元看着她的表情，觉得自己挺没趣的，尴尬地笑笑，换了个话题：“回去了好好训练，你耽搁了这么久，趁这几天恢复恢复状态。现在林盼不在，你夺冠的希望很大……”

这个人真的会说话吗？池月觉得自己的心肝在抽搐。

老实说，池月不愿意参加一场没有林盼的决赛，这就好像……捡了多大的便宜。池月上次在资格赛里“跪了”，虽然说是航天服有问题，但林盼也说过，她故意让过自己。对此，池月很介意。所以池月期盼来一场没有谦让的比赛。哪怕自己输了，心里也踏实。

又过了半小时，汽车驶入航天城。

今天的航天城比池月以往来的任何一次都要清静。除了航天城的工作人员、星空节目组的工作人员以外，只剩下三个选手。原本决定出赛的四强选手赖丹晴因为赛后身体不适，选择了合适的时间宣布退出比赛，永远地留在了四强的榜单中。

进入四强的选手，享受的是高级别的待遇。昊光为每个选手配备了一个专门负责处理日常事务的助理和一个对她们进行一对一训练的专业教练。

池月刚下车，一个穿牛仔裤的年轻女孩就热情地迎上来帮她拎包，这让她受宠若惊。她下意识地回头看了一眼郑西元。

“这是郑茜。”说着，郑西元看了那女孩一眼，“她是你的助理。”

池月怔了怔，笑道：“和郑哥一个姓啊，你们是亲戚？”

池月原只是开个玩笑，没想到女孩子腼腆一笑。女孩子竟然默认了。

郑西元看了池月一眼，重重地叹了一口气：“她是我妹。”

池月有些惊讶：“亲的？”

“堂妹。”

郑西元没有多说，池月不知道这堂妹和他到底有多亲——但他对池月的重视程度由此可见一斑。

“我是专门从昊光把她调过来给你用的。”

池月唇角微微上扬：“多谢。”

郑西元说：“不用，我只是怕被人‘盘’而已。”

不论在池月的身边安排谁，都不如安排自己人值得信任，郑西元考虑周全。可是池月想，这女孩子是老郑的堂妹，好歹也算个千金小姐，自己怎么好意思“用”人家啊？

池月住的宿舍还是那一间。郑茜带池月进去。池月在路上没有见到人，却意外地在宿舍里看到了汤萍。

两个人相见，愣了愣。

池月笑了起来，张开双臂：“你好啊，我是池月，多多关照。”

汤萍会心地一笑，走过来与她相拥：“你好池月，我是汤萍，很高兴跟你住一个宿舍。”

“哈哈哈！”

汤萍告诉池月，颁奖礼后，自己收拾好行李离开航天城了，结果人还没有到家就接到节目组的电话，节目组让她回来参加决赛。理由与池月想得差不多。汤萍在四分之一决赛的时候被人陷害，比赛失利。节目组给她一次复赛的机会，让她替代赖丹晴成为四强之一。

“太不可思议了，对不对？”比赛的机会失而复得，汤萍有些兴奋。

池月点点头：“是呀。”

“没想到使坏的是林盼。”汤萍的话难得地多了起来，“平常她这个人虽然骄傲了点，但也没有什么坏心眼啊，跟我也没什么矛盾，我也没有实力和她抢冠军……我想不通她为什么要这样。”

池月微微地皱了下眉心：“你觉得自己不是她的对手？”

汤萍失笑：“差不多是这样。反正我不可能是她冠军路上的障碍，她实在没必要对付我……”

池月沉吟一下，眼睛里的光微微地黯了下去：“你觉得在选手里，谁会把你当成障碍？”

汤萍沉默了，大家都希望胜出，所以那个人究竟会是谁呢？

由于训练的时间紧、任务重，当天晚上几位选手被节目组集中起来开了个小会，被安排最后一个阶段的突击训练。节目总监梅伊、领队和几个教官都在。在分配教官的时候，池月幸运地分到了刘教官。

刘教官很专业，最主要是人品好，池月信他。散会后，选手们各自离去。池月准备找刘教官单独聊一下，说说现阶段的情况。可是刚走出办公室，她就被朱青拦住了。

她俩是校友，认识的时间最长。可以前在节目组中，她俩还不如陌生人。她们能少看对方一眼就少看一眼，是冤家也不为过。在池月的心里，朱青是忌惮自己的。今天这是怎么了？谁给朱青的勇气来挡自己的路？

池月慢慢地抱起双臂，笑着问朱青：“你最近憔悴了啊，是生意不好吗？”

这句话听上去没毛病，但只有朱青知道池月有多损：“你真恶毒。”

看着朱青咬牙切齿的样子，池月挑高眉梢：“你敢做，却不能被人说？”

朱青说：“池月，我不是来跟你叙旧的。”

池月差点笑出声来：“哦，那你是准备来跟我道歉的吗？”

“道歉？你这么恶毒的女人，值得我表达歉意？”

“我明白了，你是欠骂了。”池月眼神锐利，把声音压得很低，“不要以为我不吭声是因为我怕你。朱青，没有把你的事曝光，已经是我能给出的最大善意——”她冷笑一声：“我不介意再恶毒一点的，你想试试？”

朱青的脸色一变。

当初为了钱做直播是朱青人生的污点。在成为《星空行者》四强之后，拥有了大量粉丝的朱青恨不得穿越回去，删除那一段丢人的经历。池月恰好是这段经历的见证者之一。

朱青冷冷地说："造谣一张嘴，你要诬蔑我，随便你。但今天，我要为林盼讨一个公道。哪怕会因此受到你的报复，我也不怕。"

池月被朱青逗乐了，突然明白了朱青找上自己的原因："你怕我会在决赛中不择手段地对付你，怕我曝光你的丑事影响你比赛，才故意借林盼之名来招惹我，给我一个诬蔑你的罪名，提前为洗白自己做好铺垫吧？"

朱青的目光里有微微的凉意。

池月抬抬下巴，勾起的唇角带着点坏意："被我说中了？"

"我不知道你在说什么！池月，你不要回避你陷害林盼的事情。"

"还狡辩？"池月冷笑，"放心，你做得出那种事，我却说不出口。我怕脏了自己的嘴……再怎么说，我也是嫖过你的人，多少会给你留点情面。你的那些照片，我一个人欣赏就好，不会外传的。"

朱青倒吸一口凉气："池月，你除了会诬蔑我还会做什么？"

当初警方已经让池月删掉了照片，这一点朱青确认过。本来她不确定池月有没有留底，所以到了航天城后一直低调小心，不敢轻易招惹池月。但池月没动静，朱青又忍不住蠢蠢欲动。她一步步地试探池月。那次食堂事件之后，她基本确定池月没有她的任何把柄了。要不然池月肯定不会放过她，早就曝光了。她不相信池月的善意，早就习惯了以最大的恶意去揣测他人。

"池月，我没见过比你更恶心的女人。航天服故障？这么可笑的理由，是你为了重回赛场和乔东阳在一起获得的酬劳吧？林盼挡了你的冠军之路，哪怕她什么都没有做，她也成了你夺冠的牺牲品。"

朱青好会编故事，池月听得眉开眼笑："你肯定被你编的故事折磨得茶饭不思，才憔悴成这副鬼样子的吧？就算是这样，我献身一次能换来这么多好处，而你献身给了那么多个男人，也没得到个好价钱，不是更恶心？"

"你……"朱青的牙都快被咬碎了，"血口喷人！"

她一气之下，伸手就要打人。

池月飞快地扼住她的胳膊：“朱青替好友林盼出气，找池月理论。池月目中无人、狂妄至极，对朱青大打出手，导致朱青重伤……朱女神，你是想制造这样的新闻吗？”

朱青微微一怔。

池月的一双眼洞察力十足。她带着冷漠戏谑的神色，讥讽朱青道：“你那点小把戏，骗林盼可以，骗我，嫩了点。”她把朱青的胳膊狠狠地甩出去，“朱青，你不是我的对手，不要在我面前耍花样。你想找打？姐还怕脏手呢。你尽搞些小伎俩！哼！”

池月说完，大步地走开。朱青站在原地，一张脸忽青忽白。

嫉妒会让人发疯。池月越是高姿态地蔑视朱青、越是表现出对朱青的不屑，朱青的恨意就越是膨胀，朱青的恨意甚至到了无法被抑止的地步。朱青就像躲在阴暗角落里不能见光的恶灵，看着阳光下翩翩起舞的仙女，对池月恨之入骨。

池月与刘教官再见面，两个人都很开心。刘教官认为池月是他教过的最有潜力的航天员，她唯一的缺点就是对航天不热衷。池月被刘教官的说法逗笑，表示今后一定要改正缺点，对航天热爱起来。

刘教官为池月量身定制了科学的训练计划。池月是个聪明的女孩，但并非全能，不懂刘教官所谓的“科学”究竟科学在哪里。不过她信任他，全身心地配合训练。掐掉网线、关掉手机，她一心扑在训练中。于是第一天训练下来，池月就“废”了。

太久没有进行过高强度的运动，池月直呼受不了。回到宿舍，她瘫在床上，盯着床板，一根手指头都不想动，直接睡过去。

第二天早上起床，她听到了林盼要回航天城的消息。

林盼回来以前，决赛只有四名选手，现在林盼回来了，决赛选手也只有五个，但航天城似乎一下子就热闹了起来。这份热闹当然是林盼带来的，她的回归可以满足一些人的好奇心。

林盼是跟郑西元的车回来的，回来后，和郑西元在办公室里聊了好久。出来时，她低垂着头，脸尖了，苍白憔悴，像被拔了毛的孔雀，整个人蔫蔫的。看到这么多人来关心她，她也只是勉强一笑，没有精神。

大家都想知道，这些天林盼去了哪里、经历了什么，案子怎么样了。所有人变成了热情的小可爱，林盼的好朋友。

可惜林盼什么都不肯说：“不好意思，警方有交代，案情不能透露。”

不论谁问，她都是这句话。终于人们悻悻地走了，只剩下朱青和许文雨像迎接凯旋的英雄一样把她接回宿舍。

她的床铺得好好的，书被摆得整整齐齐，和她没离开时一样。以前这些杂事也是朱青和许文雨帮她做，林盼连一根手指头都不会动。那时，她即便在说感谢的时候，也要适时地表现出一种与众不同的骄傲、睥睨的姿态。可今天她的态度有了很大的变化。

朱青和许文雨都敏感地察觉到了。林盼变得不爱说话了，对她们礼貌、客气、疏远。

“盼盼，你是不是吃苦头了？”

在三个人中间，许文雨脾气最大，人也最傻。朱青闷着头不说话，只是一脸担忧的表情。许文雨半点眼力都没有，字字戳中林盼的痛处：“我听说里面的人都凶得很，他们是不是对你做了什么……”

“没有。”林盼听不下去，打断许文雨，“我要休息一下。”

许文雨还想说什么，被朱青拉住，许文雨不解地回过头。

朱青朝许文雨摇了摇头：“盼盼，你休息吧，吃饭的时候我叫你。”

朱青准备拉许文雨出去，没想到林盼突然转过了头：“朱青，你等一下。文雨，你先去训练。”

“好。”朱青松开许文雨的手。

许文雨关上门走了。

林盼坐在床上，朱青站在宿舍的中间，气氛莫名诡异。明明闺密久别重逢，林盼的眼珠子却像上了刺刀的枪，看得朱青脑袋发涨。

朱青不敢靠近她。

“盼盼，你这是怎么了？”

“我为什么会借钱给范维？”林盼问得没头没脑。

朱青一怔：“你说他家里困难，能帮一把是一把，反正你也不缺钱……”

“错！”林盼盯着她，“如果不是你经常在我面前说范维老实、憨厚，被王雪芽骗了感情，还对她痴心一片；说他孝顺顾家，自己不吃不喝省着钱给家里盖房子，结果又受了灾，好人没好报，被欺负得太狠……我根本就不会借钱给他。”

朱青脸色一变：“盼盼，你这是什么意思？”

林盼冷冷地看着她：“如果不是你的关系，我跟他不熟。”

朱青摇摇头，一副失魂落魄的样子：“盼盼，这个你不能怪我啊。出事之前，谁会知道范维是这样的人？我也被他的外表蒙骗了。”

“按你的意思，我该自认倒霉吗？”林盼冷冷地哼了一声，“你现在推得一干二净，把屎盆子往我的脑袋上扣。朱青，我怎么今天才发现你这么不地道呢？”

“盼盼，对不起。”朱青低下头，一脸后悔，“你要这么说，我也不能反驳。确实是我识人不清，害了你。我向你道歉，但如果我事先就知道范维是这种人……我、我天打雷劈，不得好死。”

林盼冷冷地睨着她：“你和范维是不是有那种关系？”

“我没有——”朱青退后一步，“盼盼，你居然这么说我。为了你，我昨天还差点和池月打起来……”朱青撸起袖子，让林盼看她胳膊上的指印和青痕，“看到没有？这就是被池月弄的。我这是为了谁啊？不是为了给你争面子吗？你现在怨我。可范维对你感恩戴德，说你是‘女神’、活菩萨的时候，你又是怎么说的？大家都被骗了，你怎么能怪我呢？”

朱青说得又快又急，委屈得眼泪都掉下来了。

林盼微微一松挺直的脊背，语气软了下来：“不好意思，我语言过激了。你去训练吧，我睡一会儿，中饭不用叫我。”

她往床上一躺，背对着朱青。

朱青说：“盼盼，我想问你最后一个问题。”

林盼没有回头：“你说。”

“为什么你会怀疑我跟范维有关系？”

林盼沉默了好一会儿，慢慢地回过头：“范维的男女关系混乱。他和好几个星空的女选手交往过，骗财骗色。他和沈亚丽也‘有一腿’，而你……”林盼复杂的目光里带有一层浓重的阴郁。她犹豫了好一会儿，突然别开脸，拉被子盖住自己，含糊地说了一句：“你以前是做什么的，心里没数吗？”

朱青感到自己的血液像在逆行，一股腥气从胸口翻涌上来，整个人如坠冰窖。她最不堪、最不愿意让人知道的事情，林盼不仅知道了，还当着她的面说出来了。朱青不敢想，在其他地方还有多少人知道这件事，又有多少人会用这种眼光看自己？自己是怎么走出宿舍的，朱青已经想不起来了，只觉得整个航天城湿湿冷冷的。

午餐的时候，大家都在议论林盼回来后赛制和规则会怎么被调整的问题。只有池月和汤萍坐在靠窗的桌子旁，除了细碎的咀嚼声外，没有发出半点其他的声音。

汤萍不爱说话、性子冷，池月在正常情况下也和汤萍一样。两个人很默契地选择只对付自己盘子里的食物，对外界的事一概不理。

朱青走了过来。她走得很慢，每一步都像用尽了力气，那张褪去血色的脸比池月昨天看到的更为苍白。朱青整个人就像刚从坟里爬出来，用楚楚可怜的泪伪装那双饱含怨毒的眼。她站到池月的桌前。

“池月，你放过我吧。”

朱青似乎悲伤到了极点。这声求饶把汤萍听得愣住了，许文雨也被朱青吓住了，几个吃饭的工作人员竖起了耳朵听这边的动静。池月挑着盘子里的土豆，用筷子将它夹成两半，分成小块，再分得更小，小得筷子都要夹不住了，才慢悠悠地把土豆放进嘴里。

这个过程很漫长。朱青在等，每个人都在等，等池月给出回答。

而池月把那块土豆吃完，看了汤萍一眼，露出了满意的微笑："土豆很软、很入味、很好吃。你别再嫌弃它了。"

众人："……"

汤萍眉尖几不可察地挑了一下："是吗？"

她学着池月的样子，把土豆分开，再蘸点汁，将土豆慢慢地放入嘴里，像在品尝什么高档的料理："是不错，入口即化、松软入味。算我看走了眼，这土豆确实不像昨天那样不入味了。"

"那是，火候够了，什么土豆都能被煨软。"

"土豆就是土豆。"

"终归是要现出原形的。"

"对。"

池月和汤萍小声、自在、旁若无人地对话，无视朱青的存在。

"池月。"朱青脸颊微红，总算有了点血色，委屈的语气里也多了尖锐，"对我有什么不满，你就明着冲我来，别在背地里搞小动作，好吗？"

池月嗯了一声，抬头看朱青："这位女士，你在跟我说话？"

朱青说："这里除了你，还有别人吗？"

池月看向汤萍："你看，她不尊重你。"

朱青气极了："你说话不用夹枪带棒的，我就是来找你的。"

池月轻笑："说话喜欢夹枪带棒的人是你吧？"

其实这句话没毛病，池月也没想太多，就事论事而已。奈何朱青做贼心虚，今天被林盼用那种语气和那种态度问了那样的话，现在觉得全世界的人看她的目光都有针对性，所有人在说她不好。"夹枪带棒"这个词她尤其不能忍。

"你无耻！"朱青觉得一股血气冲上脑门，但没有乱了分寸，"你不要以为你傍上乔东阳就可以为所欲为。全国的观众都看着呢。你小三上位，抢走林盼的未婚夫，挑拨离间，差一点害她坐牢，现在又想拿莫须有的罪名诬蔑我。池月，你这个女人真歹毒……"

"好新鲜。"池月笑了起来，"你总算找到点新鲜玩意骂人了。小三上位，嗯，是个不错的话题和攻击角度……朱青，你长本事了。"

食堂里一片安静。没人说话，但每个人都在听。

池月扬了扬唇角："乔东阳是谁的未婚夫，这个你说了怕是不算……"

她话音未落，突然看到一个人。

林盼来了。此刻林盼站在食堂的门口处，皱着眉看着她们，神态憔悴，一言不发。

池月放下筷子，慢条斯理地擦了擦嘴巴："'正主'来了，要不你问问她？"

朱青看林盼过来了，斗志高了不少。因为她了解林盼的弱点，知道乔东阳就是林盼的软肋。乔东阳是林盼人生中为数不多的得不到的东西之一。因此朱青笃定林盼讨厌池月，她会始终如一地和自己站在一起。

朱青把心里的小算盘打得啪啪响，装出一副为朋友两肋插刀、讲义气的样子。

"呵呵，你这个女人真的好有意思？你不就是欺负盼盼为人善良、不爱计较吗？资格赛的时候，你私底下央求盼盼放你一马。你自己不争气，盼盼让了你，你还是输了……结果你怀恨在心，倒打一耙……喀喀！"

池月眼波微动："不要急，慢慢说，看把你呛了，小心噎死。"

朱青怒极，忽然又是一笑："我看航天服有问题，全是骗人的。张冬成是东阳科技的工程师，是乔东阳的人。范维是王雪芽的爱慕者，是个恨不得膜拜她的人……接下去的话，还需要我说吗？"

全场寂静。

这种可能性不是没有人猜测过。但谁敢说出来，直接把矛头对准乔东阳？这世间本就没有绝对的公平，池月和乔东阳的关系大家有目共睹，乔老板要偏心自己的女人，谁敢说什么呢？他只要做得不是太难看，所有人都能接受。可朱青打着为林盼抱不平的旗号，捅破了窗户纸，这多尴尬啊！朱青的目的也正是这样，不论池月输了还是赢了，都有人怀疑结果的公正性。

杀人诛心，朱青惯用这种手段。

“啧！”池月有点佩服朱青了，“听你这么一说，我觉得你嘴里的这个池月，简直比蛇蝎还毒……”

池月知道所有人都在看自己，但不想表这个态。一转头，她把烫手的山芋交给了林盼。

“既然你来了，也听到了你的好姐妹的话，那咱们还是当面把话说清楚比较好。林盼，我有没有在私底下求你放过我，有没有抢你的男朋友，有没有陷害你？我想听听你的说法。”

各方剑拔弩张，众人的血液沸腾了起来。可林盼面无表情。她的目光穿过人群看向池月，两个人四目相对了足有半分钟：“你没有求过我，乔东阳也不是我的男朋友。至于有没有人陷害我……这个我也在等警方的结论。”

空气突然安静了下来。

“谢谢！”池月慢慢地端起盘子，朝四周观望的人略一欠身：“我吃好了，大家慢用。”

接下去的训练大家照常进行。教官把训练的时间抓得很紧，选手们配合得也辛苦，大家没有那么多的时间去互动，是非也就少了。那一天的小插曲，谁也没有再提，但敏感的人们隐隐地察觉到一场暴风雨正在酝酿，随时可能爆发。

节目组对赛制进行了调整，本来二分之一决赛是四进二，再搞冠军争夺战。但因为目前选手有五个人，节目组不得不把机制改为“五选一大逃杀”。所谓“五选一大逃杀”就是五个人同时参加终极决赛，最后胜出的就是星空的冠军。

这是节目组刚刚放出来的消息，至于“大逃杀”的具体内容，还在紧张地筹划和布置之中，内容暂时处于保密状态。

网络时代有一个奇怪的规律。当事人还没有确定的事情，网上已经流传出了无数个版本。关于“五选一大逃杀”的猜测很多，池月偶尔有空也会和汤萍研究、讨论应对决赛的办法。尽管具体方案没有出来，但顾名思义，池月认为在“大逃杀”中一定要先合作，与合作者绝对信任彼此。合作的人要等成功地击败对手后，再各凭本事争夺冠军。

汤萍对此表示认可。

于是两人心照不宣地结成了同盟。

关于“五选一大逃杀”，池月没有问过乔东阳。这几天，她忙，乔东阳似乎也在忙，两个人每天只互发几条信息，没有聊太多。池月有意回避和他谈到决赛的内容，乔东阳也不主动询问她。

决赛的消息是在总决赛的前一天下午被公布的。梅伊把五名选手和五个教官叫到一起，说了大概的情况。“五选一大逃杀”采取录播形式，一次定结果。

当天晚上选手没有训练，节目组专门为选手安排了大餐。

五名选手这些天是单独训练的。除了汤萍，池月和其他人几乎没有交集。池月不了解林盼、朱青和许文雨之间的关系怎么样，只是觉得这顿晚餐，节目组把她们安排在一张桌子旁，气氛有点尴尬。这不同于一般的娱乐节目，选手是对手，这关系到高达一个亿的奖金。谁能和竞争对手真心地合作呢?

吃饭的时候大家很沉默，池月也没有说一句话。等她回到宿舍后才知道，这顿饭是《星空行者》赛事最后的晚餐。

回到宿舍，她休息还不到一个小时，总教官就吹响了集合哨。大家打点行装，背上行囊，马上出发。

五个人都准时地到达了集合的地点。她们清一色地穿着作训服，戴着防风镜、作训头盔，背着作训行囊，一副野外急行军的样子。

“很好。”总教官把双手背在身后，审视般地在她们的面前走了走，“全体都有，立正。”

五个人挺胸抬头，站直身躯。

“向左向右看齐!

“向右转！齐步走……

“目标：直升机停机坪。”

航天城里是恒温状态，一丝风都没有。五个队员穿成这样，走在航天城里面，不免觉得有些闷热。但她们谁也没有说话，在总教官的指挥下，齐步走出航天城那扇极富科幻感的大门，到达停机坪，全程保持着安静和队伍的整齐。

螺旋桨在众人的头顶上发出沉闷的轰鸣声。五个人依次登机，端正而坐。她们不知道要去哪里，但知道那一定是你死我活的决赛赛场。

直升机跨越千山万水，在黑沉沉的夜空中悬停下来。

“到了！”总教官站了起来，扫视了一眼众选手，指了指下方，“在你们的下方是一座荒无人烟的孤岛。五分钟后，决赛将正式开始。你们被空投下去后，要找到需要解救的神秘人，把他平安地送出荒岛。第一个带着人质离开的人就是冠军。”

这就是“五选一大逃杀”？比赛的规则，教官叙述得很简单。跳伞、下去找到一个“神秘的人质”，然后把他带出荒岛，听上去，她们只需要干三件事。但她们中途会遇到什么、要怎样逃离荒岛，总教官一个字都没有说。

许文雨举手：“报告！”

总教官：“说！”

许文雨：“是我们五个人去解救一个人质，还是每人一个？”

如果五个人解救一个人质，难道不会发生“争抢人质”的事情吗？

总教官满意地点点头：“问得很好。”他卖了个关子：“这是一个升级版的综合性比赛。你们训练过的很多项目会在比赛中得到应用。你们先背上降落伞包，带上无线通信设备，然后到刘教官那里拿一个任务单，我再告诉你们。”

池月整理好装束，领到了一个单子。

“地图？”汤萍倒抽了一口气，看着池月。

那张地图上标了五个目标点。

总教官看向她们：“地图上的五个点，每处有一个待解救的神秘人质，这名人质也是你们的伙伴。我为什么说他神秘呢？因为你们找到的那个人不一定是自己对应的伙伴。那个人极有可能是对手的人，会成为你身边的卧底……也就是说，你们在带领人质离开荒岛的过程中，需要识别自己身边的是人质还是卧底。”

选手：“……”

这听上去，任务根本就不可能被完成。

“人质会告诉我们他是自己人吗？”

“会。”总教官微笑，“他们都会。”

“都会”，相当于她们遇到的队友可能是假的。

“他们都是专业的演员，在参加《星空行者》节目之前已经通过抽签决定好了身份。在比赛中，他们会根据不同的身份配合你们。我举个例子。池月的伙伴，是她要解救的人质。如果该人质不巧被林盼解救，那他就会变成林盼的卧底……”

专业的演员演人质和卧底？

众人听得一头雾水：“如果解救的是卧底会怎样？”

“如果是卧底，这个人会把你的信息出卖给对手……”总教官说到这里，顿了顿，“我前面讲的是大逃杀比赛里‘逃’的一部分。我下面要讲的就是另外一个部分，关于‘杀’的内容了……”

“杀？”众人微怔。

总教官说：“冠军只有一个，其他的四个人会被淘汰。参赛者为了取得胜利，除了抢在第一时间逃出去之外还有一个办法，就是消灭其他的对手。只要其他人被淘汰，剩下的一个就是冠军。”

好残忍的淘汰赛。第一个逃出荒岛和消灭全部对手，哪一种她们做起来更难？

她们要从荒岛逃生已经不容易，带上个明星人质，这更是难上加难，相较而言，消灭对手明显简单得多。

林盼问：“怎么才算消灭对手呢？”

总教官微微一笑：“王教官会给你们每人发一把道具枪。这是一种红外线枪，只要选手被击中，系统会适时感应并发送信号到导演组，该选手将显示被淘汰——”

池月轻轻一笑：“真人 CS（反恐精英）？”

教官也笑了起来：“原理差不多。但你们比赛的内容里还是有那些训练科目。”

她们在荒岛上怎么进行训练？看着众人眼里的疑问，总教官意味深长地一笑："这个荒岛曾经是某特战队的训练基地，战士们管它叫天蝎岛，我们节目组是暂时借用的。"总教官说到这里，神色微敛，"时间差不多了。我相信你们都可以战胜自我。"

她们都可以战胜自我，那谁是冠军？

对于这种安慰话，选手们只是一笑。

总教官再一次抬腕看时间："最后一次检查设备。"

"等等！"许文雨再次举起手，"我有话说。"

"讲！"

"没有比赛期限吗？"

"比赛直到冠军产生为止。"

"可是我们没有食物和水。"许文雨掂了掂背包，鼓起勇气说，"如果这是一个孤岛，我们靠什么生存呢？还有，导演组和摄制组在哪里？他们也在岛上吗？他们会不会为我们提供援助？"

总教官沉下脸来："野外生存训练，你们没有经历过吗？"

她们有是有，可训练的那个强度和在这个黑漆漆的荒岛上生存的强度能一样吗？

《星空行者》节目被办到现在，最难的野外生存比赛是《天降奇兵》那一次。也就是说，五个人里，只有池月真正经历过那样的考验。

许文雨噘了下嘴，又开始在心里妖魔化节目组的用心。

"《星空行者》总决赛，'五选一大逃杀'，正式开始！现在选手排队抽签，决定解救人质的编号，然后陆续走到舱门处。"

五个人质、五个编号，分别位于荒岛上的五个不同的地方，地图上都有显示。五名选手挑中哪一个人质，就去哪一个地点。也就是说，她们能不能挑到自己的伙伴，全凭运气，如果挑到对手的卧底，只能自认倒霉。

"开舱！"

摄像头闪着幽幽的光，总教官看着时间。

"倒计时开始。十！

“九！

…………

“一！

“跳！”

第六章
星空冠军诞生

夜间跳伞，她们脚下是一眼望不穿的、深不可测的黑暗荒岛。

风毫不留情地灌过来，身体疾速下坠。五名选手都是《星空行者》参赛选手中的佼佼者。她们在航天城都受到过冲击塔和高空跳伞等失重训练，不会像普通人那样感受到强烈的恐惧。

池月透过风镜，望着即将扑入的黑暗世界，思考着自己抽到的三号是什么人。

噗！伞包打开，池月下降的速度慢慢地减弱。她左右观察，发现有红点闪烁，有无人机在跟拍。

许文雨多虑了，再严苛的比赛，安全都有保障。

池月成功地降落到地面，一股热浪扑面而来。她皱了皱眉，明显感觉到岛上温暖咸腥的空气，与吉丘的沙漠环境俨然是两个不同的世界。她可以在沙漠地域来去自如，但若是在热带雨林……池月的手心有点出汗。

收起伪装伞包，她用无线通信设备给导演组发消息。

“三号已落地，寻找目标中。”

通信器里传来郑西元的声音：“注意安全。”

池月观望了一下，扒开丛林，找到一个能避风的地方。她将后背抵在崖壁上，借着电筒的光寻找三号人质的位置。她身上有导航设备，可这一看，一张脸就拉下来了。她这凌空一跳，落地地点离三号太远，却反而降落在一号附近。一号是谁呢？

池月心里有了主意。她按照地图指引快速摸到一号位置，原本想找一个有利地形守株待兔，结果到地方一看，那里有个岛中岛，通行的交通工具是水上滚轮，有点类似小孩子玩耍的水上充气滚筒，但比那个更难驾驭。如果她用这个渡水而过，成为别人的目标，就必死无疑。

沙沙！有细微的响动，从左侧传来。

池月躲在树丛背后，举起红外线枪，瞄准。

“谁？”对方很警觉。

池月松了口气：“汤萍，是我。”

“吁！”树后传来汤萍的声音，“池月，你怎么在这里？”

池月问：“你是一号吗？”

汤萍嗯了一声：“对，这是我抽到的号码。”

池月发现她在说话，但身子始终躲在丛林的背后，想了想，问她：“我们是合作，还是分开行动？”

合作当然更好。在这个处处充满未知凶险的丛林里，背后有伙伴，再安全不过。但合作需要绝对信任，因为她们手上的红外线枪，随时可以让对方淘汰出局。

这是一个危险的赌注和决定。

池月把选择权给了汤萍。

汤萍犹豫了一秒：“如果你信我，我们合作。”

“我信你。”池月话音未落，扒开丛林掩体，将身体暴露在她的面前。

汤萍一怔，也慢慢地站出来走近池月，朝她伸出手。

两个女孩子在这个黑暗的密林深处，双手交握：“走！”

有了合作的队友，就安全了很多。池月在岸边掩护，汤萍用水上滚轮慢慢渡过河去，解救她的神秘人质。她没有回头，始终把后背交给池月。不一会儿工夫，她就带着人回来了。

池月一看，恨不得翻个白眼。一号人质是张相君。

张相君的扮相很好，化了一点淡妆，衣服穿得干练，多了几分英气，倒不像平常的模样。不过这导演组真舍得下黑手，把张相君这么一朵娇滴滴的小花放在丛林孤岛上做人质，看来附近的保护措施不会少。

张相君看到池月，眼睛一亮：“池月，你来救我了？好快啊！我都做好被蚊子咬的准备了……”

池月眉头一皱：“我不懂你的意思。”

张相君噗的一声笑出声来：“我抽签抽到你了啊，我就是你的那个神秘人质。嗯，现在也是汤萍这边的卧底。”

“……”

这人居然直接就暴露了底牌。可演员就是演员，就算她一脸真诚，也未必是真的。总教官说过，他们都会声称是自己要找的人质。

“你不相信我？”张相君看了一眼她身边的汤萍，“你问汤萍，她来救我的时候，我就没这么说吧？”

汤萍冲她点了下头。

池月看了张相君一眼：“这个不重要。不管你是不是我的人质，我的任务都要继续完成。”

她要去三号地点，解救三号人质……就算张相君是她的伙伴，那她也得帮汤萍找到自己人，然后解决掉别人，再回头解决她俩的内部问题。

三号离一号有段距离。

池月在前面开路，汤萍殿后，同时要注意走在中间的张相君有没有小动作。两个人密切配合，张相君也没给她们添麻烦，不叫苦不叫累，倒让池月刮目相看。

三个人穿过密林，听到了涛声。三号的位置是在海岸线上。

“注意点，小心有人埋伏。”池月朝汤萍摆摆手，让她做好掩藏工作，自己慢慢地走过去，察看一下情况，又朝她招手：“你们躲在这里，等我。”

汤萍看她一眼：“人在哪里？”

“在那块大岩石上。”池月指了指。

总教官说过，她们在比赛中会用到各种学习和训练过的项目，确实如此。刚才汤萍救人用到了滚轮，现在她要上岩石救人，必须用到攀岩技术。

岩石很高，在她攀爬的过程中，如果有对手来，就基本算完蛋了。

池月为汤萍找好位置，帮她做好掩护：“在这里等我，如果她们三个在一起，你不用出头。”

汤萍说：“去吧，我会看好你。”

池月拍拍汤萍的肩膀，临走，又不放心地看了张相君一眼：“你注意她，万一她是别人的卧底……”

“明白。”汤萍斜睨了张相君一眼，“如果她搞小动作……”

“打晕她。”池月面无表情，“不用留面子。”

张相君：“……”

池月的速度很快。她从作训行囊里拿出工具，走近岩石，往上攀爬。导演组事先踩过点，这岩石是以前特战队的训练场地，上面有攀岩训练用的岩点。但这个自然界的攀岩墙，比航天城的人工攀岩墙更变态，岩点稀浅，她脊背冷汗涔涔，生怕自己手滑往下掉。

爬上岩顶用了好几分钟，池月站上去那一刻，怔住了。

刚才汤萍救人她没去，不知道经过，这一看差点笑出声来。这些演员可以说很敬业了——现在在她面前的，俨然就是一个活生生的被绑架的人质啊。

一根木桩上捆着个男人。他的手脚被绳子捆着，脑袋上罩着头罩，衬衣被解开了两颗扣子，露出一片精壮的肌肉。这人宽肩窄腰、双腿修长、胸肌鼓鼓、大腿结实有力，身材好得让人流口水，也不知道是哪个小鲜肉，这么卖力地演出？

“你好，我来救你了。人还活着吧？”池月走近，轻松地开个玩笑，摘下那人的头套，“魏歌？”

魏歌弯了弯眼角：“谢谢你。你认识我？”

他是比张相君的咖位还大的大明星啊，居然这么不自信吗？池月淡淡地瞄了他一眼：“我给你松绑，你配合一下。”

“好的。”魏歌看出了她的冷淡，扯了扯唇角，没有多说话。

从原则上说，他俩是陌生人，这副样子被池月“解救”，魏歌有点尴尬。他绷直了身体，池月比他还要从容：“你和导演组有仇吗？把你绑得这么紧。”

“轻点，我是你的伙伴。”

“嗯？”池月眯起眼。如果她没有记错的话，张相君也是这么说的。

“我抽签抽到你了。”魏歌说得一脸平静，看不出半分作假。

池月想笑。这是人人都争着当她的小伙伴吗？很显然，他俩中间必定有一个是假的。假的是魏歌？还是张相君？导演组编的是什么大戏，他们一定在背后偷着乐吧？

池月笑着问他：“如果不是我来救你，你也会这么说吗？”

“我这个人不说假话，尤其在美女面前。”魏歌偏了偏头。他那一头干净利落的短发，在昏暗的光线里有些阳刚的味道。他嘴角泛起的浅笑，像有一圈涟漪的光，荡在唇边。

他不是在娱乐市场上走俏的那种俊美奶油小鲜肉，而是脸形、五官俊美，身材超好，人设也比较 man（男子汉）的男人，在影视剧里塑造了很多硬汉角色，获得了高口碑、高票房……这也是池月会认识他的原因。

池月看看四周，寻找摄像头。

没有找到，她勾了勾唇角：“我找不到绳头，只能动刀子了。”

一个“了”字还没说完，她就抽出一把匕首，扬起来。冰冷的刀尖对着魏歌，把他吓了一跳：“小心！刀剑无眼。”

“放松点。”池月白他一眼，手起刀落。她又抬头看了他一眼：“你真是我的人？”

魏歌沉默了一会儿，回答：“是啊，我真是你的人。”

“张相君也说，她是我的人。你说我信谁好呢？”

魏歌笑着反问她：“你觉得哪个更值得信任？”

“我只信我自己。”池月抽掉断掉的绳子，让魏歌活动活动手脚，带他走到岩石边上，“你能自己下去吗？”

魏歌慢慢地转头看她：“不能。”

“那你是怎么上来的？”

“他们拉我上来的。”

池月的眉头沉了下去：“那我——推你下去？”

魏歌摇头：“你还是背我下去吧。”

“……”池月看着他真诚而腼腆的笑，恨不得一脚把他踹下去。但最后，她仍是把保险绳拿过来，将自己和他捆在一起，帮扶着他，一点一点从岩石上爬下去。

“谢谢！”魏歌落地后，长舒一口气，轻轻地搂了搂池月的肩膀，自然得就像朋友一样。在池月紧绷身子要骂人的瞬间，他手臂一勾，换了个方向，嘴唇凑到了池月的耳边：“你别紧张，其实我是你的‘脑残粉’……从《天降奇兵》第一期开始，我就关注你了。”

这个一线流量男明星说自己是她的“脑残粉”？池月眯起眼：“我是很好骗的人吗？”

“我不骗女人，更不可能骗我爱豆（偶像）。”

池月倒抽一口气：“魏歌，你……”

“嘘！”魏歌轻轻地眨着眼睛，“这是秘密。”

他不想被人知道，所以才会附在她的耳边说话，怕被摄制组录了去。

“相信我。”魏歌抿了抿嘴唇，“我会帮你。”

池月不敢置信地眯起眼：“所以你真的是我的人质？”

魏歌扬起唇角，似是而非地答：“我是你的人。”

夜里的海水波光潋滟，岸边的两个人俊美如俦。在皎洁的月光里，在摄制组的镜头里，这画面美好得让人心生嫉妒。郑西元正看得出神，背后传来了一阵脚步声。

啪！有人拍了一下他的肩膀。他讨厌被打断，嫌弃地捏住那只手：“你……”

他没能扳开那只手。像在拍慢镜头似的，他扭过脖子，看到了乔东阳吃人的目光。

“决赛内容是谁安排的？怎么这么暧昧？”

这祖宗怎么来了？郑西元在心里哀号。

池月和汤萍走到海边，研究了一下“大逃杀”的“逃跑路线”，发现可行性太低。一眼望不到边的海水，仿佛延伸到了天边。这里没有船只，游泳过去不现实。那么只剩下一种可能——杀！

没了对手，她们就是这个岛上最牛的仔！

“我们已经探索过 1 号和 3 号地点，离我们最近的是 2 号……”池月看着地图，抬手指了指，“与其坐以待毙，不如先发制人。拖的时间越久，对我们越是不利。”

没有食物、没有水，过了今晚，她们的生存都成问题，还要怎么“杀”敌？

汤萍赞同她的意见：“我们最好抢在她们三个结盟之前干掉一个，要不然 2 对 3，我们吃亏。”

池月笑：“你觉得她们三个可能真心结盟吗？”

汤萍有些错愕，似乎不明白她的意思。

池月淡淡地说：“在利益面前，没有牢不可破的友谊，能不能团结一心，靠的是人品……就算她们暂时结盟，这种关系也是一戳就破。”

汤萍点点头，看了看坐在礁石上的魏歌和张相君：“你相信他们中的哪一个？”

池月笑着反问：“你呢？”

“目前来看，魏歌更可信。”

池月冷哼了一声，笑道：“一个都不要信。”

张相君和魏歌都说他们抽签抽到的是池月，除了导演组的人，没有人能为他们提供证明。于是池月把两个都带上了。

2号地点离得近，他们很快就到了。池月和汤萍做好分工，一个攻，一个守；一个冲，一个望。按照惯例，池月把两个“人质”安置在点外，让汤萍守着，自己爬上2号点位对面的山坡，自上而下，察看对手的情况……

她没有看到人。暗夜里，只有风送来的湿气。

池月观察了一会儿，慢慢地摸到2号点。她意外地发现，地上有三个凌乱的降落伞堆放在一起。很显然，她们三个已经会合，大概嫌降落伞包太重，弃了。

池月把三个伞包收拢，一起拉了出去：“迟了一步。”

她们三个人结成联盟，对池月和汤萍来说，是最不好的一种结果。池月望着黑漆漆的天空，正在想对策，导航仪就传来点对点的消息。

这是赛制规则之一。神秘伙伴可以与自己真正匹配的选手联系三次，报告位置。池月现在收到的消息，就是来自她的“伙伴”，一个代号叫“狗子”的神秘人发来的。

“池月，我是你的伙伴，抽签抽到了你。我目前在这里。”

池月未及细看导航显示的位置，就笑出了声：“又来了一个伙伴。”

“三个了？”汤萍探头看一眼，“有哪个明星叫狗子的？”

“鬼知道。”

汤萍看向魏歌和张相君，后者也是一脸蒙。

张相君问魏歌：“我们抽签的时候，有一个叫狗子的人吗？”

魏歌冷着脸摇头，看着池月不说话。

在同行的路上，张相君对魏歌态度比较热络，而魏歌除了因为她是女孩子，对她有礼貌，也比较照顾之外，就没有别的情绪了。反观他对池月，那叫一个好：帮她背行囊、扛伞包，力气活儿都帮她做。他那上赶着对人好的姿态，连张相君都看不下去了。

“魏歌。”她低低地说，“你是个明星、偶像。”

魏歌狐疑地看着她：“有什么问题？”

“你没有偶像包袱，也不用太低姿态吧？”张相君有些不满。

在她的内心，她和魏歌才是同类，他们是一个圈子的人，应该有共同话题。他对自己疏远，却对池月好，这让她觉得丢人。

“我怎么感觉，你不拿自己当偶像，反倒把池月当偶像了？”

“关你什么事？”魏歌冷着脸，“管好你自己吧。”

张相君俏脸一沉，又压低声音：“为什么要骗她？你根本就不是她的人……”

魏歌慢慢地转过头：“我是她的人，你不是。”

“魏歌，你讲不讲道理？”

“不讲。”

“你神经病啊？”张相君气得脸都红了。

池月发现他俩剑拔弩张，走过来，说：“这个岛太大了，如果我们现在满地图地找她们，不仅疲于奔命，还会被对方钻空子消灭。”

“所以呢？”

“以守为攻。”

“怎么做？”

“我们又累又渴，先休息下吧。”

池月觉得这次比赛不是一天两天能完成的，怕是个长久战。所以他们得有一个可以暂时居住的“基地”。她的目标是先占领岛上最有生存价值的地方，“占地为王”，然后再寻找对方下手。再不济，也能自保，看谁耗得过谁。

池月的想法是对的。在“占地为王”的过程中，她不仅找到了一处淡水水源，还发现了一个温泉，就在荒岛西北近海的地方。看到升腾的温泉白雾，几个人简直不敢相信自己的眼睛。

张相君雀跃欢呼：“真想跳下去泡泡澡。”

“需要我帮你吗？”池月问。

张相君转过头，池月抬了抬脚，作势要踹她。

“啊！”张相君变了脸，抹了一把额头的汗，“池月，你干什么？”

池月似笑非笑：“测试一下，看你是不是卧底。”

说完，池月掉头走了，气得张相君脸色十分难看。

池月不喜欢她，她知道，也知道池月对她的不喜欢是为了什么。但张相君受不了这气，白池月一眼，一屁股坐了下来：“随便你吧，爱信不信。”

池月笑了一声，并不在意。她很忙，在淡水池附近寻找了片刻，把特战队用过的防护掩体利用起来，又将几个降落伞做成帐篷，搭建在掩体里面。整个过程中，张相君袖手旁观，魏歌忙前忙后，跟在池月身边转：“这是要生火做饭吗？”

池月看了他一眼，不答话。

魏歌只好自言自语：“这个挺有意思的，我最喜欢野炊了……”

张相君见他对池月特别好，只翻个白眼，不想再看了。

池月也翻了个白眼：“哪来的饭？”

魏歌动了动眉头，突然抿紧嘴唇，沉着脸问：“你饿了吗？”

池月斜睨着他，又看看正在警戒的汤萍：“你们应该都饿了吧。”

不饿才怪。折腾了一个晚上，现在粒米未进，大家都饿得前胸贴后背了。

“那我去找点吃的。”池月说着，带上匕首就要走。

魏歌一看，立马跟上：“我陪你一起去，你一个人不安全。”

池月上下打量着他：“你还是留在这里吧，有你在我才不安全。”

魏歌扬了扬眉头：“丛林是属于男人的战场。”

在没有工具的情况下，他们在淡水池里摸了几条鱼，回去在火上烤着吃了，又砍了一些竹子，烧了热水喝，这才觉得身体舒服了一些。

经过这么一遭，池月心里有点谱了。她把藏身基地又看了一遍，向汤萍交代任务："你留在这里，不要出去。只需要把掩体守好，她们进来就是找死。"

"那你呢？"汤萍问。

"我去看看……"池月指了指导航仪，上面有"卧底狗子"发送的位置。

汤萍对她的决定感到奇怪："现在去？这个位置已经是一个小时以前的了。就算有人，说不定也已经走了。"

池月一笑："收到位置就去，万一是陷阱呢？不是自投罗网吗？"

在关键的时候，林盼她们的想法肯定也一样，保存自我实力，找机会击败敌人。池月选择一个小时后再去，是让她们放松警惕。这样，不管"卧底"是真是假，她都可以在暗处观察敌情，再想办法。

"这叫侦察！放心吧，我很快就回来。"

狗子发来的位置，距离这里有点远。等池月找到那个地方，天边已露出了鱼肚白。天快亮了，她静卧在草丛里，过了好久，才终于听到了人声。

林盼："她们肯定不会守在地图标记点。我们现在满世界找人，不安全。当务之急，是填饱肚子。"

朱青："你去找吃的，我守着人质……"

"不，你去找吃的。"林盼停顿了一下，"乔东阳来得莫名其妙，我不能轻易相信他。我得留下来看着。"

"你怀疑他不是嘉宾？"

林盼沉默了一会儿："这件事有点古怪，他不会轻易做嘉宾的。但既然他已经是嘉宾了，我们就用不着怀疑这个。我想的是……他会不会偷偷地帮池月搞我们？”

朱青冷笑一声：“帮池月？他敢破坏游戏规则？”

“他敢。”林盼说得斩钉截铁，“他没有什么不敢的。”

朱青没有说话。好一会儿，她听到林盼无奈地叹了口气。

“而且他根本用不着破坏游戏规则。他现在是嘉宾、是人质，可他到底是谁的人质？如果他本来就是池月的人呢？”

那他可以合情合理地出卖她们。

“盼盼，你说得有道理。你小心点儿，不要被池月摸过来，那女人奸诈得很。”

“知道，我会应付。”

池月躲在草丛里，震惊不已。乔东阳也是嘉宾之一，现在就和林盼她们在一起？池月半眯着眼，循着声音的方向，慢慢往前爬行，正准备探头看看有没有机会“击杀”一个，又有人走了过来。

池月竖起耳朵，听到那人说：“你们在磨蹭什么？三打二还怕？”

乔东阳？池月屏气凝神，不知该笑还是该气。那个“卧底狗子”，是不是他？

按理说乔东阳不会骗她。他就是抽签抽到她的人。那张相君和魏歌呢？如果他俩都不是她的人质，为什么不曾暴露过她的位置？尤其是张相君。她根本就用不着为池月掩藏行踪啊。如果三个全是她的人，那是节目组抽签搞错了吗？

池月有点糊涂了，趴在原地没有动弹，静静地听外面的动静。

林盼和朱青受到乔东阳的责怪，并没有生气，反而细声细气地跟他解释。可乔东阳不是个好脾气的人，没好气地说：“速战速决不懂吗？拖下去，你们没有一个是池月的对手。”

这话有点扎心。

林盼说：“你这是太高看她了，还是太小瞧我们了？你别忘了，她是我的手下败将。”

“呵！”乔东阳冷笑一声，讽刺她，“我为什么这么说，你不知道吗？”

“就算没有航天服故障，她的各科成绩也都不如我。”

乔东阳的冷笑声，伴着风送了过来。

“在无脑操作的机械性比赛中，你可能比较有优势，但要论生存能力……”他停顿一下，话说得狂妄至极，“这么说吧，你们三个人加起来，都不是她的对手。”

这话太伤人了。池月听了都觉得刺耳，更何况林盼和朱青？两人在外面都是女神，到乔东阳这里，突然就变得一无是处，谁受得了？不等她们的酸味儿散开，乔东阳又笑了：“你们谁也比不上她奸诈、鬼点子多、生存能力强……在这丛林里，她有一百种把你们弄死的办法。”

池月有点气紧。这个家伙居然在背后说她奸诈？

林盼和朱青也被弄蒙了：“大乔哥……”

“叫哥也没用。”乔东阳说，“我帮不了你们，因为我也干不过她，不是她的对手。”

林盼问：“那你为什么来做这个嘉宾？”

乔东阳笑：“我就是想来看看，她是怎么赢你们的。”

大概被打击得太狠，林盼好一会儿没有作声。

朱青忙不迭地说：“我去找吃的。”

她脚下生风，转瞬消失。

林盼说：“我去附近转转，看能不能碰到人。”

两个人都走得很快，池月看不到，但是可以凭她们的语气和速度判断出她们的情绪——气愤、难过，又拿乔东阳毫无办法。

池月觉得有点好笑，乔东阳真是一个脑回路清奇的男人。

朱青走了，林盼也去“转悠”了，只剩下一个实力最弱的许文雨。三个人分散了，可以先干掉一个。这个想法令池月兴奋起来。她背靠着山丘，默默地探出脑袋——对，先去干掉朱青。

她刚准备直起身子，背后就传来一阵疾风，凉凉地刮着她的脸颊。池月心里一凛，突感不妙，就着卧倒的姿势，在草丛里一个翻滚，想避开攻击。可惜来人气势汹汹，速度快得惊人，她的身子才翻了半转，那个高大的身躯就直接压倒下来，俯在她的背上，把她整个儿压在了草丛里。

池月激灵灵地打了个寒战。

“哼！跑啊！为什么不跑了？”

熟悉的气息从耳边传来，温热带笑，又一如既往地强势。

池月无语，侧了侧头，想看看他的表情——她听出了乔东阳语气里浓浓的不悦。可是不等她脖子转过去，乔东阳就扼住她的脑袋，又把她压了回去：“老实点，你现在是我的俘虏！”

“乔东阳，你疯了吗？有摄像头的……”

乔东阳瞥她一眼：“这里没有。”

池月差点笑出声来：“你不是说，我是你的主人吗？还敢俘虏我？”

“闭嘴！”他声音微冷。

但池月根本就不怕他，硬着脖子，斜眼看过去：“你到底是哪一方的？”

乔东阳冷着一张脸：“我是我这一方的。”

“你搞什么啊？”池月有些不解，“狗子的消息，是不是你发给我的？”

“是。”

“你这是违反比赛规则的……”

“我是嘉宾，也是你的人，给你发消息合情合理。”

三个都说是她的人，池月有点蒙：“你既然是我的人，又把我压在这里干什么？”

“老子高兴。”

连“老子”都用上了，看来他气得不轻。奈何池月绞尽脑汁也想不出来，这大爷到底在气什么：“别闹了，有事说事。我哪里惹到你了？”

“那就太多了，一件一件数，一年都数不过来。”

池月笑着叹口气，哄他：“那咱们就数一辈子吧。一辈子长着呢，有的是时间让你慢慢诉苦，好不好？”

乔东阳哼了一声。短暂的失神后，他用双手撑在地上，略微抬起身体，给了她一个可以活动的空间。身上一轻松，池月觉得舒服多了：“快起开，别压着我，难受。”

“我就喜欢压着你。”他低下头，用发丝蹭着她的脖子，温软的唇停留在她的耳垂上，任由自己的气息钻入池月的耳朵，“你不喜欢吗？”

“乔东阳。”这是谈情说爱的地方吗？池月微微地喘气：“你再这样，我生气了。”

他不回答，继续亲她。

池月快疯了：“乔东阳，我在比赛。”

只有夜风回应了她。

池月咬牙克制怒气：“我数三声，你再不住手，咱俩就掰了。”

乔东阳低骂一声，从她身上翻开，一只胳膊横过来，顺势把她一带，让她翻过来趴在自己身上，不高兴地哼了一声：“跟别的男人勾勾搭搭，还敢这么横！”

这不服气的声音，听得池月内心一软。这家伙就有左右她的情绪的本事，有时候明明是他要大爷脾气，恨得她牙根痒痒，但他的难过，总能牵起她心底柔软的感觉。

他就是这样的乔东阳啊，也许不是那么完美，却最能包容她。她也不完美，身上的缺点，真的能数一整年。可乔东阳不论多生气，最多也只哼一声表示不满，并没有真正地为难过她。

“乔东阳，你是吃醋了吗？”

“哥是那种会吃醋的人？”乔东阳黑着一张脸，“我是看不惯某些人……借着录节目的名义，偷偷摸摸地搞小动作。”

有些人？池月挑挑眉梢：“你在说我？”

乔东阳捻她的脸：“我舍得说你吗？”

哦，那他就是说魏歌了。池月突然觉得有些好笑，眼睛弯弯：

"你跑来和林盼组 CP，就是准备跟她搞暧昧，气死我？"

组 CP，搞暧昧？这样的指控乔东阳不能接受："你哪只眼睛看到我跟她搞暧昧了？"

"不用看，节目设置就是这样的。"

郑西元一套操作猛如虎，她已经了然于胸。

乔东阳叹了口气，有种搬石头砸到自己脚的懊恼。对她，他又发不了火。

"赶紧拿了冠军走人！"乔东阳黑着脸，拽住她的手坐起来，目光望向丛林，"朱青出去找吃的了，林盼在做简易装置，许文雨在里面守着两个人质……你现在摸进去，准能一下干倒两个，回头再收拾另一个。嗯，就这样 game over（游戏结束）。然后咱们回家。"

池月差一点笑起来："真是个好办法，你是怎么想出来的？"

她皮笑肉不笑，乔东阳听不出话里头的真假。他皱了皱眉头，哼了一声，一本正经地说："奖金一个亿，咱得赶紧赚回来，不能便宜了外人。"

池月又好气又好笑："我想堂堂正正地比赛，你不要插手，好吗？"

乔东阳有点想捏死她："干吗这么固执？没人在意的。"

"我在意，我不想被人嘲讽一辈子。"

乔东阳沉默了。不知道是她的软磨硬泡有了结果，还是她目光里的恳求软化了他的心。在与她对视片刻后，乔东阳喟叹一声，慢慢地抚上她的脸："你亲我一下，我就同意了。"

池月在他脸上印上一吻，带着湿漉漉的湿气，声音腻腻的："你最好了。好啦，我继续我的比赛，你继续做你的狗子……咱们就当没有见过彼此，OK——"

"可我是你的人，我们没有违规……"

池月有点迟疑，眯起眼睛看他："你认真的？"

"当然。"

"你知道吗？除你之外，已经有两个人说是我的人了。"

“魏歌？”他目光一沉。

池月赶紧补上：“还有张相君。”

乔东阳顿了一下：“假的！”

“可我怎么觉得，你才是假的？”

人质真假的问题，池月现在已经完全糊涂了。但既然她的“狗子”这么尽心，用卧底身份发送的位置也属实，那她过来探路也算是在规则之内。她不想让乔东阳干涉她的行动，也不想让他失望。在他不满的目光的注视下，她带着导航仪从密林深处穿了过去。

天快亮了，丛林里的雾分外浓郁。池月没走多远，发现林子里有一个冰冷的红外线瞄准点，一闪而过。她匍匐在地上，屏住呼吸。脚步有向她走近，然后慢了下来。

来人的戒备心很重，隔着一片望不穿的林子，两个人都安静地等待着对方先动。

静默良久，对方终于沉不住气了：“是朱青吗？”

池月心里一动，突然兴奋起来。外面的人是林盼。她在第一个回合遇到的对手就是林盼。有意思，大决战要提前吗？

池月的脑子飞速地运转着。如果她不回答，林盼马上就会发现她是敌人。她回答……当然更不可能。机会就在眼前，稍纵即逝，池月决定先发制人。林盼声音刚刚落下，她就矫健地从密林里跃出，拿红外线枪支瞄准林盼……

红光一闪。

砰！有枪击的音效发出。接着，系统提示：“你击中选手林盼左臂，对方生存率下降5%！”

居然是这种骚操作？

池月怀疑《星空行者》节目组在讨论总决赛流程的时候，一定刚从“吃鸡战场”上下来，这根本就是个游戏嘛。不过如果红外线扫到对方就“死”，显然也不合逻辑。而且如果一下子就能把人打死，五个人四枪解决战斗，那么总决赛的精彩程度肯定会受到影响。

人家考虑得比她周全。

来不及腹诽，池月迅速将身体藏于树后，发现红外线光点在自己身侧的林子里扫来扫去，一颗心高高地悬了起来。

“池月，是不是你？”林盼的声音由远而近。

池月没有回答，关闭红外线比赛枪，判断着对方的方位，慢慢挪动身子。

“是不是乔东阳给你发的位置？”林盼语带嘲弄，“出来吧。我都受伤了，你有什么不敢的？”

山林里静悄悄的，除了风声，没有人回答。

林盼眉头紧蹙：“大家不要浪费时间了，出来速战速决吧。”

砰！又是一声枪响。音效很逼真，普通人单是听听都能起鸡皮疙瘩。林盼反应却很迅速。她突然撒丫子跑了，没有回头、没有还击。池月听到系统提示——

“你再次击中选手林盼的左臂，受伤效果加成，林盼生存率下降15%……”

池月来不及多想，追了出去：“跑什么跑？你不是要和我决战吗？”

林盼不回答，跑得比兔子还快。显然，她想把池月引去她的窝点。狡猾啊！在追与不追间，池月思考了几秒，迅速做出决定——追。

两个人的速度都很快，像是回到了航天城的赛道上。林盼的速度很快，池月在追逐的过程中发现了比赛的bug（破绽），不服气地嚷嚷着，让节目组的摄像设备拍去了——

“搞笑了喂！哪有人挨了两枪，还跑得这么快的？导演组是给你‘开挂’了吗？不合理！”

导演组几个人面面相觑。

“不合理吗？”

“合理，谁中枪都一样。”

池月看不到，林盼的生存率还在持续下降——她在受伤奔跑的过程中，如果没有得到治疗（停下休息），生存率将会一直往下降，直到0%。而且节目在后期制作的时候，会在受伤者的头上加上“debuff（战斗力降低）”效果显示……

池月不知道，但林盼却能听到提示——

“亲爱的林盼，你身受重伤，请停下来治疗休息，否则你的生存率将持续下降……

“亲爱的林盼，你的生存率下降1%，共计下降16%，生命力正在削弱……”

林盼咬紧牙关，健步如飞。她奔去的方向，是盟友所在的位置。她想把池月引过去，在朱青和许文雨的帮助下，直接拿下池月。只要池月一“死”，剩下的汤萍不是她们的对手……

她认为，当前这种策略最有效。她如果和池月一对一，就算能把池月干掉，自己可能也会受重伤，生存率很低，但三对一，结果就不一样了。她很有信心，这一片密林就是池月被淘汰之地。

林盼抿着嘴不说话，跑得很快。这是她的竞技强项。硬拼速度，池月不如她。她吊着池月，冒着生存率下降的危险，一直往盟友所在的位置奔跑。

近了，她终于近了。天也越来越亮，在林中的薄雾里，她依稀可以看到一个人影。

“朱青！”林盼看到盟友，心里大喜，仿佛看到了池月的死期，看到了胜利的希望，“池月在后面追我。我的生存率下降得很快，已经掉到20%了，我不敢正面和她对决。你过来，我们一起干掉她……”

砰！枪声响了。

林盼站在离朱青约十米的地方停下，满脸愕然。

系统提示：“亲爱的林盼，你被选手朱青击中腰部，生存率下降30%……你的生存率已极低，请注意保护自己……”

朱青居然对她开枪？

林盼愤怒地瞪着朱青，额头上青筋暴起。她有一万个理由把朱青撕碎，可前有阻击，后有追兵，她的仇恨全部被生存的欲望压了下去。她一句话都没有说完，立刻换了个方向，将自己掩入左侧的密林。

逃命比什么都重要，林盼不要命地跑，迎着风，双眼差点掉下泪来。

砰！枪声的音效再次响起。

林盼以为自己又中枪了，但没有听到系统提示音。接着，她听到池月的吼声。

“朱青，你真是太卑鄙了。”

池月朝朱青开了一枪，没有击中她。池月暗暗磨牙，卸下装备，咬牙狂追。

刚才朱青对林盼开的那一枪，对节目的效果来说肯定是好的。在节目中出现大反转和小高潮，导演组感到很惊喜。这样的情节观众爱看，也让最终的比赛结果更有神秘感和期待感。但所有人都和林盼一样感觉到意外，大概只有池月觉得朱青此举合情合理，这符合朱青的人设。

池月一直认为，在这些选手里，心机最重的是朱青。朱青一直想赢，假装甘于平凡，默默地陪衬在林盼的身边，当个隐形人，不出风头、不引人注意，直到晋级四强，才有人对朱青寄予关注。像朱青这样能屈能伸、有勇有谋的人，是可怕的。池月对她的厌恶感，比对林盼的更强。

池月一路追了上去，想将林盼救下来。可朱青聪明，选择不理池月，继续狙击林盼。开了那一枪后，朱青已别无选择。如果不能趁热打铁把林盼淘汰，朱青将面对两个比她厉害的选手，不会再有夺冠的可能。

当然，朱青开那一枪，是深思熟虑过的。林盼是一号种子。即便池月加入总决赛，林盼依旧是最有力的冠军获得者——当那个可以除去林盼的时机摆在面前的时候，朱青知道自己的机会来了。只可惜林盼当时处于奔跑状态，朱青的枪法不准，她没有击中林盼的要害。

三个人在密林里玩着追击游戏，离事发地越来越远。

天要大亮了。晨曦中，薄雾里，丛林潮湿凉爽。一片白茫茫的雾气弥漫在天地间，岛上安宁静谧，气氛格外温馨美好。可是对于长时间奔跑的三位选手来说，摆在面前的却是“生死存亡”的刺激游戏。

胜者，可以拿到一个亿。

失败者，就要与一个亿擦肩而过了。

朱青既冷静，又紧张。朱青淘汰林盼夺冠的欲望很强，而林盼的求生欲更强。林盼经过这一番长时间的追逐，生存率只剩下不到20%。参加这个节目以来，林盼第一次面临这样凶险的状况。

论山野追逐，朱青不是林盼的对手。可林盼“受伤”了，生存率在持续降低。

没有时间和机会了，林盼回头望了一眼朱青追来的方向，抹了抹额头上的汗，迅速地做出决定，靠近了密林中的一个洞口——

不一会儿，朱青赶到了，看到了那个洞口，借着树木隐藏自己的身体，慢慢地向洞口靠近。

砰！一声枪响。

系统提示：“亲爱的朱青，你被选手林盼击中腰部，生存率下降30%……”

林盼没有在洞里，而是出现在朱青的背后，击中了朱青。

朱青的身子一僵。她闪身进入洞中，背靠石壁，朝洞外的林盼喊话：“你挺聪明的嘛，居然会耍花枪。”

林盼冷笑道：“我要是聪明，你就不会走到今天。”

朱青对此不置可否：“林盼，咱们是一个集体，难道我赢了不比池月赢了更好？你反正受伤了，为什么不肯成全我？现在好了，我们都受伤了，池月可以坐收渔翁之利……呵！让情敌占便宜，你觉得很开心？”

“开心。我就是要跟你同归于尽。”林盼又是一声冷笑，“朱青，如果冠军是池月，我服气。但是你不配。”

朱青嗤笑了一声：“你觉得现在的你，有资格跟我同归于尽？”

林盼好久都没有回答。这样说话的朱青让林盼觉得陌生，像从未与其认识过。在林盼的面前，朱青从来都是低姿态的、谦卑的。朱青总会有意无意地对林盼说些奉承话，或者做些挑拨离间的事情……林盼不是不知道这些，奈何人总喜欢听好话，错误地估计了自己在别人心里的地位。

“朱青，我有个问题，你敢回答吗？”

朱青默然不语。

林盼问：“是不是你故意撺掇我借钱给范维？从你接近我的第一天起，就是为了利用我。你陷害了池月、王雪芽、汤萍，铲除掉一切可能阻止你夺冠的劲敌……然后嫁祸我。”

“你觉得呢？”

“是你。一切坏事都是你做的。”

“哈哈哈！”朱青不怀好意地笑，“林盼，你输不起就开始找借口了吗？我怎么可能做那些事？你嫉妒池月，痛恨她抢你的乔东阳，故意在节目组里拉小圈子排挤她，这些难道是我教你的？你圣母心发作，要借钱给范维，这是我撺掇你的？你享受众星捧月的快感，听人家几句恭维就犯傻，这也是我的错？”

朱青的质问，句句“扎心”。

“以前我是傻。”林盼冷笑着，靠近洞口，“那我们就各凭本事吧。现在我的生存率有20%，你70%，让我们看看谁先淘汰谁……”

朱青嘲笑林盼道：“有本事你就进来啊。”

洞口不大，黑暗而深邃，只容一人通过。林盼知道，朱青的红外线比赛枪一定早就瞄准了她。

“你别以为我不敢。”林盼咬咬牙，“朱青，我进来了。”

“不要！”林盼的背后传来池月的声音。

林盼回过头去。

天已经亮了，池月面色凝重地从丛林里走出来，说：“你不要被她骗了。你现在进去，肯定会吃亏。”

林盼眯起眼睛：“你来了多久了？”

“刚刚到。”池月没有明说。

“为什么不开枪？”

当林盼在洞口与朱青对峙的时候，如果池月从背后向林盼开枪，她有 100% 的几率可以淘汰林盼。

“池月，在这个赛场上，圣母心会让你丧失主动权。朱青比你狠一百倍。”

池月唇角上扬：“你怎么知道我不狠？我留下你，是为了对付朱青，坐收渔利。”

林盼不以为然：“我知道，你同情我。可我最不需要的就是你的同情。”说罢，林盼一低头，钻入洞中，“池月，朱青交给我，我就当还你一个人情。”

如果在航天城的赛场上面对面地比试，两个朱青也未必是林盼的对手。可这里是丛林，大家比的不是项目技能和身体素质，而是脑子。朱青这种没有道德底线的女人，比林盼的生存能力强一百倍。

池月不知洞里的情况，看到林盼钻进去，不敢贸然地跟进去。她紧张地在洞外等待着，等里面的人两败俱伤后分出胜负。

这是没得选择的选择，谈不上卑鄙，三个人来场大混战远不如她坐收渔利来得轻松，这也是林盼最后那句话的真实意思。林盼生存率很低，坚持到最后的可能性为零。在“牺牲”前，林盼打算和朱青死拼。

池月心里的感受有些复杂。她安静地听着丛林里的鸟鸣声和树动的声响，看着朝阳从树冠上探出头来。

林盼没有出来，朱青也没有，洞里寂静得好像没有人进去过。

渐渐地，池月开始感到不安。她靠近洞口，调整了一下作训头

盔，深吸一口气，准备进去一探究竟。

嘀！“狗子”有新消息。消息显示出一个位置和一句话：“这里，速去。”

池月赶到丛林的另一头，战斗已经结束。她刚才久等不见有人从洞里出来，就猜到那个洞的另一端可能有出口。但她没有想到，在出口处有另一个人加入战局——汤萍。

那个洞口通往她们的“基地”。汤萍、张相君、魏歌都在那里。当朱青准备从掩体进入“基地”的时候，正好碰上汤萍。二强相争，必有一伤。

朱青和汤萍都不会手下留情。只剩70%生存率的朱青，看到汤萍，事情始料不及。于是在几分钟的比赛里，两个人的生存率经过了几番变化。最终朱青落败，只剩下30%的生存率，仓皇逃离……

汤萍的情况也不好，生存率只剩下50%。

林盼随后赶到，一枪击中汤萍的心脏位置。

系统提示：“亲爱的汤萍，你被选手林盼击中，生存率剩余值为0！淘汰。”

池月和汤萍两两对视。

不远处，林盼气喘吁吁地赶过来，举着枪，冷笑道：“不用谢。”

说完，林盼就听到系统提示。

“亲爱的林盼，你的生存率持续下降，剩余值降低为0！淘汰。”

池月张了张嘴，想说点什么。但这是竞技比赛，谁输、谁赢、谁被淘汰，这都不是池月能左右的。

气氛凝滞而冰冷。林盼没有说话，慢慢地放下红外线比赛枪，走到一边去，不再看她们，保持自己一贯的孤冷态度。

选手被淘汰后，红外线枪就没有用了。汤萍把枪放在手里掂了掂，深吸一口气，看一眼林盼的背影，默默地走向池月，拥抱了她：“你加油！”

“汤萍……”

“我马上就可以吃到节目组准备的大餐了，你别为我难过。”

池月拍了拍汤萍的胳膊，不再多说。

林盼被淘汰、汤萍被淘汰，朱青只剩下 30% 的生存率，池月无疑成了最大的赢家。张相君向池月表示祝贺。

魏歌站在边上冷淡地看着这几个女人，冷哼一声，慢慢地走近池月：“你真是神人，在身上装天眼了吗？”这话魏歌是笑着说的。他的眼睛里仿佛有星星。他带着崇拜看着池月，一副小“迷弟”的样子：“冠军就在眼前，咱们加油！”

他抬起手握拳，想和池月击个拳。

池月没理他，一双眼睛冷冷地把他从上看到下：“你现在可以告诉我你是谁的人了？”

魏歌慢慢地把手放下，尴尬地咳了一声：“我不是说了嘛，我是你的人。”

“你不是。”

池月笃定的样子让魏歌连反驳的力气都没有了。他说：“虽然抽签的时候我不是你的人，但我打心底里这样认为啊。”看池月沉下了脸，他轻轻地吐了口气，“放心吧，我不是你的敌人，因为我是汤萍的人。这……不算违规吧？”

这确实不算，池月和汤萍是结盟的关系。

“那你可以走了。”池月说，“节目组的大餐等着你。”

魏歌蹙着眉，说：“你可以假装不知道。”

“意义呢？”

“我可以继续跟着你。”

池月冷笑一声：“有什么用吗？”

魏歌眯起眼：“我可以帮你背包。”

“我有力气。”

“魏迷弟”抚了抚额头，用一种哀怨的眼神看着池月：“好吧。

这是一次很有意义的体验，感谢你……你们。”

池月漫不经心地嗯了一声，不再理会他。她看看腕表，又回头看汤萍：“我得走了，去找朱青。”

“好。”汤萍已经收到节目组的消息，“工作人员马上就来接我们。池月，你小心一点！”

朱青的厉害，不在于她的个人能力，而在于心眼。池月点了点头，没再多说，回头看了张相君一眼：“走吧！”

“啊？好。”真正想离开这个鬼地方回去吃大餐的人是张相君。张相君心里不悦，但不得不保持微笑，“愉快”地跟上池月：“现在你相信我是你的人了吧？”

池月侧目看了张相君一眼，不回答。

嘀！

“狗子”适时地发来信息，老规则，一个定位、一句话。

“朱青在这个地方休息。”

对选手来说，休息是很重要的设定。选手在受到枪击后，如果继续与别的选手对抗，生存率会持续下降，一点一点地被耗尽，就像今天林盼被淘汰那样。但是如果受伤的选手可以脱离追踪，保持一个小时以上的休息时间，虽然生存率不会增加，但可以抵消“debuff（战斗力降低）”，生存率不会再持续下降。一个小时的休息就相当于治疗，因此如果池月能在一个小时内找到朱青，淘汰朱青的概率将会更大。

可是池月怀疑乔东阳的消息“来路不正”，有一种在作弊的感觉。迟疑间，“狗子”又发来一条信息：“相信我，我是你的人。”

乔东阳是她的人，正常地报信，这符合规定。但问题是，如果乔东阳是她的人，那张相君呢？这女人一直跟着她，又没有出卖她，不像在说谎呀。

天已经亮了，但云层很低，密林里一片阴沉，似乎要下雨了。池月领着张相君，行走速度大打折扣。两个人向来不对付，此刻相对无言，默默地行走。当天边响起第一个惊雷的时候，张相君吓得抱住池月的胳膊，恨不得整个人贴上来。

“要下雨了，我们找个地方歇歇吧。”

池月看了她一眼：“你接这个综艺，拿的钱很少吗？”

张相君没听明白：“什么意思？”

“你拿多少钱，办多少事，心里没数吗？”池月不冷不热地看了她一眼，大步地走在前面，“如果你想歇，就坐那里吧，等我回头来接你。”

张相君暗暗地咬牙，跟上去：“等等我啊，你别走那么快。喂，你别丢下我。”

在这个荒无人烟的小岛上，哪怕张相君明知道节目组不会让她们真正遇到危险，却仍然不敢冒险一个人待在这里。

池月越走越快。张相君觉得脚软，快疯了：“慢点啊，姑奶奶！”

“池月，你不饿吗？我们找点东西吃吧。”张相君跑得气喘吁吁，“我也是为你着想。要是不吃饱，你碰上朱青怎么办？你不是她的对手吧。”

“你该为朱青担心。”

池月不跟张相君瞎扯。只有一个小时的时间，她很赶的。

乌黑的云层越来越低，一阵电闪雷鸣过后，雨终于落了下来。

张相君一头一脸上都是水，狼狈地跟在池月的后面：“我真的跟不上你。”

“那你就在这里等……”

“你不能丢下我啊！按规则，你得把我带出荒岛。”

“谁知道你是不是卧底？”池月回过头看了她一眼，“你在故意拖延时间吗？张相君，你到底是谁的人？”

突然被池月的冷眼一扫，张相君愣住了：“你从来都不相信别人吗？”

“我不相信你。”池月语气冷冷地说。

"随你怎么想吧。"张相君咬住下唇，没有要动的意思。

池月看她这样，冷笑一声，加快了脚步。张相君见自己"作"不出名堂，只得一跺脚又跟上。两个人一前一后，又走了十来分钟，池月突然停下脚步。

张相君气喘吁吁地跑上来："怎么了？走啊！"

池月回头看了张相君一眼，勾勾唇角，没有说话。她举起了红外线比赛枪，将身子隐于树后，背靠着树干，半眯起眼观望。

"池月，你在干什么？"

"嘘……"池月瞪了张相君一眼，隐隐地觉得前面的林子有点不对劲。

池月等了片刻，突然沉下脸，一个侧身，往更难行进的山上奔跑而去。张相君瞪大眼看着她。

雨下得很大，池月已经分不清额头上的水是雨水还是汗水了。这里没有人，丛林茂密，池月的行动速度却很快。一阵冷风呼啸而过，池月看到了密林里的一抹红光，有一个人影躲在掩体的后面——

哼！

池月想从侧面摸过去。可是张相君突然进入密林，朝那人影走过去——

砰！那人开枪，射向张相君。

只可惜张相君不是选手。

系统提示："抱歉！对方不是射击目标，无法造成伤害。"

"怎么只有你，池月呢？"许文雨从掩体里走出来，看着张相君。突然，许文雨像是意识到了什么，一个转身，掉转枪头朝上射击。

砰！

砰！

两道枪声的系统音效同时响起。

"亲爱的许文雨，你被选手池月击中胸口，生存率下降

30%……”

“亲爱的池月，你被选手许文雨击中肩膀，生存率下降15%……”

两个人同时开枪，许文雨的枪法没有池月的准。许文雨的生存率下降严重。她第一回合就输得很难看。

“许文雨，你是傻子吗？”池月冷笑，“被人当枪使，还这么开心？”

“少废话！林盼已经被淘汰了。我知道我不是你的对手，但就算打不过你，也不会让你轻松过关。”

池月都有点佩服朱青了。朱青居然跑回来“疗伤”，拉许文雨给自己垫背。

“那你知道林盼是怎么被淘汰的吗？”

“用不着你说。”许文雨向来是个冲动的人，尤其是这时。她被池月扫中一枪，生存率直接掉了30%，恨不得咬下池月一块肉，哪里听得进去池月的话？

装睡的人永远不会被叫醒。池月不再说话，密切地注意着许文雨的动向。留给池月的时间已经不多，现在是一对二的局势，而且池月受了伤，生存率被许文雨拿下了15%，有点亏。可以说，朱青的这步棋走得相当聪明。选手只要受伤后行动，生存率就会持续降低。如果没有许文雨，那池月对朱青是有绝对优势的，朱青被淘汰是必然……

雨越下越大，许文雨和池月都不敢贸然行动。

“许文雨。”池月喊许文雨。

“你想说什么？”许文雨比池月更没有耐心。

“你不觉得自己会死得很冤吗？”

“呵呵，我拿不到冠军，难道你就能拿到？”

“朱青拿到冠军，要分钱给你吗？”

“关你什么事？”

池月突然明白了。朱青找许文雨挡枪，肯定许下了利益承诺。

“没事了，我现在只替林盼感到不值。”

许文雨咬咬牙：“少在那里挑拨离间，你这个女人，我们谁不了解？”

“了解就好。”池月声音一冷，“了解，你就该知道——你不是我的对手！”

砰！枪击的音效在雨声的掩盖下，有一种沉闷的惊悚感，就像真的关乎生死那样。对于《星空行者》总决赛来说，也确实如此。

许文雨低头看看胸前的红光，愣愣地站在雨里，好半晌没有说话。系统冰冷的声音传入她的耳朵：“亲爱的许文雨，你被选手池月击中心脏部位，生存率剩余值为0。淘汰！”

她不敢相信，自己挨了池月两枪，就这么被淘汰了……

池月刚才和她说话，无非是为了分散她的注意力。那些东拉西扯的话最终葬送了她的比赛生命。在这一枪之前，不，在上一枪之前，许文雨还以为，冠军争夺战将会在自己和朱青之间展开。她藏在这里伏击池月，胜率在70%以上，而朱青的藏身地离这不远，生存率又非常低——那么，谁会是冠军？

许文雨假意答应和朱青结盟对付池月，为朱青挺身而出，最终的目的也只是为了成就自己。只可惜她棋差一步。

“池月，你狠。”

“不敢当。”池月冷笑。

被淘汰的许文雨已经没有杀伤力，池月从滴着水的丛林里走出来，抹了一把脸，看向躲在林下还被淋成落汤鸡的张相君：“我是不是应该感谢你？又成功地淘汰了一名选手。”

张相君打了个喷嚏：“什么意思？”

“你是朱青的卧底吧？”池月似笑非笑，“给她发我位置的人，是不是你？”

“这……”张相君满脸狐疑，“池月，你在说什么？我一直跟着你，什么时候给她发位置了？我根本没有发消息的机会。”

“演员。”池月勾勾唇角，“你的任务完成了，你不用再掩饰。”

这个时候的雨，下得像瓢泼。偶尔打一声雷，惊得人心里发颤。张相君被池月冷眼一看，整个人都绷了起来。这明明只是个综艺，张相君拿钱办事，只需要配合主办方把戏演得好看就行……可是这一刻，张相君好像被池月的这个眼神拉入戏了。

仿佛这不是游戏，而是真的关系到生死存亡。

张相君抱紧了双臂，说不出话来。

池月看了张相君一眼，冷冷地指住她："你，不要再跟上来了。"

张相君："……"

池月走得很快，迅速地消失在丛林里。

过了好一会儿，张相君才狼狈地抹了抹脸上的雨水，看向许文雨："她冲我发什么脾气呢？导演组给我的台本就是这样的，这是我的'人设'。"

许文雨看着张相君："你不要管那个疯女人。她就是这副死德行，看谁都觉得不爽。你是明星，犯不着跟她生气。"

这是张相君总决赛以来，第一次被人当成明星看待，而不是一个只会拖后腿的素人。于是张相君看许文雨时表情也温和了许多："谁和她计较啊。我只是觉得奇怪，抽签的时候我抽到的明明是池月……导演组却说我弄错了，说我是朱青的人。我就这么被突然换了'人设'。"

许文雨一怔："弄错？"

"是，弄错。"

许文雨满是雨水的脸突然变得狰狞起来。她说："乔东阳？怪不得！"

张相君像是想到了什么："导演组说，有一个嘉宾不适应荒岛的气候，突发疾病被送走了。原来临时替换上来的嘉宾是乔东阳？"

池月按"狗子"发来的定位，在密林里穿梭。她对这种地形和环境都不了解，七拐八拐地赶到目的地，一个小时已经过去。那是一条藏于密林深处的洞穴甬道，狭窄、潮湿，有隐隐约约的霉味。

朱青很聪明，很会找地方隐藏自己。这个诡异的藏身地有点“一夫当关，万夫莫开”的意思，朱青要是躲在里面，这将有很好的防御效果。外面的人要冲进去向朱青开火，会非常吃亏。

池月粗略地观望了一下，发现这里还真不像原始的甬道。虽然两侧的石壁上长满了青苔，但石壁显得平整光滑，像是被人力凿出来的。这里可能是某个废弃的训练地。

“你来了？”询问声伴着风从洞里传出来。说话的人是朱青，但声音与以往的相比又有些不同：“许文雨这蠢货这么不堪一击？”

池月冷笑道：“你就不怕她听到？”

“那又怎样？节目设置就是这样，我们是对手。这是比赛，也是一出戏……人人都在戏里。池月，你也不例外。”

“你这是本色出演吗？”池月停下脚步，“朱青，你准备躲在里面跟我决一死战？”

朱青哈哈大笑，笑声伴着洞里的回音，听起来森然恐怖：“池月，你不是我的对手。这次节目，冠军的位置和一个亿的奖金注定是我的。”

“哦。”池月不冷不热地嘲笑她，“那你出来啊，一枪就能解决问题。”

朱青冷笑：“我已经恢复了。你呢？生存率掉到多少了，嗯？”

这一路跑过来，池月的生存率掉到了60%，与朱青相比，目前还是有优势的。只不过朱青已经恢复了初始状态，而池月的身上却还有生存率持续降低的debuff……

“你就这么有把握？”池月冷冷地问，“你是不是以为躲在里面不出来，我就拿你没办法。我会傻傻地在这里看着生存率狂掉吗？”

“你不傻。”朱青冷冰冰地笑了，“这一批选手里只有你不傻。”

“我是不是应该感谢你的夸奖？”池月一边笑，一边脱下上衣系在腰上。突然，她攀住石壁，一跃而上，攀岩似的抓住岩点，一点一点地往里移动。她从声音判断，朱青离她大约有十来米。这里面很空旷，每次朱青说话就有回响。

池月攀住石壁往里挪，像一只壁虎。石壁走向弯曲，本身就是很好的掩体。她采用这样的行进方式，不会轻易被击中。她的头顶上在滴水，头发贴在脸上早已湿透……

她离朱青近了。朱青的红外线光点隐隐可见，在洞口来回扫动。

“池月，你又想要什么花招？进来啊。”朱青试图激起池月的愤怒和浮躁情绪，“说实在的，没有乔东阳的帮助，你什么都不是，凭什么跟我争冠军？你恐怕不知道吧，我以前是故意隐藏实力的……你们这帮傻子还当真了。”

没人回答。风幽幽地拂过，朱青神情一凛：“锋芒太露的人死得最快。王雪芽、你、林盼，都是这样。”

“我可去你的吧！”池月一声厉喝。

一个影子向朱青扑了上去。朱青一怔，迅速开枪。

砰！音效声在洞穴里回响，显得格外凄厉。那个中枪的影子啪的一声落在了地上——那是一件衣服。

朱青微怔，知道中计，已经迟了。池月轻松地从石壁上跳下，以迅雷不及掩耳的速度开枪……

系统：“亲爱的朱青，你被选手池月击中胸口，生存率剩余值为0。淘汰！”

系统：“亲爱的池月，通过你不懈的努力，击败了最后一名对手，生存率剩余值60%，成为《星空行者》总决赛冠军，恭喜！”

冰冷的系统声音响起，不带感情，但是在安静又黑暗的环境里，让人听得格外真切。

“不！”朱青不敢相信自己的耳朵，拿着红外线比赛枪连续朝池月射击。可惜，枪声没有了。

系统提示：“你已被淘汰，无法再攻击对手。”

池月渐渐地适应了黑暗，看着朱青的影子，冷笑一声：“尸体是没有办法还手的。你连这点比赛常识都没有吗？”

“你作弊！”朱青像是愤怒到了极点，声音狰狞而恐怖，“池月，你这个无耻的女人！作弊，你们作弊……”

“朱青，别输不起。”池月冷笑。

朱青安静了片刻，突然笑着走近池月：“你不怕死？”

“呀，你想杀我？”池月笑了起来，“你觉得你有胜算吗？”

朱青的声音平静而决绝，充满了恨意：“没有胜算又怎样？只要有 10% 的机会，我也要拼一把。人生这么无趣，我难得有改变命运的机会，不是吗？”

“你不怕死？”池月背靠着岩石，目光里满是阴郁。

“死有什么可怕的？我只怕自己死得没有意义，怕自己碌碌无为如蝼蚁般被人踩死，怕自己在一日一日可怜无望的底层生活中病死、老死，怕自己在一眼望不到尽头的空虚寂寞里，眼睁睁地看着我的仇人飞黄腾达……那样的人生，就算能活到一百岁又有什么乐趣？”

朱青的手上寒光一闪，池月发现她居然藏了一把匕首。

朱青在笑，冷漠地笑，好像一个没有感情的刽子手：“如果朱青这辈子注定要活成那样，我宁愿现在就把那个朱青杀死。”

池月退后一步：“你怎么会这样自轻自贱？”

朱青仿佛听了个笑话：“你根本没有见过被人轻贱的生命。”

“你是说你以前从事的那个兼职吗？”

“你住嘴！”朱青气得浑身发抖，“你不知道，什么都不知道。你总是一副高高在上的样子，怎么知道别人吃过的苦、经历过的人生？你以为我愿意那样吗？在被那些恶心的男人用言语猥亵的时候，我没有一刻不想杀了他们。可我需要钱来养活自己、养活家人，正如你需要钱一样。”

“朱青，我也出身贫穷人家。可是我们能考上航校，原本都是优秀的人……”

“是，你我出身贫穷人家，本该互相体谅，井水不犯河水，可是你贱。”朱青打断了她，厉声吼道，“你卖保健品，也不比我高级多少。可你毫无羞耻心，更没有同情心。我没有惹过你，也没有伤害过你。你却把我拉出来当垫背，毁了我的名誉、毁了我的人生、毁了我的一切！”

“我毁了你？”池月冷笑，“我怎么毁你的？我拿刀子逼你去卖笑了吗？”

朱青一步步地朝她逼近：“没有你，不会有人知道我在做那个。我更不会留下案底，变成今天的朱青。池月，你知道吗？我本该在神坛上，让无数男人崇拜、喜欢，成为他们的梦中女神。你把我拉下了神坛，踩碎了我的骄傲，让我被人唾弃，让我……”朱青迟疑了一下，眼睛里的痛苦化为仇恨，“让我一辈子都摆脱不了这个梦魇，让我再也摆脱不了……我的梦魇。”

朱青失魂落魄，拿匕首的手也在颤抖。

“你能更搞笑一点吗？到底是谁拉你下水的？你不陷害我，我会搞你吗？”池月看着朱青那把冰冷的匕首，“更何况这点事也值得你动手杀人？”

这点事？池月轻描淡写的语气加剧了朱青的痛苦。朱青怒吼：“你有什么资格来指责我？池月，是你先‘杀死’我的。早在你故意诱我私下见面，再报警抓我，又恶意曝光我的身份的时候，我就已经被你‘杀死’了！”

池月能说什么？

“所以，站在我面前的朱青是钮祜禄朱青了吗？”

池月满不在乎的笑容，刺激到了朱青失控的神经。朱青把自己从小到大体会过的不公、受到的种种痛苦、被警察询问时一遍一遍地剥开过往那些伤疤的战栗……全部归因到池月的身上。她失去了所有，而池月得到了一切。

“如果可以选择，谁不想做个善良的人？”朱青泪水涌出眼眶，对池月的恨意尖锐刺骨，“池月，我的经历你永远不会知道。你更不会明白那种深入骨髓的疼痛，不会明白我对成功的渴望……日日夜夜，我都在盼望有一个机会可以摆脱命运，改变出身。机会来了，我获得节目冠军就能拿到一个亿的奖金，有一个亿就可以改变一切了……”

朱青不停地呢喃着。

一个亿，如果被换成现金摞在一起的话，会有多高？朱青没有概念。

她曾经有多少欲望无法满足，有了一个亿，就都能实现。

她曾经遭受多少鄙夷的眼神，有了一个亿，就能让曾经鄙视自己的人“跪舔”。

她曾经受到多少伤害，有多少梦魇……有一个亿，就都能弥补。

“成为星空冠军是我唯一的机会。池月，你不要怪我。我是个可怜人，是个被世界抛弃的人。不是我不仁，是这个世界不义。”

池月听到朱青的声音在发抖，但没有想到一向冷静的朱青真的会控制不住情绪地朝自己扑了上来。

“去死吧。”

竞技比赛变真人 PK（对决）？

池月的脑子“死机”了一秒，然后她迅速地做出回应。她在朱青扑上来的同时，避开身体。突然，她的手腕被人带开，整个人被卷到了一个火热的胸膛上。于是朱青华丽丽地撞上了石壁。

朱青撞得不轻。

“乔东阳？”

这个过程短暂却也漫长，池月的脑子里突然一片空白。她直到看到朱青倒在她的面前，才找回自己的声音。

“你怎么来了？”

警车呼啸而去，与救护车擦身而过，往两个不同的方向飞驰。根据《刑法》规定，案件要属地管辖，所以池月被带到了案发地津门的刑侦队接受讯问。当天晚上，她听到了朱青的死讯——朱青因抢救无效，死在了手术台上。

可笑的是，朱青最后对池月说的一句话是：“去死吧。”

这成了朱青对自己的诅咒。

在刑侦队里，池月被警方轮番审讯。她供述了从自己和朱青发生争执，再到乔东阳赶过来相救的整个过程。经过警方一天一夜的审讯和调查取证后，她以为自己会被送往看守所，不承想等来的却是侯助理和侯助理带来的律师。

他们办好手续，把池月带离了刑侦队。

池月觉得有些奇怪："我就这样走了吗？"

侯助理没有直接回答她的问题："刑侦队的伙食很好吗？"

池月无言以对，想了想，又皱起了眉头："乔东阳呢？他在哪儿？"

侯助理轻咳一下，回避着她的目光："医院。"

乔东阳被匕首刺中了肩胛位置，伤得不轻不重。池月心急如焚，想去看他。只可惜这个愿望没能实现，律师告诉她，乔东阳现在的身份是犯罪嫌疑人，她不能去探视他。

"犯罪嫌疑人？"池月觉得全身的血都凉了。

朱青死亡现场的痕迹明显，但细节还需要被补充，在案件的定性上警方存在争议。乔东阳到底是正当防卫、防卫过当还是故意伤害？警察还在侦查。

池月见不到乔东阳，等待也没有期限，状态很差。她吃不下、睡不着，几天时间里瘦了快十斤了。从来不生病的她，突然感冒、咳嗽、起湿疹，半夜常被噩梦惊醒——披头散发的朱青、满脸温柔的乔东阳，在她的梦里交替出现。

朱青的死闹得很大。警方在网上发布了案情通报，披露的细节不多。但《星空行者》节目的火热度，让事情在网上一再发酵。

看热闹的不嫌事大。有人导演了二女争一男的狗血情节。有人说，池月和朱青的冠军争夺赛，其实是朱青获胜。池月为了得冠军搞死了朱青。在舆论的压力下，星空节目组虽然发布了冠军获得者的消息，但表示将推迟举办颁奖典礼。有人借此大做文章，媒体大肆批评节目组，认为《星空行者》虽然披着航天选秀的"马甲"，实质上却是一个哗众取宠的娱乐节目，而且满是黑幕。

舆论当头，一众星空选手的微博没有更新，大部分人选择了沉默。除了和池月交好的王雪芽、孟佳仪、刘芸、韩甜甜、汤萍之外，只有一个人站了出来——林盼。

林盼没有顾及自身羽毛，也没怕惹上麻烦，在质疑声里力挺池月，并痛斥朱青是个“心机女”。然后她引来了群嘲。网友笑话她不甘心阴沟里翻船，说她拉一个不会说话的死人来垫背，说她技不如人还鄙视朱青，这对一个无法自我申辩的死者来说不公平，林盼真是太过分了。

“死者为大”的传统思想，让失去生命的朱青成了弱者。人类同情弱者的天性，弱化了朱青的缺点，活着的这些选手被舆论道德绑架。哪怕明知朱青为人不善，也没人敢出声。

林盼气急，要许文雨站出来说句公道话。许文雨选择了沉默，停更微博，装死。那些曾经和林盼交好并把她捧为女神的人，此时全部龟缩了起来。

网上的闹剧，池月没有关注，但可以从“亚洲五美”的私群里看到她们的讨论。池月不插话，她们有新消息总会通知池月。在现实和网络的双重压力下，池月有点不堪重负，病情反复。她不想回家让家人担心，索性在乔东阳接受治疗的医院附近找了个宾馆住下。

几天后，池月等来了王雪芽和郑西元。

他俩不是一起来的。许久未见，王雪芽和郑西元冷不丁碰上，彼此都有点尴尬。经过一段时间的调理，王雪芽的身体恢复了一些，但健康状态明显不如以前，人也胖了，整个人看着很虚，脸色苍白。哪怕王雪芽勉强在笑，也找不回往昔那个快活的样子。

几个人坐在一起，池月默不作声。

王雪芽紧紧地握着池月的手，不说话。

世界上没有感同身受这回事，事情没发生在自己身上，再漂亮的安慰话也只是别人站着说话不腰疼。王雪芽不想说漂亮话，来的目的只是陪伴池月罢了。但郑西元明显不是。

他坐了一会儿，突然说：“有个事情，我希望你有心理准备。”

池月心里一紧：“什么事？”

郑西元搓了搓手，把手搁在膝盖上。可能觉得不得劲，他又抬起手来，十指交握地放在胸前："乔家要借此搞事。"

池月一时没反应过来，脑子里的乔家是乔正崇和董珊。今天早上，董珊还和她通了电话。董珊担心乔东阳，说为了这事乔正崇犯了病，他们暂时不能来看池月。

"想搞事的是阿乔大伯一家。"郑西元抿了抿唇，"我就这么跟你说吧，乔家曾经发生过一件大事。不过知道的人不多，因为消息被他们压下来了……"

"你直接说事。"池月觉得脑子很乱，听不得铺垫。

郑西元点点头："乔家大伯有个儿子叫乔瑞安，当年被阿乔打了，伤得很严重……"

这件事，池月知道一点。在乔奶奶的生日宴上，乔家大房和乔瑞贤当众让乔东阳难堪，那时就提到过这件事。但这件事过去很多年了，池月只当是兄弟俩一时不对付。

"这事不都过去了吗，为什么又被提？"

"那是你不知道事情的严重性。"郑西元看了池月一眼，"在乔奶奶的寿宴上，你一定没见到乔瑞安吧？"

池月想了想，摇摇头。

郑西元的目光意味深长。他说："当年那件事发生后，再没有人见过乔瑞安。据说他被阿乔弄瞎了一只眼，还被推下楼梯，撞坏了脑子，傻了……"

这么严重？池月吃了一惊。

郑西元说："乔大伯当时没追究，是迫于乔奶奶的压力。乔奶奶最喜欢的孙子就是乔瑞安，毕竟乔瑞安是她亲手带大的长孙，感情自然和她与别的孙子的感情不同。但阿乔是乔奶奶的老伴看中的继承人，再怎么不济也是亲孙子，老太太也没有痛恨阿乔到让他去坐牢的地步……"

"那现在？"

难道乔东阳就不是她的亲孙子了吗？

郑西元苦笑着说："可能老太太的年纪大了，糊涂了吧。"

池月觉得自己的心脏微微地往下一沉："这个案件当年就已经解决了，难道现在乔大伯还能翻得了案？"

"翻得了。"郑西元提了一口气，慢慢地说，"当年签《刑事谅解书》的人是乔正元，也就是乔大伯，但现在乔瑞安表示不肯谅解……乔瑞安才是受害人。"

"不是说他傻了吗？"

乔瑞安是一个无民事行为能力人，法律会支持他做出的"谅不谅解"的决定吗？

郑西元说："乔瑞安被治好了。"

一个傻子突然好起来了？不是没有这种可能，但池月觉得没那么简单。

说不定，当年乔瑞安"变傻"，是乔大伯布好的一局棋，乔大伯早就为翻案做好准备了。乔大伯假意签《谅解书》，既哄了乔奶奶开心，又给人一种有情有义的错觉。如果乔大伯当年把乔东阳送去坐牢，惹恼了老太太，就什么也得不到了，还不如韬光养晦等待机会。乔老太太年纪大了，活不了太久。乔大伯让乔瑞安装傻，让他再在适当的时候被"治好"，看准机会，一击即中，干掉乔东阳。

为了一笔巨额的家产，有人处心积虑地谋划几年，这不奇怪。可池月只是设想一下，就觉得浑身发冷："乔东阳的爸爸知道吗？"

"听我表姨说，他大概是知道了这才气病的。"

郑西元的表姨就是董珊。在今天早上的通话中，董珊对此只字未提，大概是不想让池月担心吧。

池月沉默了片刻，问道："他们已经行动了吗？"

郑西元摇摇头："可能还有顾虑。"

他们的顾虑是什么，郑西元不知道，但一定不是血脉亲情。

郑西元离开前，池月问了他最后一个问题。

"乔东阳当年为什么打乔瑞安？"

乔东阳为人乖张狂妄，但不是心狠手辣的人，揍乔瑞安一顿有可能，但弄瞎了对方一只眼还把人推下楼梯，那得有什么样的深仇大恨？

郑西元也不知道："具体发生了什么谁也不清楚，乔家人多年来对这件事讳莫如深……不过那时阿乔年轻，一时失手也有可能。"

池月没有胃口，吃了点东西就瘫在床上，抱着笔记本电脑查资料。对现行法律她以前了解得不多，也不认为自己有用得着的一天。但当这一天真到来了，她才发现自己的法律知识匮乏，自己什么也不懂。虽然王律师可以给她解惑，但她控制不住自己。她要亲自去了解法律规定，去查询相关的案例……

王雪芽默默地陪在池月的身边，像个不会说话的小哑巴。但当池月想喝水的时候，总会有一杯热水在她的面前；池月想洗漱的时候，牙膏已经被挤好了；池月想换衣服的时候，王雪芽必定帮她将衣服摆得整整齐齐。

有朋如此，池月内心充满了感激："小乌鸦，你明天就回去吧，我情绪不好会影响到你……我也没有多少时间理你。"

"你不用理我。"王雪芽摇摇头，坐在她的身边，"我帮不上你什么忙。但只要你需要我，我就会在你的身边。"

"小乌鸦……"池月说着眼睛里涌上了泪水。

"嘘！"王雪芽抱住她，"我们不能让'闺密'成为贬义词。"

池月沉默了，垂下头，把头搁在王雪芽的肩膀上。

池月咳得很厉害，晚上再度失眠。王雪芽已经睡着了。她却辗转反侧了好久，越躺越清醒，难以入眠。她怕影响到王雪芽休息，于是披了一件外套到外面走了一圈。

夜深，风大，霓虹灯显得很寂寞。她不知道自己走了多久，等回到宾馆，更觉得头晕眼花。天狗站在房间中间，扫描到她的脸，测温仪自动启动："亲爱的池月姐姐，你的体温 39.5 摄氏度。高烧，你需要看医生哦。"

人工智能小天狗能测出池月的体温，却测不出她此刻的情绪。

池月摸了摸它的头："我真羡慕你。"

天狗转了转脑袋："为什么？"

池月："你不需要睡觉，精神永远这么好，也不会感到痛苦。"

天狗："是的，因为我是一个机器人。但我也是你的朋友。你生病，我必须告诉你要去看医生。还有，你要多喝热水。"

多喝热水这个梗……是谁置入它的系统的？

那个人是乔东阳吗？想到他，池月觉得心里一紧。

每想到和他相处的细节，池月就觉得内心隐隐作痛。在认识他以前，除了姐姐外，她从来没有这样担心过一个人。她认为自己的血是冷的。心在黑暗的角落里生了根、发了芽、长成大树，再也变不回柔软的样子。乔东阳拯救了她，把她的心从那个角落移植出来，让她沐浴在阳光下。她有了与正常人一样的温情，变成了一个健康的人。可这一刻，他被带入了黑暗，被亲人步步相逼。他们虎视眈眈，要置他于死地……而她除了等待，无能为力。

池月迷迷糊糊地睡过去，睡醒后，发现自己的手上挂着吊瓶。王雪芽坐在她的身边，而她的手机突然被信息塞满了——乔瑞安向申城警方报案，借着朱青事件发酵，在网上掀起了轩然大波。

乔瑞安的手里有乔东阳对他进行人身伤害的证据和伤残鉴定报告。在报案的同时，他在网络散布消息，暗示乔东阳使手段侵占乔家家产。多年来，乔东阳让同为乔家人的他们蝼蚁一样忍气吞声地生活，他们一直看老二家的脸色吃饭。

通过乔瑞安一系列卖惨、获取同情、引发舆论的操作，乔东阳被妖魔化了。纨绔子弟、没有人性、没有同情心、恶毒冷漠、无视生命……这些词成了乔东阳的标签。

网民本来就容易被人"带节奏"。而乔东阳向来我行我素、狂妄自大。众人捧他的时候，这是"男神"，有个性、骄傲；众人踩他的时候，他就会面临人人喊打的局面。

乔东阳伤害乔瑞安一事，公安还没有立上案，就被人在网上"炒"了一次。同室操戈为哪般？各种媒体出来分析，乔东阳被总结为一个具有偏执型人格的纨绔子弟。他家庭的不幸、在童年受到的伤害、人格的缺陷，全被媒体分析了一遍。媒体扒出了他的身世，把他扒得体无完肤……

那些言论里的恶意，让池月觉得浑身冰冷。她给权少腾打了电话，想请权少腾帮忙了解情况，然而等来的不是一个好消息。

申城警方立案了。乔东阳涉嫌故意伤害罪，警方很快下达了刑事拘留通知书。但乔东阳正在接受治疗，故王律师申请了取保候审。另外，申城警方要求将两个案子并案处理，得到了上级机关的同意。朱青一案被移交申城公安，乔东阳也在申城警方的要求下转院去了申城。池月再次打电话给王律师询问的时候，王律师的语气已大为不同。前两日的王律师自信满满，现在变得忧心忡忡。

王律师表示案情不容乐观。朱青的死，乔东阳本来是正当防卫，王律师可以做无罪辩护，但现在乔瑞安横插一脚，情况大变。王律师说，两个案子单列，哪个都不严重。但案子被并案处理，就有加成的效应——乔东阳有故意伤人致残的前科，司法机关对乔东阳本人、对朱青案的看法将发生逆转。一个暴力狂妄、心狠手辣、有犯罪前科的人在那条甬道中的行为，很难被公安机关认定为正当防卫。同时，乔正元和乔瑞安多方活动，争取到了社会的同情，舆论导向有时候也会影响到司法机关的判断。

晴天霹雳。

池月觉得心都碎了："他现在怎么样？"

王律师沉默了许久："挺好的。"

池月在医院里躺了一天，接到了申城警方的电话。他们很客气地要求她去申城的刑侦队。关于朱青一案，他们要找她了解情况。虽然津门警方询问过她无数次，但档案被移交到申城后，申城警方还要重新过一遍流程，池月毕竟是朱青案唯一的目击证人。

次日上午，池月拖着病体飞往申城，王雪芽、侯助理陪着她。郑西元和他们同机抵达申城后，在申城机场与他们分道扬镳。

郑西元去了公司。

临行前，他走到王雪芽的身边："对不起。看到你现在这样，我很难过。"

他的声音很轻，除了王雪芽，连池月都没有听见。

王雪芽默默地看了他一眼，然后给了他一个勉强的笑："没事。"

王雪芽不知道这算不算一笑泯恩仇，但对郑西元确实有了新的认识——他对她的好，不是那种好。她之前拎不清，一厢情愿。他对她没有义务和承诺，想睡哪个女人跟她有什么关系？小女生的痴心妄想和不谙世事不该由他买单。

王雪芽顿悟了，也看开了。

那个深渊里，光照了进来。

郑西元有司机来接，池月也有，接她的人是董珊。

董珊和乔正崇已经回到申城，但乔正崇的身体不好。在这场同室操戈的战斗中，乔正崇暴躁抓狂，情绪很不稳定。董珊觉得风声鹤唳，这些日子充满了恐怖。

去警局为乔瑞安作证的人里有两个是乔正崇身边的亲信。他们证实，当年乔东阳犯案，乔正崇私底下做了很多"功课"——他给某某送礼，指使某某做假证，用死来威胁乔老太太，让她给乔正元施压，逼迫乔正元含泪签下《刑事谅解书》……

这简直被描述成了一出苦情剧。令董珊感到害怕的是，那两个证人都曾经在他们家有权自由出入，他们是"自己人"。多年来，乔正崇把他们当亲信、当兄弟，知无不言，言无不尽，谁能想到他们会临阵倒戈？

"我连司机都不敢相信了。"董珊说，柔软的肩膀绷得笔直。她过来帮王雪芽拖行李，虽然不认识王雪芽，但给了王雪芽一个温和的微笑："你真是个好姑娘，谢谢你陪着我们家月月共渡难关。"

池月的眼眶忽地一红。

王雪芽也很感动："我什么也没有做，阿姨。你们对月月好、认可她，比我对她好更重要。"

董珊轻轻地揽住池月："经过这件事，东子的爸爸也想开了，孩子的幸福最重要。以后他不会再管东子……只是辛苦你了，孩子，要陪东子吃苦。”

池月的憔悴和病态显而易见。董珊比起池月来，也好不了多少。这些日子里，在池月看不见的地方，乔正崇夫妻两个人也不好受。儿子出事、兄弟反目、股市波动、公司里人心惶惶，乔正崇要承受的压力很大。他在外面不敢发的火、不敢宣泄的怒气，只能回家在自己的女人面前倾吐。董珊受的苦比池月更多。

池月对这个看似柔弱的女人刮目相看：“阿姨，你最辛苦。”

董珊勾勾唇角，露出一个比哭还难看的笑：“我们同心协力，只要东子不坐牢，一切都会好起来的。”

事情的糟糕程度，比池月想的更严重。在津门时，池月从网上了解到了一些小道消息，那些消息真真假假无法被辨别，还一度心存幻想。到了申城，她什么都看得一清二楚。乔大伯的战略计划已经在暗地里进行了数年，每一个步骤都想好了，包括在乔正崇身边安插“卧底”，根本就想弄死他们。反之，乔正崇多年来虽然和老大、老三明争暗斗，但自我保护意识还是差很多，总认为大家是亲兄弟，打断骨头连着筋，有再大的仇恨也会对彼此手下留情。乔正崇觉得心力交瘁，久病不愈。平常那些巴结乔家二房的人，人人自危。

“我能理解他们。”董珊开着车，不停地叹息，“他们都是拖家带口的人。东子的大伯下手狠。东子一旦坐牢，按爷爷的遗嘱，就失去了继承权。奶奶偏心长房，到时候我们可能什么都没有。他们如果在这个时候站错队，就翻不了身了……”

池月恹恹地咳嗽了两声：“乔奶奶现在是什么情况？”

“她在疗养院里。”董珊神情很倦怠，“那天她摔了一跤。东子的大伯就把她送走了，也不让我们见她，说奶奶不想见我们。东子的爸爸本来想去找奶奶求情，结果没见着人，还被他们奚落了一通。”

池月阴沉着脸：“这个大伯可真会算计。”

董珊叹息道：“这些年，东子的大伯不怎么管公司的事，对外说自己不插手老二的事情，是不想引起兄弟矛盾。现在想想，恐怕他早就计划好了。”

池月点点头：“阿姨，我有个问题想问你。”

董珊说：“你问吧。”

池月问：“当年乔东阳为什么要打他大哥？”

什么样的深仇大恨，让乔东阳不顾手足之情，把人打瞎了还不肯放过他大哥，一定要把对方推下楼？这些天，池月就是想不通这个。

董珊面色一变，握着方向盘的手青筋暴起。

过了好一会儿，董珊才摇摇头：“我们都不知情。”

“哦。”池月看着董珊，慢慢地靠上椅背。

刑侦队。

生着病的池月得到了一杯温热的水，然后就面临长达数小时的询问。

在警察的询问中，池月不得不一次次地重复自己在天蝎岛上和朱青的那场对峙。她告诉警察，朱青如何失心疯地拿匕首刺她，朱青要与她同归于尽，乔东阳又如何救了她。

“在那天之前，乔东阳和朱青之间有没有私人恩怨？”

池月摇摇头：“没有。”

“没有吗？”民警目光一冷，“据我们了解，乔东阳将朱青做女主播的事情发布了出去。这个事情导致朱青抑郁、厌世、有自杀倾向……”

她抑郁、厌世、有自杀倾向？他们说的这人是朱青吗？

池月有点想笑。

民警向池月出示了几张图片。那是朱青发在朋友圈的个人日志——仅自己可见。

朱青几乎每天都在记录心情。在那些日子里，朱青的整个世界都是灰暗的。她抑郁、厌世、想自杀……从这些文字上来看，这半点都不夸张。

民警收回了那几张复印的黑白图片，将它们丢在桌子上，严肃地说："我们调查过了，乔东阳那个叫天狗的机器人把那些消息发布到学校的贴吧里……包括朱青和段成程的关系。"

警察无所不能。他们想知道的东西，都能调查出来。

池月没有隐瞒："那个时候，乔东阳这么做是为了整我，并不是故意曝光朱青的。"

"整你？"民警感到有些意外。

"说来话长，那时我和乔东阳有些小误会……"

"你慢慢说。"

池月生着病，真没有力气说太多过去的事。但是她如果不细说，又没法跟警察交代清楚情况。于是，在两个警察的见证下，她把自己从事的是什么兼职，是怎么认识乔东阳的，以及跟乔东阳结怨的经过，又回忆了一次。

警察事先已经做过功课。但是当他们看到这个娇弱的小姑娘坦然地说出"成人保健品"几个字时，表情还是有点怪异。

"你那个兼职收入高吗？"一个警察突然问。

池月愣了愣："这个与案情有关吗？"

警察失声笑了出来："没有。"

"那我可不可以不回答？"

"可以。"

池月没想到这么轻松就过了关，悬着的心突然放下了："警官，乔东阳刺朱青是为了救我。你不知道朱青当时有多狠。他被朱青刺了一刀，刺回去也应该算正当防卫啊。"

"我们会再调查的。"民警看了池月一眼，"在系统宣布你夺冠后，朱青理所当然地就成了《星空行者》的亚军。据我们所知，亚军的奖金也非常高。朱青就算再嫉妒你，但为这个杀人，甚至不惜跟你同归于尽……这个理由站不住脚，也不合常理。"

"我也这么认为。"池月认真地说，"在岩洞里我这么劝过她。"

"她怎么说？"

"我刚才已经说过了。"

"再说一遍。"

池月觉得有点心累：“她说，我把她拉下神坛、把她拉入地狱……大概指的就是女主播那件事。”

事实上，池月到现在仍然不知道朱青的地狱在哪里。可她没有想到，警官给了她一个惊人的答案：“你知不知道，朱青遭受过侵犯？”

池月想了想：“她在直播的时候吗？那些观众里有那么几个变态吧，这……他们你情我愿，她应该有心理准备。”

“不是直播的时候。”警察面无表情，“应该是她在上高中的时候。”

应该？也就是说，他们也不确定？

池月看着那几张印有朱青朋友圈截图的纸：“这是她在心路历程里说的吗？”

警察点点头：“但没有更具体的内容。我们调查了她的过去，没有报警记录，很难查证这是不是事实。”

池月不知道该说什么，但相信了朱青在朋友圈里留下的“抑郁、厌世、自杀倾向”的心情独白。她坦然地看着警察：“我不明白你们为什么要问我这个。”

“按照你的叙述，朱青那天的情绪很反常。因此我们想了解一下，你知不知道这个事情，你是不是在言语上刺激了她……”

“我和她的对话，我都告诉你们了。”

“你再回忆一下，有没有遗漏的细节……”

审讯的过程漫长而枯燥。池月精疲力竭地走出刑侦大队，耳朵嗡嗡地响，脑子空了，双腿也有些发软。生病的她虚弱了很多，不敢想象自己当初若是这个样子，怎么能夺得星空冠军——也许，乔东阳带走了她的精神和力气吧。

董珊和王雪芽在外面等她：“怎么样？”

池月摇摇头，一句话都不想多说：“我们回去再说吧。”

按池月的想法，她和王雪芽去宾馆住就行。可董珊不同意，认为两个小姑娘出去住不安全，但如果现在把她们接到家里，又怕她们觉得拘束、不自由。于是，董珊把她们送到了自己位于市区的一套住房。

池月还有些犹豫："这样不太好吧，阿姨。"

董珊很热情："这是阿姨自己的房子，和乔家没有关系。你们去看看吧，房子肯定跟你们想象的不一样。"

房子和她们想象的果然不一样。房子位于一个安静的小区里，环境很好，面积不大，但很干净；家具不多，但家具被摆放得整整齐齐，给人一种清爽舒适的居家感，并不是她们以为的那种豪宅。

"我有时候心里不舒服，就会过来坐一坐。"董珊把床上的防尘罩揭开，"今天晚上你们先将就一下，明天我再叫人来打扫。"

池月有点不好意思："不用了阿姨，我们自己可以……"

王雪芽也表示自己能动手整理。

董珊断然拒绝："你们好好休息，这些事情就不要亲手做了，都交给阿姨。"

"那……麻烦阿姨了。"

"不麻烦，以后咱们就是一家人了。"